뇌

L'ULTIME SECRET

베르나르 베르베르 장편소설

이세욱 옮김

리샤르를 위해

우리는 우리 뇌가 가진 능력의 10퍼센트밖에 사용하지 않는다.

알베르트 아인슈타인

뇌의 비밀을 밝히기는 어렵다. 우리로 하여금 뇌를 연구하고 뇌의 기능을 개선할 수 있게 하는 유일한 도구가 바로 뇌이기 때문이다.

에드몽 웰스 『상대적이며 절대적인 지식의 백과사전』

위대한 발견은 대부분 실수로 이루어진다.

머피의 법칙

일러두기

1. 이 소설에 나오는 해부학 용어는 대한 해부학회에서 펴낸 『해부학』(고려의
   학, 1999)에 의거하여 선택되었다. 다만, 순우리말로 바꾼 새 용어가 이미 널
   리 사용되고 있는 용어에 비해 뜻이 잘 전해지지 않거나 한글과 한자가 섞인
   무리한 조어가 오히려 어색하다는 느낌이 드는 경우에는 옛 용어를 그대로
   썼다. 예컨대 대한 해부학회에서는 대뇌 피질 대신에 대뇌 겉질을, 좌골 신경
   대신에 궁둥 신경을 제시하고 있지만, 이 소설에서는 이미 보편적으로 사용
   되고 있는 대뇌 피질과 좌골 신경이라는 용어를 선택하였다. 또한 비교적 낯
   선 해부학 용어에 대해서는 각주를 통해 간단한 설명을 제시하였다.

2. 체스 용어는 영어로 통일하였다. 우리나라에서 체스를 두는 사람들이 주로
   영어 용어를 사용하기 때문이다. 프랑스어 용어의 뜻을 우리말로 옮기는 방
   법이 없는 것은 아니지만, 이 경우에는 새로운 문제가 생겨난다. 예컨대, 영
   어의 〈비숍〉에 해당하는 말을 프랑스어에서는 〈푸Fou〉라고 부르는데, 이것
   은 〈주교〉라는 뜻이 아니라 〈왕후(王侯)〉에게 고용된 어릿광대 혹은 〈미치광
   이〉라는 뜻이다. 따라서 이것을 〈어릿광대〉나 〈미치광이〉로 옮기게 되면 혼
   동만 더해질 것이 분명하다.

3. 이 소설의 각주는 저자의 동의를 얻어 모두 역자가 붙인 것이다.

제1막　　　　　　　　**광인들의 지배자**

1

우리는 무엇에 이끌려 행동하는가?

2

그는 자기 퀸을 조심스럽게 전진시킨다.

대모갑(玳瑁甲) 테 안경을 쓴 이 남자는 체스 세계 챔피언 자리를 놓고 〈디프 블루 IV〉라는 컴퓨터와 대결을 벌이고 있다. 장소는 영화제를 비롯한 국제적인 행사가 자주 열리는 칸의 페스티벌 궁전이다. 바닥이 펠트로 덮인 대형 강당에 행사장이 마련되었다. 남자의 손이 떨린다. 그는 열에 들뜬 손놀림으로 호주머니를 뒤진다. 더 이상 담배를 피우지 않을 생각이었지만, 긴장이 너무나 강하다.

하는 수 없다.

그는 담배 한 개비를 입에 문다. 캐러멜 향이 들어간 담배다. 달착지근한 냄새를 품은 연기가 목구멍으로 빨려 들어간다. 콧구멍으로 빠져나오거나 입으로 새어 나온 연기는 벨벳 커튼이나 빨간 안락의자들을 스치면서 금갈색 알갱이 뭉치를 이루어 객석으로 퍼져 나가기도 하고, 고리를 지어 빙빙 돌다가 살포시 비틀리면서 무한대 기호(∞)를 그리기도 한다.

그와 마주하고 있는 컴퓨터는 뜨겁게 달구어져 있다. 높이

13

1미터의 위압적인 강철 정육면체에서 오존 냄새와 뜨거운 구리 냄새가 격자 모양 통풍구를 통해 새어 나온다.

남자는 안색이 창백하고 몹시 지쳐 있다.

난 이겨야 한다, 하고 그는 생각한다.

몇 대의 텔레비전 카메라가 대국 실황을 생중계하고 있는 중이다. 여러 군데에 설치된 대형 화면에 그의 수척한 얼굴이 나타난다. 그의 눈에 초조해하는 기색이 역력하다.

기이한 광경이다. 호사스러운 대형 강당에 1천2백 명 가까이 되는 사람들이 모여 입을 헤벌린 채 한 사람을 계속 지켜보고 있는데, 그는 아무 말도 하지 않고 어떤 몸짓도 보여주지 않는다. 사람들은 그저 깊은 생각에 잠겨 있는 한 사람을 열심히 관찰하고 있을 뿐이다.

무대를 보자면, 왼쪽에는 선홍색 안락의자가 놓여 있고 체스 기사가 거기에 책상다리를 하고 앉아 있다.

중앙에는 탁자가 하나 놓여 있고, 그 위에 체스보드와 계시용 탁상시계가 올려져 있다. 이 시계는 보통의 시계와 달리 눈금판이 한 개가 아니라 두 개다.

오른쪽으로는 먼저 금속 팔이 하나 보인다. 마치 사람의 팔처럼 관절을 갖추고 있다. 이 팔은 케이블을 통해 커다란 은빛 정육면체로 연결된다. 정육면체에는 〈DEEP BLUE IV〉라는 이름이 고딕체로 찍혀 있다. 작은 카메라 한 대가 삼각대 위에 놓여 있다. 컴퓨터는 이 카메라를 통해 체스보드를 볼 수 있다.

모두가 침묵을 지키고 있는 가운데, 똑딱똑딱하는 시계 소리만 선연하게 정적을 가른다.

이 대국은 벌써 일주일 전부터 계속되고 있는 중이다. 오늘의 대국이 시작된 지도 여섯 시간이 지났다. 모두가 세상일을 잊은 채 대국에 마음을 쏟고 있다. 밖이 환한지 어두운지조차 더 이상 알지 못한다.

난데없이 윙 하는 소리가 들린다. 엉뚱스러운 소리다. 파리 한 마리가 행사장에 침입했다.

마음이 산란해지면 안 된다.

사람과 기계가 막상막하의 열전을 벌이고 있다. 지금까지 각자 세 판씩 이겼다. 이 판을 이기는 쪽이 경기의 승리자가 된다. 그는 이마에 송골송골 맺힌 땀을 문지르고 담배를 비벼 끈다.

맞은편의 컴퓨터가 마디 달린 팔을 펼친다. 기계의 손이 검은 나이트를 옮긴다.

〈체크〉라는 말이 컴퓨터 화면에 나타난다.

객석에서 웅성거리는 소리가 인다.

강철 손가락이 탁상시계의 단추를 누르자, 시계가 초를 재기 시작한다. 대모갑 테 안경을 낀 사람에게 그가 시간과도 싸우고 있음을 일깨워 주고 있는 것이다.

수읽기가 한결 빠른 컴퓨터 쪽이 우위를 점한 형국이다.

파리가 허공에서 빙빙 돈다. 강당의 천장이 높고 넓다는 점을 이용해서 아찔한 곡예비행을 즐기고 있다. 한 차례의 곡예비행이 끝날 때마다 체스보드와의 거리가 조금씩 가까워진다.

남자는 파리가 날아다니는 소리를 듣고 있다.

마음을 흩뜨리면 안 된다. 정신을 온전히 집중하고 있어야 한다.

멀어졌던 파리가 다시 돌아온다.

남자는 마음을 팔지 않으려고 애쓴다.

반면(盤面)을 잘 보자.

체스보드. 그것을 바라보는 사람의 눈. 그 눈 뒤에는 시각 신경, 후두엽의 시각 영역, 대뇌 피질이 있다.

뇌의 회색질 속에서 전투 준비와도 같은 일대 소동이 벌어지고 있는 중이다. 수백만 개의 뉴런이 활성화한다. 이 뉴런들은 미세한 전기 충격에 차례차례 반응하면서 저희의 축삭 말단으로 신경 전달 물질을 내보낸다. 이 과정에서 신속하고 강렬한 사고 작용이 이루어진다. 생각들이 뇌 속에서 질주한다. 마치 미로처럼 복잡한 거대한 곳간에서 생쥐 수백 마리가 미친 듯이 돌아다니는 것과 같다. 과거에 이기거나 졌던 판들의 상황과 현재의 상황을 비교하고, 갖가지 가능성을 검토하면서 최선의 수(手)를 찾는다. 이제 전기 충격이 반대 방향으로 전달된다.

대뇌 피질. 척수. 손가락 근육 신경. 나무 체스보드.

남자는 자기의 하얀 킹을 옮긴다. 일단 위험한 고비는 넘겼다.

디프 블루IV는 제 비디오카메라의 조리개를 조인다.

〈분석 기능. 작동 개시. 계산 완료.〉

체스보드. 컴퓨터의 비디오카메라 렌즈. 그 렌즈 뒤에는 광케이블, 머더보드, 중앙 칩이 있다.

이 칩의 내부에는 사방팔방으로 뻗어 나간 하나의 도시가 있다. 규소로 된 빌딩들 사이로 구리와 금과 은으로 된 미세한 도로들이 무수히 나 있다. 전기 충격이 마치 질주하는 자동차들처럼 사방으로 오고 간다.

컴퓨터는 가능한 한 빨리 결정타를 날릴 수 있는 방법을 찾는다. 컴퓨터 안에 입력되어 있는 수백만 판의 종반과 현재의 형세를 비교하는 작업이 이루어지면서, 가능한 수들이 모두 검토되고 평가된다.

수읽기가 끝나자, 디프 블루 IV는 자기가 선택한 수를 보여 준다. 금속 팔이 검은 룩을 움직여 상대방 킹이 마지막 남은 칸으로 달아나는 수를 봉쇄해 버린다.

이제 사람이 둘 차례다.

똑딱 똑딱.

시계는 제한 시간이 다 되어 가고 있음을 알리면서, 시간의 깃발을 더욱 의기양양하게 들어 올린다.

빨리. 시간과의 싸움에서 진다는 건 너무나 어처구니없는 일이 아닌가!

허공에서 맴돌던 파리가 무람없이 체스보드 위에 내려앉는다.

똑딱 똑딱.

파리는 시계 소리에 화답하기라도 하듯, 들릴락 말락 하게 〈브즈즈〉 하는 소리를 내면서 제 앞다리로 눈을 문질러 댄다.

파리에 마음을 팔면 안 된다.

수읽기가 완전히 끝나기도 전에 남자가 자기 킹 쪽으로 손을 내민다. 그러다가 마지막 순간에 생각을 바꾸어 다른 말을 움직인다.

비숍이다.

남자는 잽싼 손놀림으로 비숍을 들어 올려 하얀 칸들 중의 하나에 내려앉아 있던 파리를 짓눌러 버린다. 그런 다음 손가락으로 시계의 단추를 눌러 상대방의 소비 시간을 재게 한다. 그의 깃발이 막 내려가려던 참이었으나, 몇 초 차이로 패배를 모면한 것이다.

모두가 숨을 죽인 듯 무거운 정적이 감돈다. 남자의 좌우 심실(心室)이 단속적으로 두방망이질을 한다. 마치 느린 동작 화면에서처럼, 그의 허파가 천천히 부풀어 올랐다가 한 줄기 바람을 성대로 보낸다. 그의 입이 열린다.

「체크메이트!」[1]

객석에서 웅성거림이 인다.

컴퓨터는 자기 킹이 더 이상 도망칠 자리가 없음을 확인하고, 강철 손으로 가볍게 자기 킹을 잡아 옆으로 누인다. 패배를 받아들인다는 뜻이다.

칸의 페스티벌 궁전이 떠나갈 듯한 환호성이 터져 나오고 뜨거운 박수가 그 뒤를 잇는다.

사뮈엘 핀처가 디프 블루 IV를 이겼다. 이제껏 체스 세계 챔피언 자리를 지켜 왔던 컴퓨터를 마침내 사람이 누른 것이다!

그는 흥분된 마음을 가라앉히기 위해 눈을 감는다.

3

내가 이겼다.

---

1 체스에서 〈체크(장군)〉를 당한 킹이 더 이상 방어할 수단도 없고 다른 칸으로 피할 수도 없으면 〈체크메이트(외통 장군)〉가 되고, 이로써 경기는 끝나게 된다. 외통을 뜻하는 영어의 〈메이트mate〉나 프랑스어의 〈마트mat〉는 모두 죽음을 뜻하는 아랍어 〈마트〉에서 왔다고 한다.

4

사뮈엘 핀처의 눈꺼풀이 다시 올라간다. 어느새 그의 앞에 스무 명쯤 되는 기자들이 모여 있다. 그들은 앞다투어 마이크와 녹음기를 그에게 내민다.

「핀처 박사님, 핀처 박사님, 한 말씀 해주십시오!」

대국의 주최 측에서 나온 사람이 기자들에게 각자 자기 자리로 돌아가라고 손짓을 하면서, 핀처가 곧 소감을 발표할 거라고 알려 준다.

엔지니어들이 와서 디프 블루 IV의 전원을 끊자, 컴퓨터는 몇 개의 다이오드를 깜박이고 나서 윙윙거리기를 중단하고 꺼져 버린다.

무대 오른쪽에 놓인 강연대 뒤에 연단이 마련되고, 새 체스 세계 챔피언이 그 위에 선다.

박수갈채가 더욱 요란해진다.

「감사합니다, 감사합니다.」

사뮈엘 핀처는 그렇게 말하면서 청중을 진정시키려는 뜻으로 손을 들어 올린다. 하지만 그의 의도와는 반대로 환호성은 더욱 커지고, 무질서한 박수갈채의 물결이 한바탕 객석을 휩쓸고 지나간 뒤에는 모두가 2박의 리듬에 합류하여 한소리로 박수를 보낸다.

새 챔피언은 하얀 손수건으로 이마의 땀을 닦으면서 청중이 진정되기를 기다린다.

「감사합니다.」

이윽고 박수갈채가 잦아들기 시작한다.

「이겨서 정말 기쁩니다. 제 마음이 얼마나 기쁜지 여러분은 모르실 것입니다. 오, 세상에! 제가 얼마나 행복한지 여러분은 모르실 겁니다. 저의…… 저의 이 승리는 어떤 은밀한 동기 덕분에 이루어졌습니다.」

그 말에 청중의 귀가 번쩍 뜨인다.

「이론적으로 컴퓨터는 언제나 사람보다 체스를 잘 두게 되어 있습니다. 컴퓨터는 기분에 휩쓸리지 않기 때문입니다. 이기는 수를 두고 나서도 컴퓨터는 기뻐하거나 우쭐하지 않습니다. 악수(惡手)를 두고 나서도 컴퓨터는 풀이 죽거나 실망하지 않습니다. 컴퓨터는 자아라는 것이 없습니다. 승부욕을 느끼지도 않고 자책을 하지도 않습니다. 자기 적수를 원망하는 일도 없습니다. 컴퓨터는 제 능력을 오로지 경기에만 집중합니다. 이미 둔 수에 연연하지 않고 언제나 최선의 수를 찾아서 둡니다. 그러하기 때문에 사람과 컴퓨터가 체스 대결을 벌이면 늘 컴퓨터가 이깁니다……. 적어도 제가 이기기 전까지는 그랬습니다.」

핀처 박사의 얼굴에 미소가 스친다. 이제 누구나 다 아는 것이 되어 버린 일을 새삼스레 들먹이는 게 쑥스러웠던 모양이다.

「컴퓨터는 기분에 휩쓸리지 않습니다. 하지만 〈동기〉라는 것에 영향을 받지도 않습니다. 디프 블루 IV는 설령 승리한다 해도 얻을 게 없습니다. 전기가 덤으로 주어지는 것도 아니고 소프트웨어가 추가로 설치되는 것도 아닙니다.」

객석에서 몇 사람이 웃음을 터뜨린다.

「경기에서 지면 전원이 끊어지지만 디프 블루 IV는 그런 것을 두려워하지 않았습니다. 반면에, 저에게는…… 동기가 부여되어 있었습니다. 저는 복수를 하고 싶었습니다. 지난해 바로 여기에서 디프 블루 III와 승부를 겨루었던 레오니트

20

카민스키, 그리고 그보다 앞서 1997년 뉴욕에서 디퍼 블루와 대국을 벌였던 가리 카스파로프의 패배[2]를 설욕하고 싶었습니다. 그 패배는 비단 두 기사의 불명예일 뿐만 아니라 인류 전체에 대한 모욕이라고 생각했기 때문입니다.」

사뮈엘 핀처는 안경을 손수건으로 닦아서 다시 쓴 다음 청중을 응시하며 말을 잇는다.

「두 기사가 패배한 뒤로, 체스에서는 기계가 갈수록 인간보다 영리해질 거라는 생각이 널리 퍼졌습니다. 저 역시 그 점을 인정할 수밖에 없게 될까 봐 두려워했으니까요. 하지만 강한 동기를 지닌 사람은 한계를 모릅니다. 오디세우스가 수많은 위험과 맞서며 지중해를 건넜던 것은 그에게 강한 동기가 부여되어 있었기 때문입니다. 크리스토퍼 콜럼버스가 대서양을 횡단했던 것도 암스트롱이 우주 공간을 비행하여 달에 갔던 것도 그들에게 동기가 있었기 때문입니다. 사람들이 더 이상 스스로의 한계를 극복하고 싶어 하지 않는 날이 온다면, 인류는 죽음을 면치 못하게 될 것입니다. 지금 제 말에

2 독자들이 짐작하다시피, 여기에는 역사적 사실과 허구가 섞여 있다. 카스파로프(1963~)는 1985년 이후 세계 선수권 대회를 석권하면서 체스계의 황제로 군림해 온 러시아 출신의 기사다(2006년 은퇴할 때까지, 국제 체스 연맹이 부여하는 엘로Elo 포인트 기준으로 세계 랭킹 1위 유지). 그는 1990년 〈어떤 컴퓨터도 나를 이기지 못할 것이다〉라고 선언한다. 그러자 IBM은 엘로 포인트 2,450점의 성능을 지닌 것으로 평가받은 체스 프로그램 〈디프 소트Deep Thought〉의 개발자들에게 투자하여 1996년 〈디프 블루Deep Blue〉를 만들어 낸다. 카스파로프는 이 컴퓨터와 대국을 벌여 3승 2무 1패의 전적으로 낙승을 거둔다. IBM은 디프 블루의 성능을 개선한 〈디프 블루Deeper Blue〉를 개발하여 이듬해에 다시 도전한다. 모두 여섯 판을 둔 이 대국에서 카스파로프는 2승 1무 3패로 패한다. 역사적 사실은 여기까지다. 그러나 디프 블루 III와 IV가 나오지 말란 법이 없고, 소설 속의 카민스키와 이름이 비슷한 세계 랭킹 7위의 캄스키가 새로운 컴퓨터와 대결을 벌이지 말란 법도 없다.

21

귀를 기울이고 계신 여러분께서도 스스로에게 이런 질문을 던져 보십시오. 〈도대체 무엇이 나로 하여금 아침마다 일어나 일과를 시작하게 만드는 것일까? 무엇 때문에 나는 어떤 일에 힘을 들이고 애를 쓰는 것일까? 나는 무엇에 이끌려 행동하는 것일까?〉 하고 말입니다.」

사뮈엘 핀처 박사는 지친 기색이 역력한 눈길로 청중을 죽 둘러본다.

「여러분을 이렇게 또는 저렇게 살아가도록 만드는 주된 동기는 무엇입니까? 아마도 이것이 우리가 스스로에게 던져야 할 가장 중요한 질문일 것입니다.」

그러면서 그는 눈길을 떨군다. 마치 그토록 열띤 주장을 펼친 것에 대해 사과라도 하는 듯하다.

「경청해 주셔서 감사합니다.」

그는 연단에서 내려와 밀집한 군중 사이로 나아간다. 존경의 뜻으로 도열해 있는 군중의 환송을 받으며 그는 자기 약혼녀 나타샤 아네르센에게로 간다.

두 남녀는 마지막으로 한 번 더 청중에게 인사를 보내고 검은 스포츠카에 올라탄다. 사진 기자들이 취재 경쟁을 벌이는 가운데, 스포츠카가 먼지의 소용돌이를 일으키며 사라진다. 마치 스트로보스코프로 빠르게 움직이는 물체를 관찰할 때처럼 이 소용돌이 사이로 자동차가 언뜻언뜻 정지된 모습으로 보인다.

5

바로 그날 밤, 사뮈엘 핀처 박사는 앙티브곶의 자기 빌라에서 변사체로 발견된다. 텔레비전의 자정 뉴스를 통해 그 소식이 온 나라에 전해진다. 카메라가 사망 장소를 비추고 있는 동안, 기자의 목소리가 화면 밖에서 들려온다.

「⋯⋯이 비극적인 사건은 핀처 박사가 체스 세계 선수권 대회에서 승리를 거둔 지 몇 시간도 채 지나지 않아서 발생했습니다.」

카메라는 호사스러운 현관과 거실을 죽 비춘다.

「⋯⋯수사관들은 불법 침입의 흔적을 어디에서도 확인하지 못했다고 합니다. 그런 점 때문에 이 사건은 더욱 알 수 없는 수수께끼가 되어 가고 있습니다⋯⋯.」

카메라는 집기나 미술품 같은 실내의 물건들을 보여 주느라 시간을 끈다. 살바도르 달리의 그림 여러 점과 고대 그리스 철학자를 형상화한 조각상들이 늘어서 있다.

「⋯⋯사체에는 상처가 전혀 없습니다.」

욕실 문이 열리고, 나타샤 아네르센이 두 경찰관 사이에 끼인 채 모습을 드러낸다. 그녀는 되도록 카메라에 찍히지 않으려고 얼굴을 한껏 가린다. 몸단장을 전혀 안 한 모습이지만, 그런 견디기 어려운 순간에도 흔치 않은 우아함을 보이고 있다.

초록색 정장 차림의 한 남자가 나타나서, 빌라에 몰려든 경찰관들에게 이런저런 지시를 내린다. 기자가 그에게 묻는다.

「반장님, 사건 경위를 말씀해 주실 수 있겠습니까?」

「우리는 겨우 한 시가 전에야 박사가 사망했다는 신고를 받았습니다.」

「누가 신고를 했지요?」

「아네르센 씨입니다.」

「누가 박사를 죽게 했을까요?」

「아네르센 씨입니다.」

「진담이십니까?」

「아네르센 씨 스스로 자기가 박사를 죽였다고 주장하고 있습니다…… 성행위를 하던 중에 박사가 갑자기 사망했다는 겁니다.」

반장의 동작에서 짜증스러워하는 듯한 기색이 느껴진다.

「보시다시피 지금 수사를 진행하고 있는 중입니다. 법의학자의 검시 결과가 나오는 대로 더 많은 정보를 알려 드리겠습니다. 좀 비켜 주시면 고맙겠습니다.」

기자는 사뮈엘 핀처 박사의 이력을 짤막하게 되짚는다.

「그는 니스 의과 대학에서 박사 학위를 받은 신경 정신과 의사로서 여러 종합 병원을 거치며 고속 승진을 거듭하다가, 마흔두 살의 나이에 생트마르그리트 병원의 경영을 맡았습니다. 레랭스섬들3 중 하나에 자리 잡은 이 병원에서 그는 건물을 확장하고 정신 의학의 새로운 지평을 열었습니다. 그가 새롭게 세운 원칙들은 그의 동료들, 특히 파리의 동료들 사이에서 격렬한 논란의 대상이 된 바 있습니다. 한편, 그는 천재적인 체스 기사이기도 했습니다. 오늘날 세계 체스계를 주름잡는 고수들이 대부분 유년기에 데뷔한 데 비해서, 이 늦깎이 기사는 데뷔 1년 만에 명인이 되었고 곧이어 대(大)명

---

3 프랑스 남동부 알프마리팀도의 칸 연안에 있는 섬들. 북쪽에 있는 생트마르그리트섬과 남쪽의 생토노라섬이 주된 구성 요소이다. 생트마르그리트(길이 3킬로미터, 너비 9백 미터)에는 오늘날 해양 박물관이 된 고성(古城)과 〈철가면〉이 갇혀 있던 곳으로 유명한 감옥이 있고, 생토노라(길이 1천5백 미터, 너비 4백 미터)에는 요새와도 같은 옛 수도원이 남아 있다. 두 섬은 이 소설의 주요한 무대가 된다.

인[4]의 반열에 올랐습니다. 3년 전, 사뮈엘 핀처는 챔피언 레오니트 카민스키를 눌러 세계에서 체스를 가장 잘 두는 사람이 되었고, 죽기 몇 시간 전에 디프 블루 IV를 상대로 승리를 거둠으로써 명실상부한 세계 최고 기사의 타이틀을 인간에게 돌려주었습니다.」

이어서 낮에 벌어졌던 체스 경기의 장면들과 승리자의 연설이 발췌된 형태로 다시 방영된다.

그런 다음, 기자는 덴마크의 톱 모델 나타샤 아네르센의 이력을 소개한다. 테니스 선수와의 첫 결혼과 영화배우와의 두 번째 결혼이 모두 파란 속에서 실패로 끝난 뒤에, 체스의 천재이자 신경 정신과 의사인 사뮈엘 핀처의 약혼녀가 되었다는 짧막한 내용이다.

기자는 자기 깐으론 꽤나 고심해서 지어낸 듯한 다음과 같은 문장으로 보도를 끝맺는다.

「〈세상에서 가장 아름다운 다리〉라는 별명을 가진 여자가 〈세계 최고의 두뇌〉를 쓰러뜨린다는 게 과연 가능한 일일까요? 만일 이 기이한 가정이 사실로 확인된다면, 이 사건은 참으로 별난 사망 사건으로 기록될 것입니다. 어쨌거나 아네르센 씨의 주장대로라면, 사뮈엘 핀처 박사는 〈사랑에 치여 죽은〉 셈입니다.」

카메라는 들것에 실려 구급차 쪽으로 옮겨지고 있는 시신을 서둘러 따라간다. 기자는 현장이 어수선한 틈을 타서 들것을 덮은 이불을 들춰 사망자의 얼굴을 드러낸다.

---

4 국제 체스 연맹은 세계 선수권 대회에서 뛰어난 성적을 올린 기사들에게 대명인(영어로 그랜드 마스터, 프랑스어로 그랑 메트르)과 명인의 칭호를 부여한다.

카메라의 줌 렌즈가 재빨리 고인의 얼굴에 초점을 맞춘다.

사뮈엘 핀처 박사의 표정에는 완전한 황홀경의 온갖 징후들이 서려 있다.

6

「……〈사랑에 치여 죽은〉 셈입니다.」

거기에서 954.6킬로미터 떨어진 곳에서, 그 소리와 영상이 한 파라볼라 안테나에 의해 수신되고 있다. 안테나는 이 신호들을 텔레비전 화면으로 보낸다. 어떤 사람의 귀와 눈이 이 신호들을 최종적으로 수용한다. 손가락 하나가 비디오카세트 녹화기의 정지 버튼을 누른다. 텔레비전 자정 뉴스가 방금 녹화된 것이다.

손가락의 주인은 자기가 조금 전에 보고 들은 것을 소화하느라고 한동안 그대로 앉아서 시간을 보낸다. 그러다가 한 손으로는 낡은 비망록을 잡고, 다른 손으로는 전화의 송수화기를 집어 든다. 어떤 번호를 찾아 꾹꾹 누르는가 싶더니, 그는 잠시 머뭇거리다가 송수화기를 그냥 내려놓는다. 그러고는 외투를 집어 들고 밖으로 나간다.

비가 내리기 시작한 탓에 밤기운이 쌀쌀해지고 있다. 그는 어떤 대로의 불빛들을 향해 걸어간다. 지붕에 빛을 발하는 글자판을 달고 있는 자동차 한 대가 천천히 다가온다.

「택시!」

와이퍼가 자동차 앞 유리창을 요란하게 긁어 댄다. 거대한 먹장구름이 굵은 물방울들을 쏟아붓고 있다. 이 물방울들은 크기가 탁구공만큼이나 크지만, 공처럼 튀지는 않고 도로에 닿자마자 맥없이 으스러진다.

자동차는 남자를 몽마르트르의 어떤 건물 앞에 내려놓는다. 물기를 잔뜩 머금은 돌풍이 건물을 사납게 후려치고 있다. 그는 주소를 확인하고, 계단을 성큼성큼 올라간다. 한 층계참에 다다르자, 현관문 너머로부터 펀칭 백 치는 소리와 함께 당김음을 많이 사용한 강한 리듬의 음악이 들려온다.

그는 뤼크레스 넴로드라는 이름 아래에 있는 초인종을 누른다. 잠시 후 음악 소리가 멎는다. 발소리가 들리고 문의 빗장이 풀린다.

문이 빠끔히 열린 사이로 땀에 젖은 젊은 여자의 얼굴이 나타난다.

「이지도르 카첸버그…….」[5]

그녀는 놀란 눈으로 그를 빤히 쳐다본다. 그의 신발 주위가 흥건하게 젖어 있다.

---

5 인류의 기원을 탐구한 소설 『아버지들의 아버지』에서 한 고생물학자의 의문사를 둘러싼 수수께끼를 풀었던 기자 뤼크레스 넴로드와 전직 경찰이자 기자였던 이지도르 카첸버그가 이 소설에 다시 등장한다. 작가의 고백에 따르면, 카첸버그라는 이름은 애니메이션 「개미」의 제작자 제프리 카첸버그Jeffrey Katzenberg가 소설 『개미』의 아이디어를 〈훔쳐 간 것〉에 웃음으로 대응하기 위해 지은 것이라고 한다. 또한 등장인물을 설명하는 김에 핀처 박사의 이름에 대해서도 언급하고자 한다. 핀처Fincher라는 이름에는 이 인물의 특성을 단적으로 시사하려는 작가의 의도가 담겨 있다. 작가가 직접 들려준 이야기에 따르면, 그는 두 실존 인물을 염두에 두고 이 이름을 선택했다고 한다. 1970년대의 체스 세계 챔피언이었던 미국인 보비 피셔Bobby Fischer와 미국의 영화감독 데이비드 핀처David Fincher가 바로 그들이다. 프랑스에서 이 두 이름을 각각 〈피셰르〉와 〈핀셰르〉로 발음하고 있는 사정을 감안하면, 두 인물의 특성을 아우르려는 작가의 의도가 더욱 분명하게 드러난다. 작가는 「에일리언 3」, 「세븐」, 「더 게임」, 「파이트 클럽」, 「패닉 룸」 등을 감독한 데이비드 핀처가 영화의 새로운 지평을 열고 있다고 생각한다. 소설 속의 핀처는 정신 의학 분야에 혁신의 바람을 불러일으킨다는 점에서 데이비드 핀처를 닮았고, 체스 세계 챔피언이라는 점에서 피셔를 닮았다.

「잘 지냈어, 뤼크레스? 들어가도 될까?」

그녀는 문이 활짝 열리는 것을 막는 가는 사슬을 여전히 벗기지 않은 채, 계속 그를 바라본다. 야심한 시각에 뜻하지 않은 방문을 당하여 정신이 마냥 얼떨떨한 모양이다.

「들어가도 되겠어?」그가 다시 묻는다.

「어쩐 일로 여기까지 발걸음을 했어요?」

쯧쯧, 이 여자는 생쥐처럼 겁을 먹고 있군.

「나한테 존댓말을 하는 거야? 지난번에 서로 말을 튼 걸로 아는데.」

「그 〈지난번〉이라는 게 벌써 3년 전 얘기예요. 그 뒤로 나는 그쪽한테서 어떤 소식도 들은 적이 없어요. 우리는 서로에게 다시 낯선 사람들이 된 셈이죠. 그러니 말을 놓을 수 없는 게 당연하잖아요? 그건 그렇고, 무슨 일로 왔어요?」

「일거리가 하나 있어요.」

그녀는 머뭇거리는 기색을 보이다가, 마침내 안전 사슬을 벗기고 남자를 들어오게 한다.

남자가 들어오자 여자는 문을 다시 닫는다. 남자는 젖은 외투를 벗어 현관의 옷걸이에 건다.

이지도르 카첸버그는 호기심 어린 눈길로 아파트 안을 살핀다. 이 젊은 과학부 기자의 주된 관심사가 뭘까 늘 궁금했던 터다. 벽에 영화 포스터들이 붙어 있다. 대개는 미국이나 중국 액션 영화들의 포스터다. 펀칭 백이 거실 한복판을 차지하고 있고, 그 옆의 앉은뱅이 탁자에는 여성 잡지들이 흩어져 있다.

그는 안락의자에 앉는다.

「정말 놀랍네요. 이렇게 느닷없이 찾아올 줄은 몰랐어요.」

「우리가 함께 보낸 시간을 아주 멋진 추억으로 간직하고 있습니다. 인류의 기원에 관해서 함께 탐구했던 일 말입니다.」

「알아요. 그건 나도 잊지 않고 있어요.」

최초의 인간이 남긴 흔적들을 찾아 탄자니아를 헤매고 다녔던 일의 몇몇 장면이 그녀의 뇌리를 빠르게 스쳐 간다. 그녀는 새삼스레 관심을 느끼며 그의 모습을 살핀다. 195센티미터나 되는 키에 백 킬로그램이 넘는 몸무게. 뒤퉁스러운 거인의 모습 그대로다. 살이 조금 빠진 것 같기는 하다.

무슨 걱정거리가 있는 모양이다. 여기까지 오기로 마음먹기가 쉽지는 않았을 것이다.

그는 가느다란 금테 안경을 고쳐 쓰고, 역시 주의 깊은 눈길로 그녀를 살핀다. 구불거리는 기다란 적갈색 머리채, 그것을 묶고 있는 검은 벨벳 리본, 에메랄드빛이 도는 갸름한 눈, 작은 보조개, 뾰족한 턱. 레오나르도 다빈치의 그림들에 나오는 미녀들 가운데 한 명을 보는 듯하다. 그는 그녀가 귀엽다고 생각한다. 아름답다기보다는 귀엽다. 전보다 조금 성숙한 느낌을 주기는 한다. 지난번 탐사 때 스물다섯 살이었으니까, 이제 스물여덟이다.

확실히 달라졌다. 사내아이가 되다 만 것 같던 모습은 많이 사라지고 아가씨 같은 자태가 한결 두드러져 보인다. 그래도 아직 여자라는 느낌은 들지 않는다.

그녀는 스탠드칼라가 달린 중국풍의 상의를 입고 있다. 목을 가리는 대신 어깨의 동그스름한 부분을 노출시키는 옷이다. 그것의 등판 전체에 걸쳐서 빨간 호랑이 한 마리가 그려져 있다.

「그런데, 대체 무슨 일거리를 제안하겠다는 거죠?」

이지도르 카첸버그는 대답 대신 거실을 둘러보며 무언가를 찾는다. 그러다가 비디오카세트 녹화 재생기가 눈에 들어오자, 자리에서 일어나 손에 들고 있던 테이프를 기기의 기다란 구멍으로 집어넣고 재생 버튼을 누른다.

두 사람은 핀처 박사의 죽음에 관한 텔레비전 뉴스를 다시 본다.

테이프의 녹화된 부분이 다 돌아가자 지지직거리는 소리와 함께 화면에 빗줄기 같은 세로줄이 나타난다. 마치 거리에 쏟아지고 있는 비를 보고 있는 듯하다.

「이 뉴스를 보여 주려고 새벽 1시에 불쑥 나를 찾아온 거예요?」

「내가 보기에, 사람이 〈사랑에 치여 죽는다〉는 것은 있을 수 없는 일이에요.」

「쯧쯧…… 이봐요, 이지도르. 낭만주의적 성향이 부족한 건 예나 지금이나 변함이 없군요.」

「아니, 그 반대예요. 나는 사랑은 사람을 죽이지 않는다고 주장하고 있는 겁니다. 사랑은 사람을 죽이는 게 아니라 살리는 거죠.」

그녀는 잠시 생각에 잠겨 있다가 말을 잇는다. 「어쨌거나 사랑하다가 죽는다는 건 대단히 아름다운 일로 보이는데요. 언제고 남자를 쾌락으로 한번 죽여 봤으면 좋겠네요. 완전 범죄라는 말을 좋은 뜻으로 쓸 수 있다면, 그거야말로 완전 범죄 아니겠어요?」

「이건 내 직감일 뿐이지만, 핀처 박사 사건은 과실 치사나 우발적인 살인이 아니라 모살(謀殺)입니다.」

「누가 박사를 계획적으로 살해했다는 건가요?」

「그래요.」

그 대답에 기침이 묻어난다.

「감기 걸렸어요? 비를 맞아서 그런가 보군요. 베르가모트 차를 끓여서 꿀을 조금 타 드릴게요.」

그녀는 찻주전자를 레인지 위에 올려놓는다.

그는 손으로 얼굴을 문지르고 몸을 한차례 부르르 떤다.

「무슨 근거로 그게 계획적인 살인이라고 말하는 거죠?」

「내가 알고 있는 사건 중에 이와 유사한 것이 있어서 그래요. 〈사랑에 치여〉 죽었다는 사람은 사뮈엘 핀처가 처음이 아니에요. 1899년에 프랑스 공화국의 대통령 펠릭스 포르가 고급 창녀들의 매춘을 알선하는 어떤 호텔에서 횡사했습니다. 그 사건을 두고 사람들은 우스갯소리로 이런 얘기를 해요. 신고를 받고 달려온 형사들이 포주인 여자에게 물었답니다. 〈각하에게 아직 의식이 있소?〉라고 말이에요. 그러자 여자가 대답하더랍니다. 〈의식이 무슨 낯짝으로 아직 남아 있겠소? 달아나도 벌써 한참 전에 뒷문으로 달아났겠지〉하고.」

뤼크레스는 웃지 않는다.

「대관절 무슨 얘기를 하려는 거죠?」

「경찰은 대통령이 심장 마비로 서거했다고 간단히 발표하고, 그 사건을 비밀에 부쳤어요. 그 비밀이 경찰권 밖으로 새어 나간 것은 한참 뒤의 일입니다. 하지만 그 죽음의 〈추잡한〉 측면 때문에 조사다운 조사가 이루어질 수 없었어요. 매음굴에서 한창 방사를 벌이다가 죽는다는 건 조롱거리가 되고도 남을 일이니까요. 결국 아무도 그 사건을 진지하게 분석하지 않았지요.」

「당신은 예외라는 얘기로군요.」

「나는 학창 시절에 그냥 호기심에서 그 사건을 범죄학 논문 주제로 선택했어요. 관련 기록을 다시 뒤지고 증언을 재검토해 봤지요. 그러다가 살인 동기 하나를 발견했습니다. 당시에 펠릭스 포르는 부정부패를 일소하는 캠페인을 전개하려던 참이었어요. 그는 자기 수하에 있던 정보기관의 내부에서조차 그 캠페인을 벌이려 했습니다.」

뤼크레스 넴로드는 찻주전자를 들어 커다란 잔 두 개에 향긋한 차를 가득 따른다.

「나타샤 아네르센은 자기가 사뮈엘 핀처를 죽였다고 자백했어요. 내가 잘못 알고 있나요?」

이지도르는 차를 너무 빨리 마시려고 하다가 혓바닥을 델 정도로 뜨겁다는 것을 알고는 차를 호호 불기 시작한다.

「그녀는 자기가 그를 죽인 것으로 믿고 있는 겁니다.」

이지도르는 차가 너무 뜨거워서 혓바닥을 델 뻔했던 것을 내색하지 않고 숟가락을 하나 달라고 한다. 그러더니 찻잔에 숟가락을 넣어 열심히 돌리기 시작한다. 팽이 효과로 차를 식히려는 모양이다.

「그리고 두고 보면 알겠지만, 이제부터 그녀와 자보려고 치근거리는 남자들이 아주 많이 생길 겁니다.」

「마조히즘 때문인가요?」

뤼크레스는 뜨거운 차를 아무렇지도 않게 한 모금 후루룩 마시고는 그렇게 묻는다.

「호기심 때문이죠. 사랑의 신 에로스와 죽음의 신 타나토스가 하나로 뒤섞이는 상황에 끌리는 겁니다. 게다가 사마귀의 세계에서 보는 것처럼 수컷이 암컷에게 잡아먹히는 일은 생물학적 원형의 하나예요. 이 원형은 우리의 마음을 사로잡는 강한 힘을 지니고 있습니다. 사마귀 암컷이 교미 도중에 수컷의 머리를 뽑아서 죽이는 거 본 적 없어요? 그 장면에 우리의 마음이 끌리는 것은 사마귀들이 우리 안에 있는 어떤 것을 일깨우기 때문이죠. 우리 안에 깊이 새겨진 어떤 것을 말입니다……」

「사랑에 대한 공포 말인가요?」

「그보다는 죽음과 결합된 사랑이라고 해두죠.」

그녀는 아직 식지 않은 차를 단숨에 다 마셔 버린다.

「그래서 나에게 뭘 기대하는 거죠, 이지도르?」

「우리가 다시 한 팀을 이루어서 일하면 좋겠다 싶어요. 사뮈엘 핀처 박사 피살 사건에 관해 함께 조사를 해보자는 거죠……. 내 직감으로는 뇌를 주제로 한 탐구가 필요할 것 같아요.」

뤼크레스는 자그마한 두 발이 엉덩이 밑에 깔리게 하여 긴 의자의 오목한 자리에 쪼그리고 앉으면서 빈 찻잔을 내려놓는다.

「뇌라고요?」

되묻는 그녀의 얼굴에 꿈꾸는 듯한 표정이 어린다.

「그래요, 뇌. 그게 이 조사의 열쇠예요. 피살자가 누굽니까? 바로 〈세계 최고의 두뇌〉가 아닙니까? 게다가 이게 있습니다. 보세요.」

그는 비디오 기기로 다가가서 테이프를 되감는다 사뮈엘 핀처의 연설 장면이 다시 나온다. 〈……저의 이 승리는 어떤 은밀한 동기 덕분에 이루어졌습니다〉라고 말하는 대목이다.

이지도르는 아직 차가 많이 남아 있는 잔을 텔레비전 위에 내려놓고 화면 정지 버튼을 누른다.

「자아, 박사의 표정을 잘 보세요. 〈동기〉라는 말을 할 때 그의 눈이 한결 더 반짝이고 있습니다. 놀랍지 않습니까? 마치 우리에게 무언가를 알려 주고 싶어 하는 듯한 눈빛입니다. 동기라는 말이 나온 김에, 한 가지 물어볼까요? 뤼크레스, 당신의 삶을 이끌어 가는 주된 동기는 무엇인가요?」

그녀는 대답하지 않는다.

「나를 도와주겠어요?」 그가 묻는다.

그녀는 텔레비전 위에 놓인 손님의 찻잔을 가져가서 개수대 안에 넣는다.

「아뇨.」

내친김에, 그녀는 이지도르의 아직 축축한 모자와 외투를 옷걸이에서 벗겨 내고, 비디오 기기 쪽으로 가서 테이프를 꺼낸다.

「내가 보기에 그건 살인 사건이 아니에요. 단순한 사고일 뿐이에요. 과로와 체스 대회의 스트레스에 기인한 심장 마비라고요. 당신은 뇌가 어쩌고저쩌고하지만, 아무래도 당신의 뇌에 장애가 생긴 것 같아요. 그 병 이름을 말해 줄까요? 허언증(虛言症)이에요. 뻥을 잘 치고 몽상을 너무 좋아하는 사람들이 걸리는 병이죠. 하지만 불치병은 아니니까 걱정하지 마세요. 가는 곳마다 자꾸 헛것이 보이고 헛생각이 떠오르더라도 그것을 더 이상 입에 올리지 말고, 그저 현실을 있는 그대로 받아들이기만 하면 돼요. 그럼 이만…… 들러 줘서 고마웠어요.」

그는 천천히 몸을 일으킨다. 무척 놀라고 실망한 기색이 역력하다.

그때, 그녀가 갑자기 몸에 마비가 오기라도 한 것처럼 꼼짝 않고 서서 자기 뺨에 손을 갖다 댄다.

「어디 아파요?」

뤼크레스는 대답하지 않는다. 얼굴이 경직된 채 두 손으로 턱을 감싸고 있을 뿐이다.

「빨리, 아스피린 한 알 갖다줘요.」

이지도르는 그녀가 턱으로 가리키는 대로 욕실로 달려 들어가 약장을 뒤진다. 그는 흰색의 작고 둥근 약통을 찾아내어 알약 하나를 꺼낸 다음, 물 한 컵과 함께 그녀에게 가져다준다. 그녀는 허겁지겁 알약을 삼킨다.

「한 알 더 줘요. 빨리요.」

그는 시키는 대로 고분고분 따른다. 그가 가져다준 화학약품 덕에 그녀의 통증이 이내 가라앉는다. 그녀의 신경이 관자놀이 쪽에서 활동하기를 멈춘 것이다. 그녀는 다시 정신을 차리고 숨을 크게 들이쉰다.

「안 가고 뭐해요? 보면 몰라요? 엊그제 치과에 가서 사랑니를 하나 뺐단 말이에요……. 아파요, 너무 아파요. 혼자 있고 싶어요(난 남에게 약한 모습 보이는 게 싫어. 이 사람이 빨리 갔으면 좋겠어). 가세요! 빨리 가요!」

이지도르는 뒤로 물러난다.

「좋아요, 갈게요. 조금 전의 당신 태도에서 사람들로 하여금 어떤 행위를 하게 하는 주된 동기 중의 하나를 본 것 같군요. 고통을 멎게 하는 것, 그것도 중요한 동기죠.」

그녀는 그가 밖으로 나가기가 무섭게 문을 쾅 닫아 버린다.

35

7

주간지 『르 게퇴르 모데른』[6]의 화요일 회의 시간. 멋과 기능을 고려하여 대단히 새로운 감각으로 디자인된 중앙 회의실에 사회부의 기자들이 모두 모여 있다. 과학 담당 기자들역시 소속은 사회부로 되어 있으므로 이 회의에 참석해야 한다. 각자 돌아가면서 다음 호에 게재할 자기 기사의 주제를제안해야 하는 시간이다. 사회부장 크리스티안 테나르디에가 널찍한 가죽 안락의자에 앉아서 회의를 주재하고 있다.

「빨리빨리 진행합시다.」

그녀가 탈색된 금발을 손으로 쓸면서 말한다.

기자들은 왼쪽에서 오른쪽으로 돌아가며 각자 자기 주제를 발표하기 시작한다. 〈교육〉 면 담당자는 문맹 실태에 관한 기사를 제안한다. 국어를 읽을 줄도 쓸 줄도 모르는 인구가 지난 10년 사이에 7퍼센트에서 10퍼센트로 증가했으며, 그 비율은 갈수록 증가될 전망이라고 한다. 이 주제는 즉시채택된다.

〈환경 보호〉 면을 맡고 있는 기자 클로틸드 플랑카오에트는 휴대폰 안테나가 인체에 해로운 전파를 방출한다면서 그것의 폐해에 관한 기사를 쓰겠다고 제안한다.

그 주제는 받아들여지지 않는다. 공교롭게도 회사 대주주중의 하나가 이동 통신망의 공급자다. 휴대폰에 대해 나쁘게말하는 것은 곤란한 일이다.

화학 비료로 인한 하천의 오염에 관한 기사는 어떤가? 그

---

6 〈새로운 관찰자〉라는 뜻. 작가가 한때 과학부 기자로 일한 바 있는 프랑스의 유력한 주간지 『르 누벨 옵세르바퇴르 *Le Nouvel Observateur*』를 패러디한것이다.

것 역시 거부된다. 너무 전문적이라는 게 그 이유다. 플랑카 오에트는 이런 상황에 대비해서 따로 마련해 둔 주제가 없다. 그녀는 분한 마음에 자리를 뜨고 만다.

부장은 무심하게 소리친다.

「다음 사람.」

프랑크 고티에는 〈과학〉 면을 위해서 이른바 〈유사 요법의 돌팔이들〉을 고발하는 기사를 쓰겠다고 제안한다. 내친김에 엉터리 침술사들에게도 응징을 가하겠다는 것이 그의 생각이다. 이 주제는 받아들여진다.

「왔어, 뤼크레스? 사랑니 뺐다더니 이젠 괜찮아?」

프랑크 고티에는 자기와 함께 〈과학〉 면을 맡고 있는 동료가 옆에 앉는 것을 보며 그렇게 속삭인다.

「미용실에 다녀왔더니 한결 견딜 만해요.」

그녀가 역시 속삭이며 대답하자, 고티에는 어리둥절해하며 그녀를 바라본다.

「미용실이라고?」

당신은 평생 가도 나 같은 사람의 심리를 이해하지 못할 거야 하고 뤼크레스는 생각한다. 굳이 설명할 필요도 없겠다 싶다. 하지만 알 만한 사람은 다 안다. 누군가에게는 미용실에 가거나 새 신발을 사는 일이 사기를 북돋우고 활력을 되찾기 위한 최선의 방법이라는 것을. 그런 간단한 방법으로 그녀의 면역 체계가 온전히 되살아날 수도 있다는 것을.

뤼크레스 넴로드가 발표할 차례다.

그녀는 여러 개의 주제를 준비해 왔다. 그녀가 먼저 제안한 것은 광우병에 관한 기사다.

「이미 다뤘어.」

「구제역은 어떨까요? 백신을 아끼다가 무수한 양들을 학살하고 있는 판국이에요.」

「사람들이 관심을 갖고 있지 않아.」

「그럼 에이즈 문제를 다뤄 볼까요? 여전히 사망자가 많은데, 새로운 치료법이 나온 뒤로는 더 이상 아무도 이 병에 관해서 이야기하지 않고 있어요.」

「내 말이 바로 그거야. 에이즈는 더 이상 사람들의 관심사가 아냐.」

「식물들이 냄새로 서로 소통하는 현상을 다뤄 볼까요? 식물학자들이 알아낸 바에 따르면, 어떤 나무들은 자기들 옆에 있는 나무의 세포가 파괴되는 것을 지각합니다. 그러니까 나무도 제 옆에서 어떤 범죄가 벌어지면 그것을 느낀다는 것이죠…….」

「너무 전문적인데…….」

「젊은이들의 자살 문제는 어때요? 지난해만 해도 자살자가 모두 1만 2천 명이나 되는데, 그 가운데서 청소년이 차지하는 비율은 계속 증가하고 있어요. 전체 자살 기도 사건도 무려 14만 건이나 되고요. 사람들의 자살을 돕기 위한 단체까지 생겨나는 판국이에요. 에그지트[7]라는 클럽이 바로 그거예요.」

「너무 불건전하고 병적이야.」

불안한 상황이다. 그녀의 수첩에는 이제 아이디어가 남아 있지 않다. 모든 기자들이 그녀를 바라보고 있다. 부장은 이 상황을 즐기고 있는 눈치다. 뤼크레스의 커다란 초록색 눈에

---

7 작가가 시나리오를 써서 프랑스의 일간지에 연재한 만화 「에그지트 Exit」에 나오는 인터넷 클럽의 이름이다.

그늘이 진다.

　내가 실수했다. 클로틸드가 나가 버려서 천덕꾸러기 자리가 비어 있다. 이런 상황에서는 주제를 나열한들 더 이상 아무 소용이 없다. 이제 부장은 내가 무슨 주제를 제안하든 안 된다고 말할 것이다. 그냥 내가 무너지는 꼴을 보고 싶어서 그러는 것이다. 어떻게 이 궁지를 벗어난다? 방법은 하나뿐이다. 프로다운 냉정함을 잃지 말아야 한다. 부장의 이 거부를 나 개인에 대한 공격으로 여기면 안 된다. 부장이 받아들일 수밖에 없는 주제를 찾아내야 한다. 이제 내가 내놓을 수 있는 카드는 하나밖에 없다. 이게 마지막 카드다.

　「뇌를 다뤄 보고 싶습니다.」

　「뭐라고? 뇌?」

　부장은 자기 핸드백을 뒤지면서 그렇게 반문한다.

　「뇌의 기능에 관한 기사를 써볼 생각입니다. 인체의 한 기관이 어떻게 사고 작용을 하는 데까지 나아갈 수 있는지 밝혀 보자는 겁니다.」

　「주제가 너무 광범위해. 어떤 관점에서 다룰 것인지를 생각해야지.」

　「핀처 박사의 죽음이라는 사건을 통해 접근하면 어떨까요?」

　「체스에 관심을 갖는 사람들이 얼마나 되겠어?」

　「핀처는 천재였습니다. 우리 뇌의 내부에서 어떤 일이 벌어지는지를 이해하기 위해 신명을 바친 연구자였지요.」

　부장은 자기 핸드백을 집어 탁자 위로 올려놓더니 갑자기 뒤집어엎는다. 립스틱에서 수표책, 만년필, 열쇠 꾸러미, 호신용 작은 최루탄, 약품, 휴대폰에 이르기까지 갖가지 소지품이 뒤죽박죽 섞여 작은 더미를 이룬다.

뤼크레스는 부장이 안 된다고 딱 잘라 말하지 않는 한 받아들여질 가능성은 여전히 남아 있는 거라고 생각하면서, 설명을 이어 나간다. 「사뮈엘 핀처는 체스계에서 눈부시게 빠른 속도로 최강자가 되었습니다. 그가 컴퓨터와 대국을 벌이는 장면은 세계의 거의 모든 텔레비전을 통해서 생중계되었고요. 그랬는데, 승리를 거둔 바로 그날 밤에 톱 모델 나타샤 아네르센의 품에서 죽었어요. 불법 침입의 흔적도 없었고 상처도 없었습니다. 겉으로 드러난 사망 원인은 성적인 쾌락입니다.」

부장은 마침내 자기가 찾고 있던 것을 찾아낸 모양이다. 시가다. 그녀는 셀로판 갑에서 그것을 꺼내어 냄새를 맡는다.

「으음…… 나타샤 아네르센? 지난주에 『벨』[8]지 표지에 나왔던 그 금발 모델 아냐? 쭉 빠진 다리며 크고 파란 눈이 아주 매력적이던데. 그 여자 알몸 사진이 있으면 좋겠는데, 우리한테 있나?」

미술부장 올라프 린드젠은 이제껏 노트에 낙서를 끼적이고 있다가 퍼뜩 정신을 차린다.

「음…… 없어. 그 여자는 여느 모델과 달리 평판이 아주 좋아. 바로 그 점을 의식해서 그러는지 모르지만, 한 번도 알몸으로 포즈를 취한 적이 없어. 수영복 차림으로 카메라 앞에 서기는 해. 그러니까 잘하면 〈물에 젖은 수영복 차림〉 정도는 실을 수 있을지도 모르지.」

크리스티안 테나르디에는 너무 씹어서 너덜너덜해진 시가의 끄트머리를 작은 절단기로 잘라 내더니, 다시 시가를

8 Belle. 미녀라는 뜻. 프랑스의 대표적인 여성지 『엘르 Elle』의 패러디.

물고 우물거리다가 밤색 부스러기를 휴지통에 뱉는다.

「유감스럽군. 그럼 컴퓨터로 사진을 수정하면 어떨까? 수영복을 지워 버릴 수 없나?」

「그러면 소송이 벌어질 거고, 그 사태에 책임을 져야겠지. 그런데, 〈소송은 절대 안 된다〉는 게 우리 회사의 새로운 방침 아냐? 이미 소송 때문에 많은 돈을 낭비했어.」

「좋아. 그러면 수영복 차림의 사진 중에서 되도록 몸을 많이 노출시킨 걸 골라 봐. 이왕이면 속이 조금 비치는 수영복이 물에 촉촉하게 젖어 있는 사진으로 말이야. 아마 그 정도는 찾아낼 수 있을 거야.」

크리스티안 테나르디에는 시가로 뤼크레스를 가리키며 말을 잇는다. 「그래, 뇌를 다루겠다는 건 괜찮은 생각일지도 몰라. 잘 먹힐 가능성이 있어. 하지만 사람들이 흥미를 느끼는 것에 기사의 초점을 맞춰야 할 거야. 세상에 알려지지 않은 흥미로운 이야기도 들어가야 하고, 실용적인 정보도 갖춰야 해. 예를 들어, 성행위를 하는 동안에 뇌 속에서 무슨 일이 벌어지는지 그 화학적인 메커니즘을 다뤄 보는 거야. 잘은 모르지만, 호르몬에 관한 얘기가 될 수도 있고, 오르가슴에 관한 얘기가 될 수도 있겠지.」

뤼크레스는 마치 쇼핑 목록을 작성하기라도 하는 것처럼 부장이 권하는 것들을 수첩에 받아 적는다.

「또 기억력 감퇴에 관한 얘기를 할 수도 있을 거야. 비교적 나이가 많은 독자들을 염두에 두고 말이야. 너무 전문적으로 다룰 필요는 없고, 의사에게 진찰을 받아야 하는지를 확인하기 위한 간단한 테스트를 덧붙이기만 하면 될 거야. 올라프, 그런 거 찾아낼 수 있겠지? 복잡한 그림을 제시하고, 그 그림에 관한 질문을 나열하는 식의 테스트 말이야. 그리고, 우리 그 핀처 박사 사진 가지고 있나?」

미술부장이 고개를 끄덕이자, 크리스티안 테나르디에가 말을 잇는다. 「좋아. 기사 전체의 제목은 무엇으로 하면 좋을 까?…… 〈뇌의 문제〉? 아냐, 그보다는 〈뇌의 신비〉가 낫겠어. 그래, 〈뇌의 신비〉나 〈뇌의 마지막 신비에 관한 새로운 정보〉 같은 제목을 붙이면 될 거야. 표지에 그런 제목을 박고 나타 샤 아네르센의 반라 사진과 체스보드 이미지를 합성해서 실 으면 사람들의 눈길을 끌 수 있어.」

뤼크레스는 마음이 놓인다.

마지막 카드가 통했어. 이지도르에게 감사해야겠군. 이제 뒤탈이 없도록 확실하게 쐐기를 박을 필요가 있겠어. 거칠게 굴지는 말되 내 몫은 당당하게 요구해야 해. 그러지 않으면 저 여자가 이 주제를 고티에에게 맡길지도 몰라.

「사뮈엘 핀처 박사와 나타샤 아네르센은 하늘빛 해안,[9] 그 중에서도 칸에 살고 있었어요. 아무래도 거기에 가서 조사를 벌이는 게 좋을 듯합니다.」

뤼크레스의 말에 부장의 표정이 신중해진다.

「알다시피, 예산 절감의 일환으로 우리는 모든 현장 보도 를 되도록 파리를 벗어나지 않는 선에서 해내려고 애쓰는 중 이야.」

부장은 곱지 않은 눈으로 젊은 기자를 쏘아보며 말끝을 단

9 프랑스어로 코트다쥐르Côte d'Azur. 프랑스의 지중해 해안 가운데에 마 르세유 동쪽의 카시(또는 더 동쪽으로 툴롱)에서 칸과 니스와 모나코를 거쳐 망통에 이르는 지역을 가리킨다. 하늘빛 바다를 따라 아름다운 해수욕장들이 늘어서 있는 프랑스 최고의 휴양지.

다. 「하지만 뭐…… 이 주제를 특집으로 삼는다면…… 예외를 만들어도 되겠지. 그런데 이건 확실히 해두자고. 꼭 필요한 경비 말고는 한 푼도 더 못 줘. 그리고 경비를 지출할 때마다 반드시 부가 가치세를 기록해야 한다는 것도 잊지 말고, 알았지?」

두 여자의 눈길이 서로 부딪친다. 뤼크레스는 눈빛을 조금 부드럽게 하면서 살며시 시선을 떨군다.

이런, 고개를 숙이면 안 된다. 테나르디에라는 여자는 자기에게 당당히 맞서는 사람들을 존중한다. 그녀 앞에서 고개를 숙이는 자들은 경멸의 대상이 된다.

「어떤 프리랜서의 도움을 받고 싶은데, 괜찮겠습니까?」

「누군데?」

「카첸버그요.」 뤼크레스가 다시 당당하게 고개를 들며 말한다.

「그 사람 아직도 활동하고 있나?」

부장은 놀란 기색으로 그렇게 묻고는 시가를 천천히 비벼 끈다.

「난 그 사람 좋아하지 않아. 조직의 규칙을 존중하지 않고 자기 멋대로 행동하는 게 싫어. 독불장군이야. 잘난 척이 너무 심해. 한마디로 〈거만하다〉는 말이 딱 어울리는 사람이야. 뭐든지 다 아는 척하는 그 거만한 태도를 대하면 짜증이 나. 내가 그 사람을 우리 부서에서 쫓아냈다는 거 알고 있지?」

뤼크레스는 이지도르 카첸버그에 대해서라면 이제 누구보다 잘 안다. 그는 한때 경찰관이자 범죄학 전문가로서 증거 분석에 뛰어난 재능을 보였다. 그는 경찰 수사에서 과학에 더 많은 중요성을 부여하려고 노력했지만, 그의 상관들은

43

그가 너무 독립적이라고 판단하고 갈수록 사건을 적게 맡겼다. 그래서 이지도르 카첸버그는 과학 저널리즘으로 활동 무대를 옮겨 경찰 생활에서 얻은 과학 수사의 전문 기술과 지식을 기자로서의 취재와 조사 활동에 활용하였다. 『르 게퇴르 모데른』의 독자들은 마침내 그를 대단히 높이 평가하게 되었고, 편집부로 편지를 보내 그에게 〈과학부의 셜록 홈스〉라는 별명을 지어 주었다. 그의 동료들도 독자들을 따라서 이 별명으로 그를 불렀다. 그러던 어느 날, 그는 파리의 지하철 안에서 불특정의 시민들을 상대로 한 무차별적인 테러의 현장을 목격하였다. 그는 가까스로 목숨을 건졌지만, 현장은 갈가리 찢긴 시체들과 부상자들이 널려 있는 아비규환의 생지옥이었다. 그 사건이 있은 뒤로, 그는 세상의 온갖 폭력에 맞서 싸우는 개인적인 운동에 헌신하였다. 그는 다른 것에 관해서는 더 이상 글을 쓰고 싶어 하지 않았다.

그 무렵에 이지도르 카첸버그는 저수탑을 하나 사들여 그것을 주거 공간으로 개조한 다음 거기에서 은둔 생활을 시작했다. 그는 인류의 미래에 관해 깊이 사유하면서 〈최소 폭력의 길〉을 찾는 독특한 탐구 작업에 들어갔다. 그는 폭넓은 독서와 사색을 바탕으로 장차 인류에게 일어날 수 있는 모든 일을 가상하면서, 벽 하나를 온통 차지하는 넓은 종이에 나무 모양의 도표를 그려 나갔다. 그는 각각의 가지에 미래에 대한 가정을 하나씩 적었다. 만일 사람들이 일보다 레저를 중요하게 여기는 사회를 원한다면, 만일 강대국들 사이에 전쟁이 발발한다면, 만일 사람들이 자유주의나 사회주의를 선택한다면, 만일 로봇화가 고도로 진전된다면, 만일 사람들이 우주 정복이나 종교에 중요성을 부여하기로 결정한다면

하는 식으로. 나무의 뿌리와 줄기와 가지는 각각 과거와 현재와 미래를 나타내고 있었다. 이렇듯 그는 미래의 모든 개연성을 고려하면서, 인류가 나아갈 최선의 길, 즉 〈최소 폭력의 길〉을 찾으려 하였다.

뤼크레스는 부장이 노골적으로 싫은 기색을 하는 것에 아랑곳하지 않고 꿋꿋하게 밀고 나간다.

「우리 독자들은 여전히 이지도르 카첸버그를 대단히 좋아하고 있습니다. 아직도 많은 독자들은 『르 게퇴르 모데른』을 빛낸 심층 보도들과 관련하여 그의 이름을 떠올릴 거라고 생각합니다.」

「아냐. 우리 독자들은 그를 잊었어. 1년 넘게 기사를 쓰지 않는 기자는 더 이상 존재하지 않는 거나 마찬가지야. 우리는 사람들 기억에 오래 남을 예술 작품을 만들고 있는 게 아냐. 우린 그저 덧없이 사라지는 기사를 쓰고 있을 뿐이라고. 게다가 잘 알겠지만, 그 이지도르라는 친구는 지하철에서 겪은 테러 때문에 충격을 받았어. 내가 보기엔 머리가 조금 이상해진 것 같아.」

테나르디에는 그를 두려워하고 있다.

「저는 그와 함께 일하고 싶습니다.」

뤼크레스의 말투가 사뭇 단호하다.

부장은 놀란 기색으로 눈썹을 치켜올린다.

「내 말을 뭐로 들은 거야? 나는 카첸버그가 마음에 들지 않는다니까, 굳이 둘이서 조사를 하고 싶다면, 고티에랑 같이 가. 자네의 파트너는 당연히 고티에야!」

고티에는 고개를 주억거린다.

「그런 식으로밖에 안 된다면, 차라리 사표를 내겠어요.」

뤼크레스의 선언에 좌중이 깜짝 놀란다. 테나르디에의 눈썹이 다시 치켜올라간다.

「넴로드 씨, 자네 뭔가 착각하고 있는 거 아냐? 자네 자신을 뭐로 생각하고 이러는 거지? 여기에서 자네는 사표를 내고 말고 할 자격도 없다는 걸 몰라? 자네는 고료로 보수를 받는 한낱 객원 기자[10]일 뿐이야. 한마디로 말해서 아무것도 아닌 존재지.」

뤼크레스의 눈에 모가 선다. 사랑니를 빼낸 자리가 다시 욱신거리기 시작한다. 그녀는 의지력에 호소하여 통증을 다스리려고 애쓴다.

지금 아프면 안 돼. 지금은 안 돼.

「서로 할 얘기는 다 한 것 같군요.」

뤼크레스는 자기 서류를 챙겨서 일어선다.

입을 일그러뜨리면 안 된다.

부장은 어쭈, 제법 성깔이 있는 걸 하면서 그녀를 달리 본다. 부장의 얼굴에는 화가 났다기보다 놀란 기색이 어려 있다. 암사자의 수염을 잡아당기고도 겁 없이 계속 대드는 작은 생쥐. 뤼크레스는 자기 자신이 그런 생쥐 같다고 느낀다. 암사자에게 대드는 건 별로 영리한 행동이 아니다. 하지만 통쾌하다.

살아가면서 적어도 한 번쯤은 이런 기쁨을 맛보아야지.

테나르디에의 목소리가 들린다.

「기다려.」

---

10 프랑스 언론에는 전문 기자와 〈피지스트pigiste〉라 불리는 객원 기자가 있다. 피지스트는 일정한 급여를 받는 것이 아니라, 기사를 행 단위로 계산하여 원고료를 받는다. 전체 기자 중에서 약 15퍼센트가 이런 피지스트들이다.

돌아서면 안 된다.

「어이, 허세 그만 부리고 이리 앉아. 그래도 그 성깔은 마음에 든다. 나도 젊었을 때는 그랬지. 어서 돌아와 앉아.」

얌전히 앉자. 그러나 만족해하는 내색을 보이면 안 된다.

「좋아……. 정히 그러고 싶다면, 카첸버그의 도움을 받아도 돼. 하지만 이건 분명히 해두자고. 그 사람 몫의 출장비는 없어. 그리고 기사에서는 그 사람 이름을 전혀 언급하지 않는 거야. 그는 자네의 조사를 돕기만 할 뿐 기사는 쓰지 않는 것으로 해. 그런 조건에서도 그가 일을 받아들일 거라고 생각해?」

「받아들일 거예요. 전 그 사람을 알아요. 그가 저를 돕는 건 명예나 돈을 위해서가 아니에요. 지금 그에게 중요한 문제, 그의 마음을 사로잡고 있는 질문은 단 하나, 〈누가 핀처를 죽였는가?〉 하는 거예요.」

8

장루이 마르탱 씨는 평범한 사람이었다.

9

4월 어느 날, 프랑스 남부 지중해 연안의 도시 칸. 날씨가 화창하다.

갖가지 행사와 제전으로 일주일도 조용할 때가 없는 칸이지만, 체스 대회가 끝나고 영화제를 앞둔 시점에서 오랜만에 짧은 공백기의 휴식을 맞고 있다.

사이드카가 달린 구치 오토바이 한 대가 요란한 소리를 내면서 크루아제트 해변 도로를 따라 달리고 있다. 오토바이는

47

이 도시의 명성을 드높이는 호화로운 호텔들 앞을 지나간다. 마르티네즈, 마제스틱, 엑셀시오르, 칼톤, 힐튼. 이 오토바이를 모는 사람은 빨간 외투를 걸친 젊은 여자다. 얼굴을 거의 덮을 듯한 비행사 안경을 끼고 둥근 가죽 모자를 쓴 차림이다. 오토바이에 곁달린 사이드카에는 뚱뚱한 남자가 타고 있다. 검은 외투를 입고 있긴 하지만, 그의 옷차림 역시 기이하기는 마찬가지다.

두 사람은 엑셀시오르 호텔 앞에 오토바이를 세운다. 그들은 한참 동안 먼지를 떨고 나서는 도로 주행용 복장을 벗고 프런트 쪽으로 간다. 그들이 선택한 객실은 바다 쪽의 전망이 좋은 가장 비싼 스위트룸이다.

이로써 쩨쩨한 테나르디에가 크게 깨닫는 바가 있을 것이다.

그들은 마치 유복한 한 쌍의 연인이나 부부처럼 객실을 향해 간다. 하지만 연인이나 부부로 보기에는 두 사람의 태도가 너무 어색하다. 객실에 이르도록 서로 말 한마디 나누지 않으니 말이다. 벨보이 하나가 따라 들어와 덧창들을 열어준다. 바다와 백사장과 해변 도로의 화려한 파노라마가 펼쳐진다. 그들의 눈앞에서 바닷물이 반짝이고 있다. 마치 별들이 흩뿌려져 있는 것 같다.

아무리 따뜻한 지중해라도 아직은 물이 찰 텐데, 용감한 사람 몇 명이 벌써부터 해수욕을 즐기고 있다.

뤼크레스 넴로드는 프루트칵테일 두 잔을 주문한다.

「나는 핀처 박사의 죽음이 계획적인 살인이라는 주장을 믿지 않아요. 기사를 쓰기 위해 이 사건에 대한 조사를 벌이게 된 것을 아주 기쁘게 생각해요. 하지만 나는 당신 생각이

틀렸다는 것을 증명해 보일 생각이에요. 살인은 없었어요. 사뮈엘 핀처 박사는 정말로 〈사랑에 치여 죽은〉 거예요. 복상사(腹上死) 아니면 복하사였을 거라고요.」

아래에서 자동차들이 시끄럽게 경적을 울리며 지나간다.

이지도르 카첸버그는 그녀의 말을 귓등으로 흘리고 자기 주장을 굽히지 않는다.

「나는 여전히 동기가 이 사건의 열쇠라고 확신하고 있습니다. 지난번에 당신을 만난 뒤로, 동기에 관한 간단한 설문 조사를 실시했어요. 여러 사람을 만나 똑같은 질문을 던져보았죠. 〈당신은 무엇에 이끌려 행동합니까?〉라고 말입니다. 내게 질문을 받은 사람들은 대체로 고통에서 벗어나는 것을 중요한 동기의 하나로 꼽더군요.」

벨보이가 채색 유리잔 두 개를 쟁반에 받쳐 들고 다시 나타난다. 우산 모양의 작은 장식물과 설탕에 절인 버찌와 파인애플 한 조각이 유리잔에 얹혀 있다.

뤼크레스는 황갈색 음료를 한 모금 마신다. 사랑니 뺀 자리가 다시 욱신거리기 시작한다. 그녀는 통증을 잊으려고 애쓴다.

「그럼 이지도르, 당신은 무엇에 이끌려 행동하죠?」

「지금은 이 수수께끼를 풀고 싶은 욕구에 이끌리고 있지요. 그렇게 보이지 않나요, 뤼크레스?」

그녀는 자기 손톱 하나를 물어뜯으며 말을 받는다.

「나는 이제 당신이 어떤 사람인지 조금은 알아요. 수수께끼를 풀고 싶은 욕구 말고 뭔가 다른 이유가 있어요.」

영리한 여자로군.

그는 몸을 돌리지 않고 계속 수평선을 바라본다.

「사실이에요. 나에겐 더 개인적인 다른 동기가 있어요.」

그녀는 설탕에 절인 체리를 삼키고 귀를 기울인다.

「음…… 요즘에 자꾸 기억력이 감퇴하고 있다는 느낌이 들어요. 예를 들어, 내가 어떤 말을 하고 있을 때 누가 말을 중단시키면, 이야기의 맥락을 놓쳐 버리면서 무슨 얘기를 하다 말았는지를 잊어버리는 경우가 종종 있어요. 또 숫자로 된 암호를 기억하는 데에도 어려움을 느끼기 시작했어요. 건물 현관의 암호든 신용 카드의 암호든 말이에요……. 걱정이에요. 내 뇌가 더 이상 완전하게 작동하지 않는다는 게 두려워요.」

뤼크레스는 다시 창가로 가서 창턱에 팔꿈치를 대고 바다를 바라본다.

코끼리의 기억력이 감퇴되고 있다.

「아마 생각하는 게 너무 많아서 그럴 거예요. 게다가 요즘엔 기억해야 할 암호도 너무 많잖아요……. 이제는 자동차, 엘리베이터, 컴퓨터에도 암호가 있어요.」

「기억력 클리닉에 가서 검사를 받아 봤어요. 파리의 라 피티에살페트리에르 병원[11] 에 개설된 클리닉이에요. 하지만 아무것도 찾아내지 못했어요. 나는 이 살인 사건에 관해 조사하면서 나 자신의 뇌를 더 잘 이해하게 되기를 바라고 있어요. 나의 할머니는 알츠하이머병을 앓으셨어요. 병이 심해졌을 때에는 더 이상 나를 알아보지 못하셨지요. 할머니는 나를 볼 때마다 〈안녕하세요! 처음 뵙는 분인데 누구세요?〉 하고 물으셨어요. 할아버지에게는 〈당신은 내 남편이 아니

11 350년 이상의 유구한 역사를 지닌 두 병원 라 피티에와 살페트리에르가 통합된 곳. 살페트리에르는 프로이트가 샤르코 밑에서 히스테리와 최면술을 연구했던 바로 그 병원이다.

에요. 내 남편은 훨씬 더 젊고 훨씬 더 잘생겼어요)라고 말씀하셨지요. 할아버지는 그럴 때마다 마음이 너무 아파서 어쩔 줄을 모르셨고요. 간간이 병세가 가라앉아 온전한 정신으로 돌아올 때면 할머니는 당신에게 무슨 일이 생겼는지를 아시고는 한없이 괴로워하셨지요. 나에게도 그런 일이 생길까 봐 걱정이에요. 생각만 해도 겁이 나요.」

멀리 수평선으로 기울어 가는 해가 주위의 바다와 하늘을 붉게 물들이고 있다. 중천에는 은빛 구름이 흘러간다. 두 기자는 창가에 그대로 머물며 오랫동안 수평선을 바라본다. 파리 사람들 모두가 아직 잿빛 도시에 갇혀 있는 시기에 이렇게 칸에서 시간을 보내고 있다는 사실이 새삼스레 고맙게 느껴진다.

오랜만에 맛보는 휴식과 침묵의 시간이다.

뤼크레스는 문득 어떤 사람을 안다는 것이 얼마나 어려운 일인가 하고 생각한다. 사람들은 끊임없이 무언가를 생각하지만, 그 생각 중에서 표현되는 것은 너무나 적다. 그 과정에서 무수히 많은 정보가 실종된다. 우리는 사람들의 생각 중에서 단지 그들이 표현하는 것만을 알 뿐이다.

순간 이지도르가 소스라치게 놀라면서 갑자기 손목시계를 본다.

「빨리, 뉴스 시간이에요!」

「뭐가 그리 긴급한 게 있다고 그래요?」

「세상에서 무슨 일이 일어나고 있는지를 알 필요가 있어요.」

타이틀은 이미 지나갔고, 이제 각각의 소식을 상세하게 전해 주는 시간이다.

〈고등학교 교사들이 파업에 들어갔습니다. 그들은 봉급 인상을 요구하고 있습니다.〉

시위 장면이 화면에 나타난다.

「교사들의 시위도 동기는 똑같네요.」

뤼크레스는 흥미 없다는 듯이 냉소를 흘린다.

「당신이 잘못 생각하고 있어요. 사실, 저들이 원하는 건 돈이 아니라 존경이에요. 예전엔 교사의 사회적 지위가 높았어요. 교사가 된다는 건 사회적으로 중요한 사람이 된다는 뜻이었지요. 오늘날 교사들은 자기들을 더 이상 존경하지 않는 학생들과 씨름해야 합니다. 뿐만 아니라, 정부는 그들에게 승산 없는 싸움을 벌이라고 요구하고 있습니다. 부모 역할을 포기한 사람들 대신 부모 노릇까지 하라는 겁니다. 뉴스에서는 교사들을 마치 휴가와 특권에 굶주린 사람들로 묘사하고 있지만, 그들이 원하는 건 그저 조금 더 많은 인정과 존경입니다. 내가 보기엔, 그들은 할 수만 있다면 플래카드에 〈봉급 인상〉이 아니라 〈더 많은 존중〉이라는 요구를 내걸 겁니다. 사실, 사람들이 겉으로 내세우는 동기가 언제나 그들의 진정한 동기인 건 아니죠.」

뉴스 진행자의 보도가 이어진다.

〈콜롬비아에서 마약 카르텔의 재정 지원을 받는 한 비밀 연구소가 신종 향정신성 물질을 개발했습니다. 중독성이 대단히 강해서 단 한 번만 복용해도 습관적으로 사용하게 되는 마약이라고 합니다. 이 제품은 이미 미국 플로리다의 젊은이들 사이에서 널리 사용되고 있습니다. 축제 때 이 제품을 상그리아[12] 같은 술에 타 마시는 학생들이 적지 않다고 합니다.

---

12 설탕을 넣은 적포도주에 과일 조각을 담가서 만든 스페인식 음료.

사용자의 자유 의지를 무력화시키는 이 마약 때문에 성폭력에 대한 고소가 잇따르고 있습니다.〉

〈아프가니스탄에서는 나지불라 정권을 축출하고 영토의 90퍼센트 이상을 장악한 탈레반 정권이 민심을 얻으려고 애쓰던 초기의 태도에서 벗어나 다시 민중을 억압하는 조치들을 시행하고 있습니다. 모든 여학교가 폐쇄되고 여성이 밖에서 노동하는 것이 금지되었습니다. 남성은 터번을 쓰고 수염을 길러야 하며, 여성은 머리끝에서 발끝까지 가리는 부르카를 써야 합니다. 이런 분위기에서 한 여인이 밝은 색 운동화를 신고 다닌다는 이유로 군중에게 돌팔매질을 당하는 일까지 벌어졌습니다.〉

뤼크레스는 이지도르가 충격을 받고 있음을 알아차린다.

「무엇 때문에 매일 저녁 8시에 이런 혐오스러운 것들을 보아야 하죠?」

이지도르는 대답하지 않는다.

「어디 아파요, 이지도르?」

「내가 너무 예민한가 봐요.」

그녀는 텔레비전을 끈다.

그는 짜증을 내듯이 얼른 텔레비전을 다시 켠다.

「현실을 외면하면, 내가 너무 안일하고 비겁하다는 느낌이 들 것 같아요. 이 세상에 단 하나라도 야만적인 행위가 존재하는 한, 나는 진정으로 편안할 수가 없을 거예요. 위험이 닥치면 모래에 머리를 묻어 버림으로써 위험을 보지 않으려 한다는 타조처럼 우리 눈앞의 엄정한 현실을 외면하고 싶지는 않아요.」

그녀가 귀엣말을 하듯이 나직하게 말한다.「우리는 모든

53

세상사에 관해 고민하려고 여기에 내려온 것이 아니라, 구체적인 하나의 살인 사건에 관해 조사하려고 왔어요.」

「바로 그거예요. 살인 사건에 관해 조사를 하다 보니까 저런 걸 보면서 생각이 더 많아지는 거지요. 매일 수천 명의 사람들이 훨씬 더 비참한 상황에서 살해당하고 있는데, 한사람의 죽음에 관해 조사한다는 게 무슨 의미가 있나 싶은 거죠.」

「만일 지금 우리가 그 죽음에 관해 조사하지 않는다면, 매일 부당하게 살해당하는 사람들의 수가 수천에서 하나 더 늘어날 거예요. 모두가 어떻게 하든 달라질 건 아무것도 없다고 생각하기 때문에 살인이 날로 증가하고 진정한 조사가 이루어지지 않는 거죠.」

이지도르는 그녀의 설득에 마음이 바뀌어 스스로 텔레비전을 끈다. 그는 눈을 감고 생각에 잠겨 있다가 조용히 말문을 연다. 「내 동기가 뭐냐고 물었죠? 크게 보면 공포가 아닌가 싶어요. 나는 공포에서 벗어나기 위해 행동하지요. 나는 어려서부터 겁이 많았어요. 온통 두려운 것 천지라서 하루도 마음이 평온했던 적이 없어요. 내 뇌가 아주 기민하게 움직이는 것은 아마 그 때문일 거예요. 위험이 현실적이든 가상적이든, 가까이 있든 멀리 있든, 그것들에 맞서 나 자신을 지키려는 것이지요. 때로는 이 세상이 온통 분노와 불의, 폭력, 죽음의 충동으로 가득 차 있다는 느낌이 들어요.」

「대체 무얼 두려워하는 거죠?」

「뭐든지 다요. 세상의 잔인함과 난폭함이 두려워요. 환경오염이 두렵고, 사나운 개가 두렵고, 사냥꾼이 두렵고, 여자들이 두려워요. 경찰관과 군인도 두려워요. 기억력이 감퇴되는 것과 늙는 것, 죽는 것도 두려워요. 때로는 나 자신마저

54

두려워요.」

그때 무슨 소리에 그가 소스라치게 놀란다. 문이 닫히는 소리다. 종업원 하나가 나타난다. 달콤한 버찌 술을 속에 넣은 초콜릿을 갖다주러 온 것이다. 잠자기 전에 제공되는 주전부리인 모양이다. 종업원은 실례를 사과하더니 서둘러 문을 닫고 사라진다.

뤼크레스 넴로드는 수첩을 꺼내어 이렇게 적는다.

〈첫째 동기: 고통을 멎게 하는 것. 둘째 동기: 두려움에서 벗어나는 것.〉

10

장루이 마르탱 씨는 정말로 아주 평범한 사람이었다.[13] 마랭고식 송아지 고기 요리[14]를 잘하는 여자의 모범적인 남편이자 부산스러운 세 딸의 아버지인 그는 니스 교외에 살고 있었다. 그는 니스 신용 은행에서 법무 담당 부서의 책임자로 일하고 있었고, 이 직업은 그에게 딱 맞았다.

그의 일상적인 업무는 계좌의 잔액이 마이너스인 고객들의 명단을 은행의 중앙 컴퓨터에 입력하는 일이었다. 이웃한

---

13 작가가 평범함을 강조하는 이 인물에게 마르탱Martin이라는 성과 장루이Jean-Louis라는 이름을 부여한 것은 우연이 아니다. 프랑스의 인구 통계에 따르면, 마르탱은 프랑스인들이 가장 많이 쓰는 성이다(물론, 프랑스인들의 성은 무려 25만 가지나 되는 터라, 아무리 많이 쓰이는 성이라도 우리나라의 김, 이, 박에 비교할 수는 없지만 말이다). 두 성인(聖人)의 이름을 합쳐 놓은 장루이라는 세례명 역시 평범하기는 마찬가지다. 프랑스인들은 주로 성인이 이름을 따서 자녀의 세례명을 삼는데, 성인들의 이름 가운데 가장 흔한 것이 장이다. 따라서 장은 세례명으로 사용될 가능성이 대단히 높다. 또 루이는 성인의 수에서는 장에 못 미치지만 최근의 출생 신고에서 가장 빈번하게 등장하는 이름이다.

14 송아지 고기를 토마토, 버섯 등과 함께 기름에 넣고 살짝 익힌 요리.

사무실에서 근무하는 베르트랑 물리노는 불량 고객들에게 전화를 걸어 결제를 독촉하는 일을 하고 있었지만, 마르탱 씨는 그런 험한 일을 하지 않아도 되었다. 그는 그 점을 만족스럽게 여기며 평온하고 초연하게 자기 임무를 수행하였다.

그가 일을 하고 있을 때면, 폴리스티렌 칸막이 너머에서 이런 소리가 들려오곤 했다.

「안녕하세요, 선생님. 다름이 아니라, 저희가 확인을 해보니까 놀랍게도 선생님의 계좌가 적자로 되어 있네요. 전화로 이런 말씀드리게 되어서 죄송하지만······.」

토요일 저녁이면 마르탱 씨 가족은 다 같이 소파에 앉아서 텔레비전을 보곤 했다. 그들은 〈기권이냐 갑절이냐〉라는 퀴즈 프로그램을 무척 좋아하였다. 이 프로그램에서 그날의 승자가 된 사람은 더 이상의 도전을 포기할 수도 있고, 다음 시간에 다시 출연하여 다른 출연자들과 승부를 겨룰 수도 있다. 1회의 승리에 만족하고 그만두는 사람에게는 적은 상금이 돌아간다. 그 대신 빈손으로 돌아가지 않는 것이 확실하게 보장된다. 계속 도전하는 사람에게는 위험이 따른다. 일껏 따놓은 상금을 모두 잃을 수도 있다. 하지만 한 번 우승할 때마다 상금이 갑절로 늘어나기 때문에 엄청난 거금을 벌 수도 있다.

우승자들은 적게 벌고 그만둘 것인가, 아니면 다 잃을 각오를 하고 큰돈에 도전할 것인가를 놓고 고민하는 모습을 보여 주곤 했다. 마르탱 씨 가족은 그 모습을 흥미진진하게 지켜보았다. 그러면서 만약에 자기들이 그런 처지에 놓인다면 어떻게 할까 하고 스스로에게 물어보곤 했다.

멈출 줄 모르는 사람들, 올바른 선택을 할 줄 모르는 사람들, 스스로를 예외적인 존재로 여기면서 자기의 운을 믿고 위험에 도전하는 사람들의 온갖 드라마가 거기에 있었다.

방청석의 군중은 언제나 출연자들이 위험을 무릅쓰도록 격려하였다. 군중이 〈갑절! 갑절!〉 하고 소리치면, 마르탱 씨 가족도 그들을 따라 〈갑절!〉을 외쳤다.

비가 내리는 일요일이면 장루이 마르탱은 체스 두기를 즐겼다. 그의 상대는 직장 동료 베르트랑 물리노였다. 마르탱은 스스로를 〈가는 길만 겨우 아는 사람〉으로 규정했다. 하지만, 그의 말마따나 그는 〈무슨 수를 써서라도 이기는 것보다는 전투의 모양을 멋지게 짜는 것을 더 좋아하는〉 사람이었다.

그가 오랫동안 키운 세퍼드 루쿨루스[15]는 주인이 체스를 두는 시간이 쓰다듬을 받기에 좋은 기회임을 알고 있었다. 뿐만 아니라, 이 개는 자기를 쓰다듬는 주인의 손길을 통해서 대국의 형세가 어떻게 돌아가는지도 간접적으로 지각할 수 있게 되었다. 판세가 주인 쪽에 불리하게 돌아갈 때는 손길이 거칠었고, 주인이 우세할 때는 손길이 한결 부드러웠기 때문이다.

대국이 끝나면 두 남자는 호두 술을 마시며 담소를 나누었다. 그동안에 아내들 역시 자기들끼리 거실 한구석에 앉아 이야기꽃을 피웠다. 직장을 다니지 않는 그녀들은 아이들 교육 문제나 남편들의 승진 가능성 등에 관해서 큰 소리로 이야기를 나누곤 했다.

장루이 마르탱은 서툰 솜씨로나마 유화를 그려 보는 것도

15 이 개의 이름은 미식가로 유명했던 로마의 장군 루키우스 리키니우스 루쿨루스(B.C. 118~B.C. 57)에서 따온 것이다.

좋아했다. 그는 자기의 우상인 살바도르 달리가 다룬 주제들을 자기 나름의 방식으로 표현해 보고자 하였다.

삶은 그렇게 평온하게 흘러가고 있었다. 너무나 평온해서 그 흐름을 별로 느끼지 못할 정도였다. 은행, 가족, 개, 베르트랑, 체스, 퀴즈, 살바도르 달리의 그림. 그는 이 요소들이 엮어 내는 삶의 리듬에 만족하였다. 바캉스니 여행이니 하는 것들은 오히려 그 좋은 리듬을 깨뜨릴지도 모르는 불안한 시간으로 여겨졌다.

그는 그저 내일이 또 다른 어제이기만을 바랐다. 매일 밤 그는 자기가 이 세상에서 가장 행복한 사람이라고 생각하면서 잠이 들었다.

11

이게 무슨 소리지? 그가 코를 고는구나!

뤼크레스는 잠을 편히 못 이루고 뒤척인다. 그러다가 아무래도 안 되겠다 싶어 이지도르가 자고 있는 방의 문을 열고, 그의 자는 모습을 살핀다.

마치 거구의 아기가 자고 있는 것 같네.

그녀는 어쩔까 망설이다가 그를 흔든다.

그는 꿈길을 헤매고 있다가 천천히 깨어난다. 꿈에서 그는 새 구두를 신고 가루눈을 뽀드득뽀드득 밟으며 어떤 초가집을 향해 나아가고 있었다. 그 초가집에서는 아주 희미한 불빛이 흘러나오고 있었다.

그녀는 천장 등을 켠다. 그는 소스라치며 왼쪽 눈을 반쯤 뜬다.

「으음?」

여기가 어디지?

그는 뤼크레스를 알아보고, 기지개를 켜면서 묻는다.

「몇 시죠?」

「새벽 2시예요. 천지가 다 고요하고 나도 자고 싶어요.」

그는 뜨다 만 왼쪽 눈을 완전히 뜬다.

「아니, 자고 싶다는 얘기를 하려고 나를 깨우는 거예요?」

「단지 그 때문은 아니에요.」

그는 얼굴을 찡그린다.

「혹시 불면증 환자예요?」

「불면증은 아니고 옛날에 몽유병이 있었어요. 하지만, 발작이 일어나지 않은 지는 오래됐어요. 어디에서 읽었는데, 몽유병 환자는 자다가 일어나서 마치 깨어 있는 사람처럼 돌아다니면서도 자기가 꿈꾸고 있는 것을 다 본대요. 또 이런 얘기를 읽은 적도 있어요. 고양이의 뇌를 이루는 두 반구 사이의 연결을 끊으면, 고양이들은 눈을 감은 채 자기들이 꿈꾸고 있는 것을 그대로 흉내 내기 시작한다는 거예요. 거짓말 같은 얘기죠?」

그는 잠을 이기지 못해 시트를 다시 끌어 올려 불빛을 가린다.

「그럼 잘 자고 아침에 봐요.」

「이봐요, 이지도르. 나는 당신하고 이 조사를 같이 하게 된 것을 아주 기쁘게 생각하고 있어요. 그거 알고 있죠? 그런데, 한 가지 문제가 있어요. 당신이 코를 너무 심하게 골아요. 나는 그 시끄러운 소리에 잠이 깼고, 그래서 이렇게 들어온 거예요.」

「아 그래요? 미안해요. 스위트룸 두 개를 따로 얻을까요?」

「아뇨. 그럴 것까지는 없고 옆으로 한번 누워 보세요. 그러면 목구멍 쪽의 입천장이 더 이상 진동하지 않을 거예요. 그냥 내가 시키는 대로만 하면 해결되는 문제예요.」

그녀는 되도록 상냥한 표정을 지으려고 애쓴다.

「미안해요. 잘 알았어요. 시키는 대로 해볼게요.」

그가 그렇게 중얼거린다.

자기가 무엇을 원하는지 분명히 알고 있는 여자들 앞에서는 가장 카리스마적인 기질을 가진 남자들조차 순순히 체념하고 따르는 듯한 태도를 보일 때가 있다. 그들은 왜 그러는 걸까?

「내게 왜 고분고분하죠?」그녀가 호기심을 느끼며 묻는다.

「어쩌면…… 남자의 자유 의지는 자기 대신 무언가를 결정해 줄 여자를 선택하는 데에 있는지도 모르죠.」

「듣기 나쁘진 않군요. 그런데 나 배고파요. 우리 저녁을 안 먹었잖아요. 쟁반에 받쳐 나오는 식사를 시키면 좋을 것 같은데. 어떻게 생각해요, 이지도르?」

그녀는 수첩을 꺼내어 자기가 적어 놓은 것을 읽어 보더니 새로운 항목을 추가하고 열띤 어조로 말끝을 단다.「사람의 행동을 이끄는 동기 중의 셋째로 배고픔을 꼽고 싶어요. 지금의 나를 예로 들면, 내 몸이 먹을 것을 요구하고 있어요. 무언가를 먹어야만 잠을 자겠대요. 나로서는 달리 어쩔 수가 없어요. 지금 나에게 중요한 건 허기진 배를 채우는 거예요. 그러니까, 첫째가 고통을 멎게 하는 것이고 둘째가 공포에서 벗어나는 것이라면, 셋째는 허기를 채우는 거예요.」

이지도르는 알아들을 수 없는 말을 중얼거리며 다시 이불

속으로 들어간다. 그녀는 자기 말을 들어 달라며 이불을 끌어 내린다.

「배고픔…… 그건 인간의 원초적인 동기예요. 안 그래요? 인간은 배고픔의 문제를 해결하기 위해 사냥과 농업과 사일로와 냉장고 등을 발명했어요.」

그는 그녀의 말을 건성으로 듣다가, 한쪽 팔꿈치를 대고 몸을 일으키면서 눈으로 불빛이 쏟아져 들어오지 않도록 손차양을 댄다.

「먹는 것도 중요하지만 잠자는 것도 중요해요. 배고픔, 잠, 따뜻함 같은 생존의 욕구들을 하나로 묶어서 또 하나의 중요한 동기로 보면 되겠네요.」

그녀는 수첩에 적은 것을 정정한 다음 룸서비스에 식사를 주문하기 위해 전화의 송수화기를 든다.

「난 스파게티 먹을 건데, 뭐 드실래요?」

「됐어요, 난 안 먹을래요. 자는 게 더 좋아요.」

그는 하품이 나오고 눈꺼풀이 내리누르는 것을 참느라고 애쓰면서 그렇게 말한다.

「그런데 우리 내일은 뭐하죠?」 뤼크레스가 묻는다. 목소리에 활기가 넘친다. 그러나 그는 눈을 다시 뜨기가 어렵다.

「내일?」 그가 되묻는다. 마치 이해하기 어려운 개념을 되뇌기라도 하는 듯하다.

「그래요, 내일.」

「핀처 박사의 시신을 보러 갈 거예요. 불 좀 꺼줄래요?」

어둠이 다시 부드러운 손길로 그를 토닥인다.

그는 몸을 돌려 모로 눕더니 새털 이불을 가슴에 껴안은 채 잠이 든다. 코 고는 소리는 더 이상 들리지 않는다.

참 사랑스러운 남자야 하고 그녀는 생각한다.

그는 다시 꿈을 꾼다. 새 구두를 신고 뽀드득 소리를 내며 계속 눈길을 걷는다. 그는 초가집 안으로 들어간다. 뤼크레스가 안에 있다.

12

평온하기 그지없던 장루이 마르탱의 삶은 한순간에 엄청나게 달라졌다. 어느 일요일 밤이었다. 그는 아내 이자벨과 함께 조용히 거리를 거닐고 있었다. 친구 베르트랑의 집에서 저녁을 먹고 체스까지 한 판 두고 오는 길이었다.

때는 겨울이었고 눈이 내리고 있었다. 늦은 시각이라 거리에는 행인의 발길이 뜸하였다. 그들은 미끄러지지 않도록 조심조심하며 걷고 있었다. 그때 갑자기 자동차 엔진 소리가 들렸다. 빙판이 되어 버린 길바닥에서 착 달라붙을 자리를 찾아내지 못한 타이어들이 기이한 소리를 내며 미끄러졌다. 그의 아내는 빠르게 돌진해 오는 자동차를 가까스로 피했다. 그러나 그는 아니었다.

그는 무슨 영문인지 깨달을 새도 없이 자동차에 치여 공중으로 튕겨 올랐다. 마치 느린 동작 화면을 보고 있는 것처럼 모든 일이 느릿느릿 전개되는 듯했다.

그 짧은 순간에 그토록 많은 정보를 지각할 수 있다는 사실이 놀라웠다. 자기가 공중에서 모든 것을 보고 있다는 느낌이 들었다. 입을 벌린 채 자기를 올려다보고 있는 아내의 모습이 보였다. 그의 개는 아직 주둥이를 들어 올리지 않은 채 주인이 어디로 갔는지 찾고 있었다.

자동차는 멈추지 않고 그대로 달아나 버렸다.

그는 아직 공중에 머물러 있었다. 그의 뇌리로 이런저런 생각들이 아주 빠르게 스쳐 지나가고 있었다. 그러다가 경악의 순간이 지나가고 고통의 순간이 찾아왔다. 바닥에 떨어지던 순간에는 아무것도 느끼지 못했다. 마치 그가 모든 신경에 빗장을 걸기라도 한 것처럼 충격의 메시지가 바로 전달되지 않았다. 그러더니 그 충격이 흡사 시큼한 산(酸)의 물결처럼 느껴지기 시작했다. 그의 몸 어디에선가 쏟아져 나온 산이 온몸으로 퍼져 나가는 느낌이었다.

아프다.

격심한 통증이 밀려왔다. 온몸이 후끈거리고 욱신거렸다. 피복이 벗겨진 전선을 손으로 만졌다가 220볼트 전기에 충격을 받았던 때와 비슷했다. 후진하던 자동차가 그의 발끝 위로 지나갔던 때와 비슷한 것 같기도 했다. 그는 그 순간들의 고통을 기억하고 있었다. 정수리까지 짜르르하게 쑤시고 올라왔다가 안면의 신경망을 자극하여 얼굴이 타버릴 듯한 느낌을 주던 그 고통을. 갑작스럽고 격렬했던 다른 고통들의 기억까지 덩달아 뇌리에 떠오르고 있었다. 말에서 떨어져 팔이 부러졌던 일. 문의 돌쩌귀에 손가락이 끼였던 일. 손톱 하나가 살 속으로 파고들었던 일. 학교에서 휴식 시간에 장난을 치던 중에 어떤 아이가 갑자기 그의 머리카락을 휙 잡아당겼던 일. 그런 고통의 순간에 우리가 생각하는 것은 단 하나뿐이다. 우리는 그저 그 순간이 멎기를, 그 순간이 당장에 중단되기만을 바랄 뿐이다.

그가 공중에 튕겨 올랐다가 다시 길바닥에 떨어지기 전에, 번개처럼 그의 뇌리를 스친 또 하나의 생각이 있었다. 그건 〈나는 죽는 게 두렵다〉는 생각이었다.

13

칸 법의학 연구소. 그라스 대로 223번지, 칸 시내를 내려다보는 언덕에 자리 잡고 있다. 장식에 공을 들인 건물이라서 밖에서 보면 죽음의 장소라기보다 아름다운 빌라 같은 느낌을 준다. 죽음과 애도를 상징하는 사이프러스 울타리가 계수나무로 장식된 정원을 둘러싸고 있다. 파리에서 온 두 기자는 건물 안으로 들어간다. 천장은 높고 벽에는 연보라색과 흰색의 장식천이 드리워져 있다.

1층에는 빈소들이 줄지어 있다. 고인의 가족과 친지가 마지막 경의를 표하러 오는 곳이다. 시신의 살갗은 방부 처리 기술자들이 수지와 포르말린을 이용해 다시 부풀려 놓았고, 시신의 얼굴에는 분장이 되어 있다.

법의학 실험실로 사용되는 지하로 내려가기 위해서, 이지도르 카첸버그와 뤼크레스 넴로드는 좁다란 복도를 지나간다. 복도 끝에 다다르자 커다란 유리문이 그들을 막아선다. 앤틸리스 출신으로 보이는 수위 하나가 문을 지키고 있다. 긴 머리를 자메이카의 라스타파리언들처럼 땋은 수위는『로미오와 줄리엣』을 읽는 데에 열중해 있다.

「안녕하세요. 우린 기자들인데, 핀처 사건을 맡은 법의학자를 만나러 왔어요.」

경비원은 그들에게 눈길을 주기 전에 한참 뜸을 들인다. 옛날 베로나의 두 연인에게 닥쳤던 비극이 그의 마음을 아프게 했는지, 슬픈 표정을 지으며 미닫이 유리창을 열어 준다. 성가신 방문객들로부터 그를 지켜 주는 이 유리창에는 열지 않고도 이야기를 나눌 수 있도록 구멍이 뚫려 있다.

「죄송합니다. 엄명이 떨어졌어요. 사건의 수사를 맡은 검찰관을 제외하고는 누구도 들어갈 수 없습니다.」

수위는 유리창을 닫고 다시 책에 빠져든다. 바로 로미오가 자기의 불타는 사랑을 고백하고 줄리엣이 편협한 자기 부모 때문에 로미오가 겪게 될지도 모를 어려움을 설명하는 대목이다.

이지도르는 그 수위의 마음을 움직일 수 있는 게 없을까 하고 생각하다가 에멜무지로 50유로짜리 지폐 한 장을 꺼내어 유리창에 붙인다.

「이거면 되겠어요?」

그는 위험을 무릅쓰고 그렇게 물어본다.

로미오와 줄리엣의 사랑 이야기가 주던 흥미가 갑자기 조금 시들해진 듯하다.

미닫이 유리창이 다시 열리고, 손 하나가 재빨리 나와 지폐를 잡는다. 그러자 이지도르는 자기 동료에게 말한다.

「적어요, 뤼크레스. 넷째 동기는 돈이에요.」

그녀는 수첩을 꺼내어 그대로 적는다.

「쉬이잇, 누가 듣겠어요.」

그러는 수위의 기색이 불안해 보인다.

그가 지폐를 잡아당긴다. 하지만 이지도르는 아직 궁금한 것이 있어서 지폐를 놓지 않는다.

「이 돈 가지고 뭐 할 거예요?」

「놔요, 이러다 찢어지겠어요.」

두 남자는 지폐를 잡은 손에 힘을 주면서 서로 자기 쪽으로 잡아당긴다.

「이 돈 가지고 뭐 할래요?」

「별걸 다 물으시네. 그건 알아서 뭐 하게요?」

이지도르는 손에서 힘을 빼지 않는다.

「글쎄…… 모르겠어요. 책을 사든지, 음반이나 비디오를 구하죠, 뭐.」

뤼크레스는 그 실랑이와 수위의 난처해하는 기색에 흥미를 느끼며, 큰 소리로 혼잣말을 한다.

「이 네 번째 욕구를 뭐라고 부르면 좋을까?」

「안락의 욕구라고 하죠. 첫째는 고통을 멎게 하는 것. 둘째는 두려움에서 벗어나는 것. 셋째는 생존의 욕구를 충족하는 것. 넷째는 안락의 욕구를 충족하는 것.」

수위는 더 세게 지폐를 잡아당겨 마침내 자기 것으로 만든다. 그러더니 마치 그 소란스러운 두 인물을 쫓아 버리려는 듯, 버튼을 누른다. 커다란 유리문이 고양이 울음소리를 내며 옆으로 미끄러진다.

14

장루이 마르탱은 혼수상태에서 깨어났을 때, 우선 자기가 살아 있다는 사실에 기뻐하였다. 그다음에는 자기가 어떤 고통도 느끼고 있지 않음에 또다시 기뻐하였다.

그는 자기가 어떤 병원의 병실에 누워 있음을 알았고, 어쨌거나 약간의 타박상을 입기는 했나 보다 하고 생각했다. 그는 고개를 고정시킨 채 파자마 차림의 자기 몸을 바라보았고, 팔다리가 온전히 붙어 있다는 것과 깁스며 부목 따위는 어디에도 없다는 것을 확인했다. 그는 자기가 〈완전하다〉는 사실에 안도하였다.

그는 손을 움직여 보려고 했다. 그러나 손이 말을 듣지 않았다. 이번엔 발을 움직여 보려 했으나, 발 역시 그의 뜻을 따라 주지 않았다. 소리를 치고 싶었다. 하지만 입을 벌릴 수가 없었다. 더 이상 어느 것 하나 제대로 움직일 수 있는 게 없었다.

장루이 마르탱은 자기가 어떤 상태에 있는지 깨달았을 때, 그만 공포에 사로잡히고 말았다.

그가 할 수 있는 행위란 고작 보는 것과 듣는 것뿐이었는데, 그나마도 단지 한쪽 눈으로만 보고 한쪽 귀로만 들을 수 있었다.

15

눅눅한 석벽에서 나는 화학적 풍화(風化)의 냄새. 법의학 실험실은 지하실에 있다. 그들은 잿빛 복도를 한참 돌아다닌 끝에 마침내 자기들이 들어가야 할 문을 찾아낸다. 문을 두드려 보았지만 아무 대답이 없다. 그들은 문을 열고 들어간다. 키가 큰 남자가 시험관을 원심 분리기에 끼워 넣는 일에 몰두해 있다가 그들을 돌아본다.

「핀처 사건 때문에 왔는데요…….」

「누가 들여보냈죠? 아, 당연히 수위가 그랬겠지요. 그 친구 왜 이렇게 말귀를 못 알아듣나! 이번엔 따끔하게 한 소리 해주어야겠어. 누구든 작은 권력이라도 가졌다 하면, 그걸 남용해서 자기 위세를 드러내려고 한다니까.」

「우린 기잡니다.」

남자는 하던 일을 계속하려다가 다시 몸을 돌린다. 구불거리는 검은 머리에 반달 모양의 작은 안경. 풍채가 좋고 상당히 기품이 있어 보인다. 가운 호주머니에 〈조르다노 교수〉라는 글자가 수놓아져 있다. 그는 쌀쌀맞게 그들을 톺아

본다.

「내가 알고 있는 건 이미 수사관들에게 다 얘기했어요. 알고 싶은 게 있으면 그들에게 직접 물어봐요.」

그러더니 그는 대답을 기다리지 않고 시험관을 거두어 다른 방으로 사라진다.

이지도르가 속삭인다. 「저 양반의 동기를 찾아내야 해요. 나한테 맡겨요.」

조르다노 교수는 다시 돌아오더니 그들에게 퉁명스럽게 내뱉는다. 「아직 볼일이 남았나요?」

「우리는 다른 게 아니라 선생님에 관한 기사를 썼으면 합니다.」

교수의 얼굴 표정이 조금 풀어진다.

「나에 관한 기사요? 나는 한낱 시(市)의 공무원일 뿐이에요.」

「선생님은 일반적으로 대중에게 공개되지 않는 것을 늘 가까이 접하고 있습니다. 보통의 주검은 물론이고 변사체들도 자주 검사하지 않으십니까? 그것만으로도 사람들의 관심을 끌기에 충분합니다. 바쁘신 줄은 알지만, 시간을 좀 내주십시오. 오래 걸리지는 않을 겁니다. 부검실을 둘러보고 거기에서 선생님이 일상적으로 일하시는 모습을 사진에 담고 싶습니다.」

조르다노 교수는 이 부탁을 거절하지 않는다. 그는 다른 층에 벗어 둔 상의에서 열쇠를 찾아와야 한다며 5분 동안 기다려 달라고 한다.

그사이에 두 기자는 주위에 있는 해부 도구들을 살펴본다.

「잘했어요, 이지도르. 사람을 살살 구슬릴 줄도 아네요.」

「누구에게나 저마다의 동기가 있게 마련이죠. 저 사람의 동기는 명예욕입니다. 저 학위 증서와 작은 선반 위에 있는 스포츠 트로피들 봤지요? 그가 저것들을 전시하는 것은 자기 이미지에 문제를 느끼고 있기 때문입니다. 그는 자기에 대한 남들의 평가에 신경을 쓰고 있어요. 언론에 자기에 관한 기사가 실리는 것을 남들에게 인정받는 하나의 방식으로 여기는 사람이지요.」

「그렇군요.」

「모든 기계에 저마다의 사용법이 있듯이, 사람을 움직일 때도 그 사람에게 맞는 방식이 있습니다. 요는 그를 움직일 수 있는 주된 지렛대를 찾아내는 것입니다. 그건 물론 쉬운 일이 아니지요. 경우에 따라서는 그의 어린 시절이 어떠했는지도 알아야 합니다. 〈그 시절에 그에게 부족한 것이 무엇이었을까?〉라고 스스로에게 물어보아야 한다는 것이지요. 그 답은 엄마의 입맞춤이나 장난감일 수도 있고, 조르다노 교수의 경우처럼 남들의 칭찬일 수도 있습니다. 조르다노 교수는 남들을 놀라게 하고 싶어 합니다.」

「그러면 타인의 칭찬을 우리 목록의 다섯째 자리에 넣을까요?」

이지도르는 원심 분리기를 더 가까이에서 살펴보다가 대답한다.

「그것을 집단의 인정이라는 개념으로 확대할 수도 있을 것 같군요.」

「사회화라는 개념은 어때요?」

「내 생각에는 타인에 대한 의무감이라는 더 넓은 개념 속에 포함시키는 게 좋겠어요. 여기서 말하는 〈의무감〉에는 자

69

기 부모나 선생님에 대한 의무감은 물론이고 이웃이나 나라에 대한 의무감, 나아가서는 모든 인간 존재에 대한 의무감까지 포함되는 거예요. 저 조르다노 교수는 착한 아들, 선량한 시민, 성실한 공무원으로서의 의무를 이행하고 있고, 그것을 남들이 알아주기를 바라고 있어요.」

뤼크레스는 수첩을 꺼내어 적으며 동기의 목록을 다시 나열한다. 「첫째, 고통을 멎게 하는 것. 둘째, 두려움에서 벗어나는 것. 셋째, 생존의 욕구를 충족시키는 것. 넷째, 안락의 욕구를 충족시키는 것. 다섯째, 의무감.」

이지도르가 말끝을 단다. 「바로 그 〈의무감〉에서 사람들은 전쟁터에 나가는 것을 받아들이고 희생을 견뎌 내죠. 사람들은 양 떼 속에 들어 있는 한 마리 어린 양처럼 길들여집니다. 그러고 나면 다시는 무리를 떠날 수 없게 되고, 무리 속의 다른 양들을 기쁘게 하기 위해 행동하지요. 바로 그런 이유로 누구나 표창을 받으려 하는 것이고, 임금 인상이나 신문 기사 등을 통해 남들로부터 인정을 받고 싶어 하는 것입니다. 안락의 욕구를 충족시키기 위한 소비는 부분적으로 이 의무감이라는 개념과 연결되어 있어요. 사람들이 텔레비전이나 자동차를 사는 까닭은 꼭 그것들이 필요해서가 아닙니다. 자기가 똑같은 무리에 속해 있다는 것을 이웃 사람들에게 보여 주기 위해서 사는 경우도 있지요. 사람들은 가장 멋진 텔레비전이나 가장 멋있는 자동차를 가지려고 애쓰기도 합니다. 그건 자기가 부유하다는 것, 자기가 무리를 구성하는 가치 있는 요소라는 것을 증명하고 싶어서 그러는 겁니다.」

조르다노 교수가 돌아온다. 머리에 스프레이를 뿌리고 빗질을 한결 정성스럽게 한 티가 난다. 가운도 새것으로 갈아 입었다. 그는 열쇠 하나를 흔들어 보이더니, 옆방으로 따라 오라고 한다. 방문에 〈부검〉이라는 팻말이 붙어 있다. 그가 자물쇠 구멍에 열쇠를 집어넣는다.

문이 열리자, 먼저 후각 정보가 밀려든다. 사체의 역겨운 냄새에 또 다른 냄새가 섞여 있다. 포르말린과 라벤더 향이 들어간 소독약 냄새다. 그 후각 유발 물질의 증기가 두 기자 의 비강으로 들어가 상피를 덮고 있는 점액 속으로 녹아든 다. 이 점액에 젖어 있는 후각 섬모들이 냄새 분자들을 포획 하여 코의 가장 위쪽 부분, 곧 천장으로 거슬러 올라가게 한 다. 거기에는 냄새 감각을 받아들이는 방추형의 신경 세포들 이 2제곱센티미터의 면적에 펼쳐져 있다. 신경 세포들이 냄 새를 신호로 바꾸면, 이 신호는 머리뼈 공간 속의 후각 망울[16] 쪽으로 돌진하고 이어 해마(海馬)[17] 쪽으로 나아간다.

「아유 냄새!」

뤼크레스가 그렇게 소리치며 코를 틀어쥐자, 이지도르도 얼른 따라 한다.

하지만 그들을 안내하는 조르다노는 냄새를 전혀 거북해 하지 않는다. 오히려 경험 없는 방문자들이 으레 보이는 그 자발없는 반응을 재미있어하는 눈치다.

「이런 데 들어올 때는 방독면을 쓰는 게 보통입니다. 하지 만 여기에서는 모든 사체를 다시 꿰매 놓기 때문에 꼭 그럴

---

16 예전 해부학 용어로는 후구(嗅球).

17 대뇌 반구의 안쪽 아래에 측뇌실(가쪽 뇌실)이라는 공간이 있는데, 이 공간은 중심부와 세 개의 뿔로 이루어져 있다. 해마는 그 세 뿔 가운데 하나인 관자뿔(아래뿔)의 구부러진 융기 부분을 가리키는 해부학 용어이다.

필요가 없지요. 지금도 기억이 생생한데, 한번은 이런 일이 있었습니다. 동료 하나가 방독면 쓰는 것을 잊어버리고 어떤 사체의 배를 갈랐어요. 화학 약품을 삼키고 자살한 남자의 주검이었습니다. 그 남자가 뒤섞어 마신 약과 세척제와 비누가 모두 위 속에 머물러 있었지요. 내 동료가 부검을 시작했을 때, 위에서 독성이 매우 강한 가스가 터져 나왔어요. 가엾은 그 친구는 긴급히 병원으로 실려 가고 말았지요.」

법의학자는 혼자서 웃음을 터뜨린다.

그들 주위로 여섯 개의 스테인리스 탁자가 보인다. 탁자마다 사체의 머리를 받치기 위한 하얀 목침이 놓여 있고, 사체에서 흘러나오는 액체를 배출하기 위한 홈이 나 있다. 네 탁자에 주검이 놓여 있는데, 각각의 주검에 비닐 덮개가 씌워져 있어서 보이는 거라곤 발들뿐이다. 시신들은 엄지발가락에 꼬리표를 하나씩 달고 있다.

조르다노가 덤덤하게 알려 준다.「교통사고가 났어요……. 굽이진 길에서 승용차 한 대가 트럭을 무리하게 추월하다가 변을 당했죠. 이들은 굽이로 들어서기 전에 여유 있게 트럭을 앞지를 수 있을 거라고 생각했던 모양입니다.」

오른쪽 벽에는 손잡이 달린 물비누 분사기와 소독기를 갖춘 커다란 개수대와 가운을 넣어 두는 옷장이 붙어 있다. 그 한쪽 구석에는 부검 과정에서 생기는 폐기물을 버리는 쓰레기 투입구가 있고, 벽이 우묵하게 들어간 안쪽에는 〈엑스선실. 출입 금지〉라고 써놓은 문이 보인다. 왼쪽 벽으로는 로마자들이 붙은 냉장 붙박이장들이 늘어서 있다.

「자아, 이제 시작해 볼까요? 두 분이 알고 싶어 하는 게 뭐죠?」

「먼저 사진을 한 장 찍고 싶은데요. 부검대 앞에서 도구들을 들고 포즈를 좀 취해 주시겠어요?」

조르다노 교수를 구슬리려면 어떻게 해야 하는지를 잘 알게 된 뤼크레스가 그렇게 말하자, 그는 핀셋이며 메스를 들고 의젓하게 포즈를 취한다. 사진 촬영이 끝나자, 뤼크레스는 수첩을 꺼내며 묻는다. 「선생님이 보시기에, 핀처 박사의 사망 원인은 뭔가요?」

조르다노 교수는 차트를 보관해 두는 집기 쪽으로 가서 핀처라는 이름이 붙어 있는 서류철을 꺼낸다. 거기에는 사진들이며 감식 결과 보고서들, 부검 때에 녹음한 오디오 카세트테이프, 화학 분석 결과의 목록 등이 들어 있다.

「……사랑 때문입니다.」

「사인치고는 너무 모호한 듯한데, 좀 더 분명하게 말씀해 주실 수 있겠습니까?」

이지도르가 그렇게 부탁하자, 조르다노는 자기 서류를 읽어 준다. 「동공이 확대되어 있고 혈관이 대단히 긴장되어 있음. 뇌와 성기에 비정상적인 충혈이 있음.」

「성기에 충혈이 있다고요? 사망 후에도 그것을 알아낼 수 있나요?」 뤼크레스가 놀라서 묻는다.

조르다노는 그 물음에 만족한 기색이다.

「사실, 남성의 성기가 발기한다는 것은 음경의 동맥을 통해 혈액 공급이 증가하면서 음경 해면체에 충혈이 일어나는 것입니다. 혈액을 공급받은 혈관들이 팽팽해짐으로써 음경의 딴딴함과 꼿꼿함이 유지되는 것이지요. 하지만 피는 해면체에 너무 오래 고여 있으면 안 됩니다. 너무 오래 머물러 있다 보면 혈액 세포에 산소가 부족하게 될 테니까요. 그래서 발기 상태가 아주 오랫동안 지속되는 경우에도, 때때로 음경이 조금 물렁해지는 현상이 일어납니다. 산소를 필요로 하는 혈액을 조금씩 내보내기 위한 것이지요. 그런데 핀처 박사의 해면체에서는 괴사(壞死)를 일으킨 세포들이 발견되었습니다. 해면체에 너무 오랫동안 고여 있었던 것으로 보이는 혈액 세포들이지요.」

「그 괴사한 세포들 말고는 혈액 분석에서 더 나온 게 없나요?」

이지도르가 묻는다. 화제를 바꾸고 싶었던 모양이다.

「엔도르핀의 농도가 비정상적으로 높았어요.」

「그게 의미하는 바가 뭐죠?」

「그가 굉장한 오르가슴을 경험했다는 뜻이죠. 잘 아시겠지만, 남성의 오르가슴은 반드시 사정과 연관되지 않습니다. 오르가슴을 느끼지 않는 사정도 있을 수 있고, 사정을 하지 않는 오르가슴도 있을 수 있다는 얘기죠. 여성의 경우에나 남성의 경우에나, 오르가슴의 유일한 징표는 엔도르핀의 함량입니다.」

뤼크레스가 미세하게 구불거리는 적갈색 머리를 쓸어 올리며 묻는다. 「엔도르핀이 뭐죠?」

얼굴에 흥미로워하는 기색이 역력하다.

조르다노 교수는 반달 모양의 작은 안경을 고쳐 쓰더니 젊은 여자를 찬찬히 살펴본다.

「그건 우리 몸속에서 저절로 만들어지는 모르핀입니다. 우리로 하여금 쾌감을 느끼게 하고 고통을 견디게 하려고 우리 몸이 분비하는 물질이지요. 우리가 웃을 때나 누군가를 사랑할 때, 바로 이 물질이 분비됩니다. 류머티즘 같은 병을 앓고 있을 때, 성적 매력이 넘치는 어떤 사람 옆에 있다 보면 아픔이 덜해지는 것을 느끼는 경우가 있습니다. 그런 거 경험해 본 적 없나요? 우리가 성행위를 할 때도 엔도르핀이 많이 분비됩니다. 조깅을 해봐서 아시겠지만, 한참 달리다 보면 일종의 취기 같은 상태를 느끼게 됩니다. 그건 근육의 고통을 상쇄하기 위해 우리 몸이 엔도르핀을 만들어 내기 때문입니다. 달리기의 쾌감은 그렇게 간접적으로 생겨나는 것이지요.」

「바로 그것 때문에 사람들이 조깅에 중독이 되는 거로군요?」

「정확히는, 달릴 때의 고통을 견디기 위해 만들어지는 엔도르핀에 중독되는 것이지요.」

뤼크레스는 그 말을 모두 수첩에 적는다. 조르다노는 이 젊은 여성 기자가 흥미를 보이는 것에 고무되어 이야기에 신바람을 낸다.

「예전에 중국에서는 암사슴을 산 채로 잡아서 엔도르핀을 얻는 데에 이용했습니다. 그 방법은 이렇습니다. 먼저 암사슴의 다리에 타격을 가하여 개방 골절이 되게 합니다. 그런 다음 뼈가 다시 붙을 만하면 또 타격을 가해서 골절이 계속 유지되게 합니다. 그런 식으로 심한 고통을 느끼게 하면 사슴은 고통을 달래기 위해 자연스럽게 엔도르핀을 분비합니다. 중국인들은 사슴을 그런 상태로 만들어 놓고 경정맥을 찔러 피를 받아 냈습니다. 그들은 엔도르핀이 많이 함유된 그 피를 말린 다음 가루로 만들어서 최음제로 팔았다고 합니다.」

두 기자는 동시에 얼굴을 찡그린다. 뤼크레스는 적기를

중단하고 토를 단다. 「그 얘기 들으니까 속이 거북해지려고 해요.」

조르다노 교수는 자기 이야기가 기자에게 충격을 주었다는 사실에 만족하며 더욱 신바람을 낸다.

「엔도르핀은 말이죠, 쾌감을 느낄 때마다 아주 조금씩밖에 만들어지지 않는 게 보통입니다. 생겼다가도 상당히 빨리 사라지지요. 그런데 핀처는 엔도르핀을 어찌나 많이 분비했는지, 내가 혈액 분석을 할 때까지도 그 흔적이 남아 있었어요. 그건 극히 드문 현상이죠. 그는 정말이지 엄청나게 짜릿한 쾌감을 맛보았던 게 틀림없어요.」

뤼크레스는 조르다노의 눈길이 자기 가슴에 쏠리고 있음을 알아차리고, 트인 옷깃을 얼른 다시 여민다.

이지도르는 거북살스러운 기분을 느끼며 화제를 바꾼다.

「핀처가 마약을 투여한 것 같지는 않던가요?」

「그 점에 대해서도 생각을 했습니다. 마약은 체내의 지방에 저장되기 때문에 투여의 흔적이 오랫동안 남아 있게 마련이죠.」

그러면서 법의학자 조르다노는 개수대 위에 붙어 있는 인체 해부도를 가리킨다. 인체의 근육이며 뼈, 연골, 지방 부위 등을 정밀하게 재현해 놓은 그림이다.

「여기를 한번 보세요. 어떤 물질들, 예컨대 비소나 철, 납 같은 것들은 체내에 흡수된 지 수십 년이 지나도 여기에서 그 잔재를 찾아낼 수 있습니다. 비록 아주 적은 양이 체내에 들어왔다 해도 말입니다.」

이지도르가 놀라서 묻는다. 「체내의 지방이 여러 겹의 침전층으로 이루어졌단 말인가요? 그렇다면 지방을 분석하는 일은 고고학 탐사 현장에서 지층을 한 켜 한 켜 조사하는 것과 비슷한 작업이군요?」

「맞습니다. 우리는 지방에 침전된 물질을 분석함으로써 죽은 사람이 과거에 투여한 약물을 모두 알아낼 수 있습니다. 그런데 핀처의 경우에는 체내 지방에 마약의 흔적이 없었습니다. 마약이건 약품이건 의심이 갈 만한 화학 물질은 전혀 발견되지 않았습니다.」

뤼크레스가 희색을 드러내며 말끝을 잡는다. 「그래서 사랑 때문에 죽었다고 결론을 내리셨군요. 나도 같은 생각이에요. 누구 말마따나 사람은 〈사랑에 치여 죽을〉 수도 있는 거죠…….」

「그럼요, 물론이죠. 괴로움 때문에 죽는 사람이 있을 수 있듯이, 사랑 때문에 죽는 사람도 있을 수 있죠. 정신의 힘은 무한합니다. 내가 보기에, 죽음이란 단지 육체의 문제일 뿐만 아니라 정신의 문제이기도 하지요.」

이지도르는 로마자들이 붙어 있는 냉동 붙박이장들을 살펴보다가 F가 적힌 서랍을 가리킨다.

「핀처의 시신을 볼 수 있을까요?」

조르다노 교수는 머리를 흔든다.

「한발 늦었군요. 오늘 오전에 부검이 끝났기 때문에, 가족에게 돌려주기 위해 내보냈습니다. 내보낸 지 45분밖에 안 됐어요.」

그는 아쉬워하는 기색을 보이며 말을 잇는다. 「정말이지 그 사람은 아주 멋지게 생을 마감한 셈이에요. 체스 세계 챔피언의 자리에 등극한 데다, 세계 최고의 미인 가운데 하나라는 여자의 품에서 사랑을 나누다가 죽었으니까요. 운 좋은 사람들은 따로 있나 봐요……. 그는 의사로서도 운이 좋았어요.」

「어디에서 근무했는데요?」

「레랭스의 두 섬 가운데 하나인 생트마르그리트의 병원에서 원장을 지냈지요. 그가 경영을 맡으면서, 그 병원은 유럽에서 가장 큰 축에 드는 정신 병원이 되었습니다. 사실 나는 그 병원을 잘 압니다. 두 분에게만 하는 얘기지만, 한때 우울증 때문에 그 병원에서 치료를 받은 적이 있거든요.」

이지도르는 눈썹을 치켜올린다.

「다 지나간 일입니다. 일에 너무 치여서 몸과 마음을 제대로 가누지 못하던 때가 있었지요.」

조르다노는 기자의 커다란 에메랄드빛 눈을 뚫어지게 바라본다. 그 눈빛이 한결 강렬해져 있다.

「어쩌면, 우리가 살고 있는 이 시대는 마음을 온전히 가누며 살기가 어려운 시대인지도 모르겠어요. 세계 보건 기구에서 내놓은 최근의 연구 결과에 따르면, 선진국 인구의 절반 정도가 심리적인 도움을 필요로 한다더군요. 프랑스는 전 세계에서 안정제와 수면제를 가장 많이 소비하는 나라입니다. 사람은 똑똑해지고 사고력이 높아질수록 심성이 여려지게 마련이죠. 서구의 정치 지도자들 가운데 얼마나 많은 사람들이 정신 병원을 거쳐 갔는지를 안다면 깜짝 놀라실 겁니다. 나는 생트마르그리트 병원에 머물던 시절과 관련해서 대단히 기분 좋은 추억을 간직하고 있습니다. 바닷가의 아름다운 자연 속에 있다 보면, 몸과 마음의 피로가 싹 풀리지요. 녹음이 짙고 꽃이 흐드러진 섬이에요.」

16

「마르탱씨마르탱씨내말들려요?」

이 소리들이 귓바퀴를 지나고 바깥귀길을 지나서, 귀지에 닿았다. 귀지란 고막을 보호하고 고막의 탄력성을 유지하기 위해 만들어지는 노르스름하고 약간 기름기가 있는 물질이다. 소리의 파동은 이 장애물을 돌아 엄밀한 의미에서의 고막을 진동시켰다.

고막 뒤에는 공기로 채워진 빈 공간, 즉 고실(鼓室)이 있다. 고실 안에는 귓속뼈 세 개가 관절로 서로 연결되어 있다. 맨 앞의 망치뼈는 고막에 붙어 있어서 고막의 진동을 그대로 전달한다. 이 진동은 다음 뼈인 모루뼈에 전달되고, 다시 이 모루뼈는 맨 끝의 뼈를 움직인다. 이 셋째 뼈는 생김새가 말을 탈 때 발을 디디는 장치인 등자를 닮았다 해서 등자뼈라 불린다. 이 세 귓속뼈가 소리 자극을 기계적으로 증대시킴으로써 의사의 너무 약하다 싶은 목소리가 증폭되었다.

파동은 다시 속귀로 전달되었다. 속귀에는 달팽이 껍질처럼 생겼다 해서 와우각(蝸牛殼)[18]이라 불리는 기관이 있다. 섬모가 달린 1만 5천여 개의 신경 세포를 품고 있는 이 기관이 바로 진짜 청각 수용기다. 파동은 여기서부터 전기 신호로 변화되어 청각 신경을 타고 거슬러 오르다가 대뇌 관자엽[19]

---

18 대한 해부학회의 『해부학』(1,058면)에서는 이것을 그냥 〈달팽이〉라 부르고 있다. 와우(달팽이라는 뜻)나 와우각(달팽이 껍데기라는 뜻)이라는 한자어보다는 달팽이라는 이름이 한결 잘 다가온다고 생각되지만, 여기에서는 문맥을 고려하여 와우각이라는 단어를 썼다. 달팽이는 달팽이축과 달팽이관으로 이루어져 있다. 따라서 흔히 그러하듯이 달팽이를 달팽이관이라 부르는 것은 제유(提喩)이거나 오류이다.

19 대뇌 반구의 관자놀이 쪽 뇌엽(腦葉)이라 해서 관자엽이다. 옆쪽 머리에

의 가로관자이랑[20]에 도달했다. 거기에는 각각의 소리에 하나의 의미를 부여하는 소리 사전이 있었다.

「마르탱 씨(이건 나다), 마르탱 씨(이 사람이 자꾸 나를 부르는 건 내가 자기 목소리를 듣지 못할까 봐 걱정하고 있다는 뜻이다), 내 말 들려요?(이 사람은 내 쪽에서 어떤 대답이 나오기를 기대하고 있다. 어떻게 하지? 난 아무것도 할 수가 없는데!)」

그는 참담한 심정으로 눈꺼풀을 깜박였다.

「깨어나셨군요. 안녕하세요? 나는 사뮈엘 핀처라는 의사입니다. 이제부터 내가 마르탱 씨를 돌볼 거예요. 좋은 소식 하나와 나쁜 소식 하나가 있어요. 좋은 소식이란, 마르탱 씨가 사고를 당하고도 살아남았다는 거예요. 마르탱 씨가 받은 물리적 충격을 고려할 때, 이건 진짜 기적입니다. 나쁜 소식이란, 마르탱 씨의 뇌줄기[21]가 손상을 입었다는 거예요. 숨뇌[22] 조금 위쪽이 손상되었어요. 그 결과, 한 가지 병이 생겼는데 우리 의사들은 그것을 리스LIS라고 불러요. 록트인 신드롬Locked-in Syndrome이라는 영어 단어의 약자예요. 말 그대로 환자가 자기 안에 감금되어 버린 듯한 상태가 되

있다는 뜻으로 측두엽(側頭葉)이라고도 한다.

20 대뇌 반구의 표면은 주름이 많이 진 이랑[한자어로는 뇌회(腦回)]으로 이루어져 있고, 이랑의 사이사이에 고랑(뇌구)이 있다. 가로관자이랑이란 관자엽에 있는 이랑 중의 하나로서 1차 청각 피질에 해당하는 부분이다.

21 뇌간(腦幹)이라고도 한다. 뇌를 구성하는 한 부분으로 척수를 소뇌와 대뇌에 연결한다. 숨뇌, 다리뇌, 중간뇌로 이루어지며 호흡이나 소화와 같은 생명 유지에 필수 불가결한 기능을 조절한다.

22 연수(延髓)라고도 한다. 이 연수라는 말은 〈척수가 연장된 것〉이라는 뜻으로 라틴어 이름 medulla oblongata의 뜻을 그대로 살린 번역이고, 숨뇌라는 말은 구조보다는 기능에 초점을 둔 용어라고 볼 수 있다.

는 증후군이지요. 마르탱 씨의 뇌는 여전히 기능하고 있는데, 신경 계통의 여타 부분이 더 이상 뇌에 응답하지 않는 상태예요.」

17

「핀처의 죽음에 대해서, 두 분은 그것이 살인이라고 믿고 있는 거죠?」

법의학자의 물음에 이지도르가 턱짓으로 그렇다는 뜻을 알린다.

「자아, 갑시다. 보여 줄 게 있어요. 두 분에게 호감이 가요. 내가 핀처 박사에게 신세진 것도 있고요. 그래서 두 분에게 〈그것〉을 보여 주려는 거예요.」

그는 한쪽 눈을 찡긋해 보인다.

「아무한테도 말하지 마세요. 약속하죠? 그리고 사진도 절대로 안 돼요!」

법의학자는 안쪽의 엑스선실 문을 조심스럽게 연다. 마치 레스토랑의 포도주 담당자가 최고급 포도주병을 꺼내 보이려 할 때만큼이나 뭔가 아주 귀한 것을 보게 되리라는 기대감을 갖게 한다. 의료 기구들 옆으로 책상과 캐비닛이 보인다. 조르다노는 그들을 들어오게 하더니, 캐비닛을 열어 주둥이가 넓은 투명한 표본병 하나를 꺼낸다. 어항처럼 생긴 그 병은 노르스름한 빛깔의 액체로 채워져 있고, 그 액체 속에 분홍빛이 도는 잿빛 덩어리 하나가 떠 있다.

「핀처의 유족은 시신의 인도를 요구했지만, 시신이 온전한지 어떤지는 확인하지 않을 겁니다. 사실, 부검을 하는 동안에 우리는 기관들을 꺼내어 검사할 뿐만 아니라, 때로는 그것들 대신 비닐 주머니를 시신 속에 집어넣고 다시 꿰매기도 합니다. 죽은 사람의 몸속에 모든 기관이 온전하게 들어 있는지를 확인할 사람은 아무도 없을 테니까요. 요컨대 나는 여기에 이렇게 기관 하나를 남겨 두었습니다. 두 분이 비밀을 지켜 줄 거라고 믿기 때문에 보여 드리는 겁니다. 어쨌거나 우리가 아무 시신에서나 이런 것을 떼어 내는 건 아닙니다. 핀처는 보통 사람이 아니었죠……. 예전에 아인슈타인에 대해서도 이와 똑같은 일을 저지른 사람이 있었습니다.」

그는 사진을 현상할 때 쓰는 것과 같은 붉은 천장 등을 켠다. 두 기자는 유리병의 내용물을 식별해 낸다.

「핀처의 뇌로군요!」뤼크레스가 소리친다.

두 기자는 불그스름한 빛을 받고 있는 그 중추 신경계의 기관을 홀린 듯이 바라본다. 대뇌 반구 표면의 이랑들이 이리저리 구불거리며 무한한 테두리를 이루고 있다. 그보다 색이 짙은 혈관들은 주름들 사이의 깊숙한 고랑에 퍼져 있다. 뇌의 아래쪽은 정확하게 척수로 이어지는 자리에서 절단되었다.

조르다노는 유리병으로 가까이 다가가 내용물을 살핀다.

「인간의 뇌는 신비 중의 신비입니다. 우리는 그 신비를 밝혀내려고 애쓰고 있지만, 문제는 이 일을 시도하기 위해 우리가 사용할 수 있는 유일한 도구가…… 바로 뇌라는 점이죠.」

그들은 이 말을 곱씹으면서 한참 동안 뇌를 바라본다.

뤼크레스가 명함을 내밀며 말한다. 「뭔가 새로운 것을 찾아내시거든 주저하지 마시고 제 휴대폰으로 전화를 주십시오. 아무 때고 상관없습니다. 벨 소리 대신 진동으로 해놓으면 언제 전화를 하셔도 방해될 게 없으니까요.」

조르다노는 명함을 받아 들고는 자기 호주머니에 아무렇게나 집어넣는다. 그러더니 무심결에 한 손으로 유리병을 쓰다듬으면서 말끝을 단다. 「사뮈엘 핀처가 죽기 전에 우리는 여러 차례 만났습니다. 그러면서 친구처럼 가까운 사이가 되었지요. 어떤 나이트클럽에서 그를 우연히 만난 게 우리의 마지막 만남이 되고 말았군요. 〈즐거운 부엉이〉라는 나이트클럽입니다. 그의 형 파스칼 핀처가 공연을 하는 곳이죠. 파스칼은 최면술사입니다. 그러고 보면 그들 형제는 둘 다 뇌의 기능을 이해하는 일에 집착했던 셈이군요. 사뮈엘은 기관의 측면에서, 파스칼은 심리학적인 측면에서 뇌의 문제에 접근했다고 볼 수 있겠네요. 가서 파스칼의 최면 공연을 한번 보세요. 생각의 힘이 어떤 것인지를 깨닫게 될 겁니다…….」

붉은 불빛의 열기 때문인지 핀처의 뇌가 표본병 속에서 아주 천천히 돌고 있는 듯하다.

18

의사의 말뜻을 온전히 이해하게 되자, 장루이 마르탱의 마음에는 이내 당혹감과 공포와 걷잡을 수 없는 혼란이 밀려왔다. 하지만 의사는 계속 목소리를 가만가만 그의 귀에 흘려 넣고 있었다.

「알아요. 받아들이기가 쉽지 않을 겁니다. 하지만, 마르탱 씨는 여기 이렇게 신뢰할 만한 의료진의 손에 맡겨져 있습니다. 여기는 생트마르그리트 병원이에요. 우리는 뇌와 신경 계통 분야의 연구에서 첨단을 달리고 있어요.」

니스 신용 은행에서 법무 담당 부서의 책임자로 일했던 마르탱 씨는 이제 자기가 당한 재난의 규모가 어느 정도인지를 가늠할 수 있었다. 그는 예전과 다름없이 생각할 수 있었고, 한쪽 눈과 한쪽 귀로 보고 들을 수 있었다. 하지만, 그것 말고는 더 이상 할 수 있는 게 없었다. 새끼손가락을 움직여 가려운 데를 긁을 수 없는 것은 물론이고, 가려움 그 자체마저 더 이상 느낄 수 없는 처지였다……. 바로 그 순간에 그의 머릿속에 떠오른 것은 오로지 모든 게 끝났다는 생각뿐이었다.

사뮈엘 핀처 박사가 한 손을 그의 이마에 갖다 대었다. 그는 의사의 손이 닿는 것을 느끼지 못했다.

「마르탱 씨가 지금 무슨 생각을 하고 있는지 난 알고 있습니다. 모든 걸 끝내고 싶으실 겁니다. 차라리 스스로 목숨을 끊는 게 낫겠다고 생각하셨을 겁니다. 그러다가 전신 마비 때문에 그것조차 결행할 수 없다는 사실을 깨달으셨을 겁니다. 제가 잘못 알고 있나요?」

장루이 마르탱은 자기 몸 어디에서든 무어라도 움직여 보려고 다시 애를 쓴 끝에, 눈꺼풀을 다시 깜박이는 데 성공했다. 그가 움직일 수 있는 근육은 눈꺼풀에 있는 근(筋)뿐이었다.[23] 정말 인정하고 싶지 않았지만, 이제 그 사실을 받아들이지 않을 수 없었다.

「생명이란…… 모든 유기체를 살아 있게 하는 근본적인 힘입니다. 모든 유기체는 가능한 한 오래오래 생명을 유지하려

23 록트인 신드롬 환자가 오로지 눈꺼풀만으로 바깥세계와 소통한다는 이 설정은 1997년에 많은 사람들에게 감동을 주었던 실화를 바탕으로 하고 있다. 그 실화의 주인공은 『엘르』지의 편집장이었던 장도미니크 보비이다. 그는 15개월 동안 병상에 누운 채 왼쪽 눈꺼풀만 움직여 『잠수종과 나비』라는 책을 완성하고 자기를 가두고 있던 잠수복에서 벗어나 나비처럼 세상을 떠나갔다. 베르베르가 〈감사의 말〉에서 밝히고 있듯이, 보비는 소설 『개미』를 높이 평가하고 신인 시절의 베르베르에게 『엘르』 독자 대상을 안겨 준 사람이다.

고 합니다. 세균이나 지렁이나 곤충 같은 미물조차 그것을 원합니다. 조금 더, 단 몇 초라도 더 살겠다고 발버둥 치는 것이 모든 생물의 본성이지요.」

그러면서 의사는 그의 곁에 앉았다.

「마르탱 씨가 무슨 생각을 하는지 알아요. 〈난 아냐. 난 이제 아냐〉라고 생각하시죠? 그 생각은 옳지 않아요.」

마르탱의 신경이 살아 있는 한쪽 눈의 구릿빛 홍채가 확대되면서, 심연과도 같은 검은 구멍이 파이고 있었다. 그러면 나보고 어쩌란 말이냐 하는 의구심을 가득 담은 심연이었다. 그는 자기에게 이런 상황이 닥칠 거라고는 꿈에서조차 생각해 보지 않은 사람이었다.

난 끝났다. 내가 무얼 잘못했기에 이런 벌을 받아야 한단 말인가? 누구도 이런 상황을 견딜 수 없을 것이다. 움직일 수도 없고 말을 할 수도 없고 주위 세계를 느낄 수도 없다. 아픔을 느끼는 것조차 불가능하다! 모든 게 와르르 무너져 내린 기분이다. 겉으로만 멀쩡할 뿐 난 아무것도 할 수가 없다. 불구자들이 부럽다. 그들은 그냥 몸의 어느 부분이 온전치 못할 뿐이지 않은가! 중화상을 입은 사람이 부럽고, 하반신 장애인이 부럽다. 그들은 다른 건 몰라도 손은 쓸 수 있잖은가! 시각 장애인이 부럽다. 그들은 적어도 자기들의 몸을 느낄 수는 있잖은가! 난 인류 역사에서 가장 지독한 벌을 받은 사람이다. 예전에는 나 같은 사람을 그냥 죽게 내버려 두었을 것이다. 그런데, 지금은 그 빌어먹을 진보라는 것 때문에, 죽고 싶어도 못 죽고 이렇게 살아 있어야 한다. 이건 정말 끔찍한 일이다.

한바탕 어지럽게 움직이던 그의 한쪽 눈이 움직임을 멈추었다.

그런데 이 사람은? 이 의사라는 작자는 참으로 태평스러운 표정을 짓고 있지 않은가! 마치 이 악몽을 어떻게 다스려야 하는지 완벽하게 알고 있기라도 한 듯한 표정이다. 이 사람이 나에게 무슨 말인가를 하려고 한다. 나는 의사이기에 앞서…….

「나는 의사이기에 앞서 한 인간입니다. 직업상의 의무 때문에 행동하거나 법률적인 문제가 생길까 두려워서 행동하기보다는 내 양심에 따라 행동하는 사람이죠. 나는 다른 무엇보다 나에게 맡겨진 사람들의 자유 의지를 존중합니다. 그래서 마르탱 씨에게도 선택할 여지를 드리겠습니다. 신경이 살아 있는 한쪽 눈꺼풀로 마르탱 씨의 결심을 알려 주세요. 살겠다고 결심하시는 경우에는 눈꺼풀을 한 번 깜박이시면 됩니다. 삶을 포기하기로 결심하시는 경우에는 두 번 깜박이시면 되고요.」

선택의 가능성이 남아 있다! 내가 아직도 주위 세계에 어떤 식으로든 영향을 미칠 수 있다는 얘기다. 물론 나는 죽고 싶다.

내 선택을 어떻게 표현하라고 했지? 아 그래, 눈꺼풀을 두 번 깜박이라고 했지.

「시간을 두고 생각해 보세요…….」

장루이 마르탱은 〈예전〉으로 생각을 돌렸다.

예전에 난 행복했다.

꼭 이렇게 모든 것을 잃은 뒤에야 자기가 얼마나 소중한 것들을 가지고 있었는지 깨닫게 되는 것일까?

핀처 박사는 입술을 깨물었다. 이제껏 그가 만난 리스 환자들은 그런 선택권을 주었을 때 한결같이 죽음을 선택했다.

마르탱은 성한 한쪽 눈으로 핀처를 응시하고 있었다. 의사의 얼굴에 어린 표정을 낱낱이 살피면서 속마음을 읽어 내려는 것 같았다.

이 의사는 나에게 군이 선택권을 주지 않아도 된다. 그런데도 위험한 일을 자청하고 있다. 날 위해서 말이다. 내가 죽는 쪽을 선택한다면, 이 의사는 나를 죽였다는 이유로 추궁을 당할지도 모른다. 다른 의사 같으면 내 의견을 묻지 않고 나를 살렸을 것이다. 히포크라테스 선서에서 이르듯이 어떻게 해서든 생명을 구해 내는 것이 의사들의 의무이기 때문이다. 하지만 이 의사는 나보고 사느냐 죽느냐를 선택하라고 한다. 정말 뜻밖이다. 나는 이제껏 살아오면서 이보다 더 심각한 결정을 내려 본 적이 없다.

의사는 몹시 지친 듯한 기색을 보이며 한 손가락으로 안경을 이마 위로 올리고 눈을 감았다. 마치 자기 시선으로 환자에게 영향을 미치는 게 싫어서 그러는 것 같았다.

의사가 이렇게 말끝을 달았다. 「결정은 마르탱 씨가 하시는 겁니다. 하지만 이거 하나는 알려 드려야겠네요. 마르탱 씨가 살기로 결심하신다면, 다시는 죽는 것을 제안하지 않고 내가 가진 능력과 수단을 모두 동원해서 마르탱 씨가 가능한 한 오래오래 사시도록 최선을 다할 것입니다. 잘 생각해 보시고 어느 쪽을 선택하셨는지 알려 주십시오. 눈꺼풀을 한 번 깜박이시면 살겠다는 뜻으로 알고, 두 번 깜박이시면 삶을 포기하겠다는 뜻으로 알겠습니다. 자아, 어느 쪽을 선택하시겠습니까?」

19

「니스식 샐러드 하나를 주시는데, 절인 멸치는 빼고 소스
는 따로 주세요. 또 토마토는 껍질을 벗긴 거라야 돼요. 나는
토마토 껍질을 소화시키지 못하거든요. 그리고 소스에 들어
가는 식초는 뭐죠?」

「나무딸기 식초인데요, 손님.」

「그거 말고 모덴식 발삼 식초를 넣을 순 없나요? 나는 그
걸 무척 좋아하거든요.」

한편, 이지도르는 새우와 자몽을 곁들인 아보카도를 주문
한다. 그는 짠맛 나는 것과 단맛 나는 것이 섞인 요리를 대단
히 좋아한다.

웨이터는 그들의 주문을 받아 적는다. 전채에 이어서 뤼
크레스가 주 요리로 선택한 것은 프로방스식 닭고기다. 하지
만 토마토는 빼고 소스는 따로 달라는 주문이 따라붙는다.
양파도 넣지 말란다. 또 버터에 데친 사과를 곁들여 먹는 대
신 여물지 않은 강낭콩 깍지 나물을 먹을 수 있느냐고 묻는
다. 그 강낭콩 깍지도 기름을 넣지 않고 증기로 익힌 것이라
야 한다는 것이다. 웨이터는 참을성이 아주 많다. 써놓은 것
을 지우기도 하고 여백에 따로 적기도 하면서 뤼크레스의 요
구를 낱낱이 들어준다. 까다로운 손님들을 시중드는 데에 이
골이 난 모양이다. 한편, 이지도르는 나륵풀소스를 친 모오
케[24] 요리를 주문한다. 나중에 디저트를 맛있게 먹을 양으로

---

24 대구목 대구과의 민물고기. 대구과 가운데 유일한 담수종. 우리말로는
모케라고도 한다. 프랑스어로 로트 lotte라고 부르는 이 물고기를 일부 불한사
전에서 아귀라 옮기고 있으나 이는 잘못이다. 아귀는 아귀목 아귀과에 속한 물
고기로 모오케와는 전혀 다른 종이다.

그렇게 주문한 것이다.

웨이터가 이지도르에게 묻는다. 「포도주는 안 드시겠습니까? 저희 집에는 아주 맛좋은 방돌산 로제[25]가 있습니다.」

「아뇨, 됐어요. 오랑지나[26] 라이트 하나하고 보리 시럽 음료 하나 주세요.」 뤼크레스가 잘라 말한다.

웨이터는 그들 자리를 떠나기 전에 식탁을 장식하는 초 두 개에 불을 붙인다. 식탁을 사이에 두고 그들이 마주앉아 있는 이곳은 레스토랑 겸 나이트클럽 〈즐거운 부엉이〉다.

별로 크지 않은 홀을 수백 개의 가면들이 장식하고 있다. 눈을 크게 뜨고 있는 사람 얼굴 모양의 가면들이 벽이며 천장을 뒤덮고 있으니, 군중이 모든 각도에서 손님들을 관찰하고 있는 듯한 느낌이 든다.

무대 위에는 〈최면술사 파스칼 선생〉이라고 쓴 플래카드가 걸려 있다.

「이지도르, 저거 믿어요? 최면술 말이에요.」

「나는 암시의 힘을 믿어요.」

「암시라는 게 뭐죠?」

「하늘에서 내리는 눈이 무슨 색깔이죠?」

「흰색요.」

「이 종이는 무슨 색깔이죠?」

「흰색요.」

「그럼 젖소는 뭘 마시죠?」

---

25 분홍색 포도주. 적포도주를 만들 때처럼 검은 포도나 붉은 포도를 껍질째 으깨 담그지만, 일정한 시간이 지난 다음 껍질을 걷어 내고 계속 발효시키기 때문에 적포도주보다 빛깔이 연하고 떫은맛이 덜하다. 방돌은 프랑스 지중해 연안의 툴롱 근처에 있는 포도주 산지이자 해수욕장.

26 상표명. 오렌지 주스를 묽게 만든 음료.

「우유요…….」

이지도르는 빙그레 회심의 미소를 짓는다.

「아이참! 우유가 아니라 물이지. 좋아요. 내가 보기 좋게 당했군요.」뤼크레스는 선선히 인정한다.

주문한 음식이 나오기를 기다리는 동안에 먹으라고, 웨이터가 식전주의 안주로 나오는 주전부리를 가져다준다. 식초에 절인 카프르,[27] 검은 올리브, 으깬 멸치 등에 올리브기름을 첨가한 프로방스 요리 타프나드다. 그들은 그것을 조금씩 먹으면서 객석을 살핀다.

그들 오른쪽에서 한 남자가 휴대폰으로 전화를 하고 있다. 목소리가 크고 우렁차다. 반면에 그와 마주하고 앉은 남자는 태연함을 잃지 않으려고 애쓰면서, 자신의 전화기가 울리기만을 바라고 있다. 자기도 상대방에게 똑같은 폐를 끼치리라 벼르고 있는 것이다.

그때 뤼크레스의 휴대폰이 식탁 위에서 달달거린다. 이지도르는 그녀에게 나무라는 듯한 눈길을 보낸다. 그녀는 발신 번호 표시 서비스를 통해 전화를 건 사람이 누구인지 확인하더니, 전화기를 그냥 꺼버린다.

「부장이에요. 아예 꺼버렸으니까, 더 이상 방해받지 않을 거예요.」

「휴대폰이 우리 시대에 신종의 무례를 범람시키는군요.」

그들 주위의 다른 커플들은 조용히 식사를 하고 있다. 이

---

27 양귀비목 풍접초과에 딸린 케이퍼(학명은 Capparis spinosa)라는 식물의 꽃봉오리. 개화하기 전에 이 봉오리를 따서 요리에 쓴다. 케이퍼를 흔히 풍접초(학명은 Cleome spinosa)라 옮기고 있지만, 둘은 같은 과에 딸려 있기는 하나 전혀 다른 종이다.

지도르는 그들을 살펴보면서 빵의 속살을 동글동글하게 뭉친다.

「사랑 때문에 죽다니, 그건 말이 안 돼. 조르다노가 농담을 하고 있는 거야……」

그는 그렇게 볼멘소리를 하면서 동글동글하게 뭉친 빵을 입 안에 넣는다. 뤼크레스가 대꾸한다.

「사랑 때문에 죽은 게 맞아요! 머리의 혈관이 터지도록 사랑하다가 죽은 거라고요. 물론 당신은 너무 지적이고 요모조모 지나치게 따지는 사람이라서, 사랑의 감정이 얼마나 강력한지 이해하지 못할 거예요.」

그는 보리 시럽 음료를 단숨에 들이킨다.

「핀처는 살해당했어요. 난 그것을 확신해요. 그리고 그를 죽인 사람은 나타샤 아네르센이 아니에요.」

뤼크레스는 손을 뻗어 그의 턱을 잡는다. 그녀의 커다란 초록색 눈이 촛불의 빛을 받아 반짝인다. 속에서 터져 나오려는 뭔가를 억누르느라고 그녀의 가슴이 봉긋하게 솟았다가 내려앉는다.

「자아 솔직하게 말해 봐요, 이지도르. 이제껏 단 한 번이라도 누군가에게 사랑한다고 말해 본 적 있어요?」

그는 턱을 빼낸다.

「누군가를 사랑한다고 말하는 건 어리석은 사람들의 마음을 빼앗으려는 속임수죠. 순진한 사람들을 홀리는 데에는 그보다 더 좋은 방법이 없습니다. 내가 보기에, 사랑한다는 말 뒤에는 상대방을 소유하려는 욕구가 감춰져 있어요. 나는 어느 누구를 소유하고 싶어 한 적도 없고, 어느 누구에게 소유당하고 싶어 한 적도 없어요.」

「참 딱하군요……. 살인자들을 찾아내는 일이 당신에게 무슨 도움이 되죠? 당신은 사랑할 줄도 모르고 사랑을 발견할 줄도 모르는 사람인데 말이에요.」

그는 좀 전보다 더 열심히 빵의 속살을 잡아 뜯더니 크게 뭉쳐서 한입에 삼켜 버린다. 그러고는 자기 뇌리에서 다듬은 말을 툭 뱉어 낸다.

「사랑이란 지력에 대한 상상력의 승리죠.」

그녀는 속으로 잘났어 정말 하면서 어깨를 치켜올렸다가 내린다. 그녀가 생각하기에 이지도르는 그저 뇌의 성능만 좋은 인간일 뿐이다. 그 이상은 아무것도 없다. 마음이 없는 뇌가 무슨 소용이랴.

웨이터가 전채 요리를 내온다.

뤼크레스는 샐러드의 잎사귀 하나를 손가락 끝으로 잡고 마치 설치류 동물처럼 앞니로 조금씩 베어 먹는다.

「칸에서 더 이상 시간을 허비하지 않을 거예요. 이 조사는 더 계속할 필요가 없다고 생각해요. 이봐요, 이지도르. 사랑은 존재해요. 사뮈엘 핀처는 사랑을 만났고 그 때문에 죽었어요. 아주 행복하게 죽은 거지요. 나도 그렇게 사랑하다 죽을 수 있다면 좋겠어요. 나 내일 파리로 올라가요. 뇌에 관한 기사를 준비하기 위해 피티에살페트리에르 병원에 가보아야겠어요. 당신이 알려 준 대로 그 병원에는 최첨단의 신경 정신과가 있으니까요.」

그때 갑자기 실내의 전등들이 꺼진다. 촛불들만이 희미하게 손님들의 식탁을 밝히고 있다.

「자아, 매일 저녁 여러분께 즐거움을 선사하는 최면술 대공연이 시작되겠습니다. 오늘도 변함없이 파스칼 핀처 선생

님과 함께하겠습니다. 공연에 방해가 되지 않도록 여러분의
휴대폰을 모두 꺼주시면 고맙겠습니다.」

관객들은 저마다 호주머니를 뒤져 순순히 사회자의 요구
에 따른다.

한 남자가 번쩍거리는 장식이 달린 검은 턱시도 차림으로
무대에 등장하여 객석을 향해 인사를 보낸다.

뤼크레스와 이지도르에게는 그 남자의 얼굴이 별로 낯설
지 않게 느껴진다. 죽은 동생의 이목구비와 닮은 점이 많아
보이기 때문이다. 다른 점이 있다면, 그가 조금 더 크고 안경
을 끼지 않았으며 서 있는 자세가 더 구부정하고 나이가 더
들어 보인다는 것이다.

파스칼 핀처는 암시의 힘에 관한 연설로 자기 공연을 시작
한다. 그는 러시아의 생리학자 파블로프가 벨 소리를 들려주
는 것만으로 개가 침을 흘리게 하는 데에 성공했던 일을 상
기시킨다.

「이런 현상을 조건 반사나 조건 반응이라 부르고, 파블로
프가 개에게 벨 소리를 들려준 것과 같은 행위를 조건 부여
라고 합니다. 우리는 어떤 사람에게 반사적 행동의 조건을
부여함으로써 그로 하여금 특정한 일에 대해서나 특정한 상
황에서 어떤 반응을 보이도록 만들 수 있습니다. 여러분은
혹시 이런 일을 경험해 보신 적이 없습니까? 〈내일 아침에는
반드시 8시 15분 전에 일어나야지〉 하고 생각하며 잠이 들
었는데, 자명종의 도움을 받지 않고도 다음 날 아침 정확히
8시 15분 전에 잠에서 깨어났던 일 말입니다.」

객석에서 웅성거리는 소리가 인다. 아닌 게 아니라 관객
중의 몇몇은 그런 일에 성공해 본 적이 있다. 하지만 그들은

그 현상을 단순한 우연에 기인한 것으로 생각했다.

「그때 여러분은 잠에서 깨어나는 일을 하나의 조건 반응처럼 만든 것입니다. 우리는 이런 조건 반응을 숱하게 경험하고 있습니다. 예컨대, 아침을 먹고 나면 화장실에 가고 싶어지는 것, 휴식 시간이 되면 허기를 느끼는 것, 자기 집으로 올라가는 엘리베이터에 탈 때마다 소변이 마려워지는 것, 밤에 텔레비전 영화를 보고 나면 이내 졸음이 밀려오는 것 등이 조건 반응처럼 일어날 수 있다는 것이지요.」

관객들은 자기들만의 사사로운 경험으로 여겼던 그런 느낌들을 떠올리면서 웃음을 터뜨린다.

「우리는 컴퓨터와 비슷합니다. 우리는 컴퓨터가 어떤 문제를 해결하거나 어떤 임무를 수행할 수 있도록 그와 관련된 정보와 지시를 제공하기도 하고, 이미 제공했던 것을 지워 버리기도 합니다. 우리 자신에게도 그와 비슷한 프로그래밍을 할 수 있습니다. 우리는 〈된다, 된다〉하면서 미래의 성공 쪽으로 자신을 이끌어 갈 수도 있고, 〈난 안 돼, 난 안 돼〉하면서 실패하는 쪽으로 스스로를 몰아갈 수도 있습니다. 어떤 사람들은 남에게 무슨 부탁을 할 때, 〈폐를 끼쳐서 죄송합니다만……〉하는 식으로 말을 시작합니다. 또 어떤 사람들은 무슨 일을 해도 좋으냐고 물을 때, 〈이거 하면 안 되나요?〉하고 묻습니다. 여러분도 그런 사람들을 보신 적이 있죠? 그들은 자기들의 요구가 거절되는 쪽으로 상대방을 유도하는 셈입니다. 무심결에 그런 행동을 하는 것이지요.」

최면술사는 최면이 어떻게 이루어지는지를 실제로 보여 주겠다면서 자원자 한 사람을 요청한다. 키가 큰 금발의 남자가 일어선다. 파스칼 핀처는 그에게 박수를 보내 달라고 한 다음, 그를 자기 정면에 세우더니 자기가 들고 있는 진자에 시선을 고정시키라고 이른다.

「당신의 눈꺼풀은 무겁습니다. 아주 무겁습니다. 당신은 더 이상 눈을 뜰 수가 없습니다. 이제 당신은 더위를 느낍니다. 아주 덥습니다. 당신은 사막에 있습니다. 그런데도 옷을 입고 있으려니 숨이 막힐 지경입니다.」

최면술사가 그 말을 여러 차례 되풀이하자, 실험 대상이 된 남자는 눈을 감은 채 옷을 벗기 시작한다. 남자가 팬티 차림이 되자, 최면술사는 그를 깨운다. 남자는 소스라치며 깨어나더니 자기가 거의 알몸이 되어 있음을 알고는 부끄러워 어쩔 줄을 모른다. 객석에서 모두가 박수갈채를 보낸다.

「속임수가 뭐죠?」 뤼크레스가 이지도르에게 묻는다.

「사실 저런 일은 최면을 거는 사람이 아니라 최면의 대상이 되는 사람 덕분에 이루어지는 겁니다. 목소리에 따를 것인지 말 것인지를 결정하는 것은 최면의 대상이 되는 사람이니까요. 최면을 건다고 누구나 다 최면 상태에 빠질 수 있는 건 아니고, 약 20퍼센트의 사람들만이 최면에 걸릴 수 있다고 합니다. 최면술사를 믿고 자기 자신을 완전히 내맡길 수 있는 사람들만이 최면에 걸릴 수 있는데, 그런 사람들은 그리 많지 않다는 얘기죠.」

파스칼 핀처는 다음 최면 묘기를 위해 자원해서 실험 대상이 되어 줄 사람이 없느냐고 다시 묻는다.

「나가 봐요, 뤼크레스.」

「싫어요, 당신이 해봐요, 이지도르.」

「이 숙녀분을 모셔 가세요. 그냥 나가기가 좀 쑥스러운 모양입니다.」 이지도르가 최면술사를 향해 소리친다.

파스칼 핀처는 무대에서 내려와 그녀의 손을 잡고 무대 쪽으로 이끈다. 그녀는 단호하게 다잡아 말한다. 「미리 말씀드리지만, 나는 옷 벗을 생각이 조금도 없으니까, 그런 일을 시킬 생각이라면 아예 시작도 하지 마세요.」

투광기의 불빛이 벌써 그녀에게 쏠리고 있다.

최면술사는 그녀에게 수정 진자에 시선을 고정시키라고 요구한다.

「당신은 피로감을 느낍니다. 피로감이 점점 더해 갑니다. 눈꺼풀이 무겁습니다. 아주 무거워요…….」

그녀는 수정 진자에서 눈을 떼지는 않았지만, 최면에 빠져 들지 않으려고 호기를 부린다.

「미안하지만, 나한테는 안 통할걸요. 나는 최면에 반응을 보이지 않는 80퍼센트의 사람들에 속할 거예…….」

「당신은 자고 있습니다.」

그녀는 입을 다물고 눈을 감는다.

「당신은 깊이 잠들어 있습니다…….」

뤼크레스가 충분히 잠에 빠져든 것으로 보이자, 최면술사는 그녀에게 전날에 무엇을 했느냐고 묻는다.

「어제 나는 칸 법의학 연구소를 방문했어요.」

그는 다시 지난주에는 무엇을 했느냐고 묻는다. 그녀는 지난주에 한 일들을 기억해 낸다. 그의 질문은 지난달의 행적을 거쳐 지난해 같은 달 같은 날에 무엇을 했느냐는 것으로 이어진다. 그녀는 순순히 대답한다. 그는 10년 뒤로, 다시 20년 뒤로 돌아가라고 요구하더니, 급기야는 출생 시와 그 직전에 무슨 일이 있었는지를 기억해 보라고 한다. 뤼크레스가 갑자기 몸을 웅크리자, 그는 그녀를 부축하여 바닥에 앉힌다. 그녀는 엄지손가락을 입 안에 넣은 채 태아의 자세로 웅송그린다.

그가 뤼크레스에게 태어날 때 있었던 일을 다시 겪어 보라고 부탁하자, 그녀는 몸을 점점 더 웅크리면서 숨 쉬기가 곤란한 듯한 모습을 보이기 시작한다. 그녀는 마치 질식할 것처럼 답답해하는 시늉을 하다가 갑자기 숨 쉬기를 멈춘다. 객석에 불안이 감돈다. 뤼크레스의 얼굴이 온통 빨개진다. 그녀는 바들바들 떨고 있다. 하지만 최면술사는 태연자약하다. 그는 한 손을 뻗어 그녀의 두 뺨을 쓸어 준다. 마치 그녀가 질식할 것처럼 답답해하는 어떤 장소로부터 벗어나도록 도와주려는 것 같다. 그는 그녀의 턱에 이어서 어깨를 잡고 그녀를 들어 올리는 듯한 시늉을 한다. 그녀는 웅크렸던 몸을 조금 편다. 그는 한 손으로 그녀를 달래고 다독거리면서, 마치 너무 좁은 통로에서 빼내기라도 하듯 그녀를 잡아당긴다. 그런 다음, 그녀가 한숨을 돌리는 사이에 그녀 뒤로 가더니 등을 토닥여 준다. 그가 손에 점점 더 많은 힘을 실어서 등을 토닥거리자, 마침내 그녀는 어떤 억압 상태에서 벗어난 사람처럼 기침을 해댄다. 그녀는 여전히 눈을 감은 채, 신음을 토한다. 갓 태어난 아기의 울음소리와 비슷한 신음이다.

파스칼 핀처는 바닥에 앉더니 그녀를 자기 품에 안고 가만가만 흔들어 주면서 노래를 흥얼거린다. 그녀가 잠잠해진다.

「모든 게 잘되어 가고 있어요. 자아, 그럼 이제 다시 돌아갈까요?」

그는 그녀에게 한 살 때의 일을 떠올려 보라고 한 다음, 처음 10년을 거쳐 지난해, 지난달, 지난주, 어제, 한 시간 전으로 돌아오게 한다. 그러더니, 곧 10에서 0까지 초읽기를 하겠으며, 자기가 0까지 세면 그녀는 다시 눈을 뜨게 될 것이라고 알린다. 최면 상태에서 깨어나면 그녀는 더 이상 아무것도 기억하지 못하겠지만, 이 경험이 그녀에게 두고두고 도움이 되리라는 것이다.

그녀가 눈을 뜬다. 객석에서 머뭇머뭇 박수 소리가 인다. 그녀는 눈을 깜박이더니, 다시 정신을 차리고 말한다.

「보세요. 안 통했잖아요.」

파스칼 핀처는 그녀의 손을 잡으며 고맙다고 인사를 한다. 관객들은 한결 큰 소리로 박수갈채를 보낸다. 뤼크레스는 어리둥절해하면서 자기 자리로 돌아온다.

「정말 대단했어요.」

「무슨 소리예요? 최면에 걸리지도 않았는데. 아니에요? 최면이 통했어요? 무슨 일이 있었죠? 난 아무것도 기억이 안 나는데.」

「파스칼 핀처가 당신으로 하여금 출생의 순간을 다시 경험하게 했어요. 당신은 숨이 막힐 정도로 답답해하는 것처럼 보였어요. 출생 때의 그 사건을 더 좋은 조건에서 다시 경험한 것이지요.」

이지도르의 말을 듣자, 그녀는 갑자기 무엇에 생각이 미쳤는지 터틀넥 풀오버를 단호하게 벗더니, 머리로 옷깃을 비벼 가며 아주 천천히 다시 입는다. 그녀는 그 느닷없는 행동을 몇 차례 되풀이한 뒤에야 까닭을 설명해 준다.

「나에겐 일종의 공포증이 있었어요. 머리부터 집어넣어 입는 터틀넥 풀오버를 뒤집어쓸 때면, 머리가 몇 초 이상 옷깃에 끼여 있는 상태를 견딜 수가 없었어요. 이건 거의 본능적인 거예요. 사소한 장애지만, 까닭을 몰라서 늘 불안했어요. 그래서 풀오버를 입을 때는 언제나 후닥닥 입어요. 이제는 그 작은 골칫거리에서 벗어났다는 느낌이 들어요.」

그녀는 풀오버의 깃에 다시 한번 머리를 넣었다가 빼본다.

최면술사는 또 다른 자원자가 무대에 올라와 주기를 요청한다. 이번에는 더 까다로운 실험을 하겠다고 한다. 뤼크레스가 한창 최면에 걸려 있을 때에 한꺼번에 몰려 들어왔던 세 군인들이 큰 소리로 자기들 중의 하나를 지목한다. 지목을 받은 병사는 처음 한 번은 거절하더니, 겁쟁이로 보이는 게 싫었는지 무대로 올라간다.

파스칼 핀처는 수정 진자를 이용해서 신속하게 병사를 최면 상태에 빠지게 한 다음, 병사에게 이렇게 이른다.

「이제부터 〈쪽빛 목련〉이라는 말을 들으면, 다섯까지 센 다음 오른쪽 신발을 벗어 문을 두 번 두드리고 웃음을 터뜨리세요.」

그는 같은 지시를 여러 번 되풀이하고 나서 병사를 깨운다. 병사가 자기 자리로 돌아가고 있는데, 최면술사가 마치 무심결에 내뱉듯이 〈쪽빛 목련〉 하고 소리친다. 병사는 그 자리에 우뚝 멈춰 선 채 속으로 다섯을 세더니, 한쪽 신발을 벗고 문 쪽으로 달려간다. 그런 다음 문을 두 번 두드리고는 웃음을 터뜨린다.

관중은 그를 따라 웃으며 공연장이 떠나가도록 박수갈채를 보낸다.

병사는 어리둥절하여 웃음을 그치더니, 성을 내면서 신발을 다시 신는다.

최면술사가 설명을 덧붙인다. 「암시의 힘이란 이런 것입니다. 예전에 저는 피실험자에게서 어떤 행동을 유도해 내기

위한 자극어로 한결 쉽고 간단한 말을 사용했습니다. 예컨
대, 〈밀크 커피〉나 〈햇살〉 같은 단어들 말입니다. 그런데, 이
런 말들은 너무 흔하게 들을 수 있는 것들이라서, 피실험자
의 일상생활에 문제를 일으켰어요. 그래서 지금은 〈쪽빛 목
련〉이라는 말을 사용하고 있습니다. 통상적인 대화에서는
좀처럼 들을 수 없는 말이죠.」

파스칼 핀처의 입에서 다시 그 두 단어가 튀어나오니까,
실험용 쥐처럼 되어 버린 병사는 신발 끈을 매다 말고, 다시
신발을 벗어 들고 달려가서 문을 두 번 두드리고는 웃음을
터뜨린다.

관중의 박수갈채가 한층 더 요란해진다. 병사는 더욱 곤
혹스러워하는 표정을 지으며 머리를 흔들고 욕설을 퍼부어
댄다. 그러고는 마치 자기 머리통에서 어떤 독을 짜내기라도
하는 것처럼 정수리를 두드린다.

최면술사가 인사를 하자 막이 내려간다.

두 기자가 전채 요리를 다 먹기도 전에, 그들이 공연에 마
음을 팔고 있는 사이에 웨이터가 벌써 주 요리를 가져다 놓
았다.

「최면이라…… 우리가 미처 그 생각을 못 했군요. 혹시 누
가 사뮈엘 핀처의 머릿속에 어떤 자극어를 주입한 건 아닐
까요?」

「자극어라니…… 어떤 자극어요? 쪽빛 목련요?」

뤼크레스는 대답할 말을 신속하게 찾는다. 섬광처럼 뇌리
를 스치는 생각이 하나 있다. 그녀는 희색을 드러내며 하나
의 가정을 제시한다.

「예를 들어 〈사뮈엘, 사랑해요〉 같은 거요. 이런 말을 들으

면 그의 심장이 멎도록 조정되어 있었던 게 아닐까 하는 거죠. 나타샤 아네르센이 결정적인 순간에 그 말을 내뱉음으로써 그에게 경련이 일어나게 한 게 아닐까요?」

「지금 무슨 말을 하고 있는 거예요?〈사뮈엘, 사랑해〉라는 말이 치명적인 조건 반응을 일으킬 수 있다는 얘기예요?」

이지도르는 어이가 없다는 듯 눈을 동그랗게 뜬다.

그런다고 기가 죽을 뤼크레스가 아니다. 그녀는 자기 머릿속에 어지럽게 널려 있는 퍼즐 조각들을 이리저리 맞추어 하나의 그림을 만들어 내려고 애쓴다.

「그냥 경련이 아니라 심장 마비죠. 전에 나한테 그러지 않았어요? 어떤 사람들은 뇌로 자기 심장을 통제할 수도 있다고. 아니에요?」

「요가 수행자들이 그렇게 하는 것을 본 적은 있지요. 하지만, 아무리 수행이 높은 사람이라도 심장을 완전히 멎게 하는 데까지는 이를 수 없어요. 틀림없이 자동적인 생존 메커니즘이 있을 겁니다.」

그녀는 재빨리 다른 설명을 찾는다.「그렇다면, 누가 사뮈엘 핀처로 하여금 죽을 때까지 웃도록 프로그래밍을 했다고 상상할 수는 없을까요?〈사뮈엘, 사랑해〉라는 말을 들으면 죽을 때까지 웃도록 말이에요.」

그녀는 자기의 가정을 대견스럽게 여기며 이야기를 전체적으로 재구성한다.

「이봐요 이지도르, 내가 사건의 단서를 잡았다는 생각이 들어요. 사뮈엘 핀처는 자기 형 파스칼에게 살해당했을지도 몰라요. 파스칼이 사전에 그에게 최면을 걸어 두었던 거예요. 그의 머릿속에 아주 은밀하게 어떤 자극어를 심어 두었

어요. 그건 〈사뮈엘, 사랑해〉와 같은 말이었을 거예요. 나타
샤 아네르센이 오르가슴의 순간에 그 말을 했어요. 그러자
체스 세계 챔피언의 심장이 멎었어요. 그래서 그녀는 자기가
그를 죽였다고 생각한 거예요. 이건 완전 범죄예요. 살인자
는 범행 시각 현장에 있지 않았고, 흉기도 상처도 발견되지
않았어요. 단 한 사람의 증인이 있긴 하지만, 이 증인은 자기
가 사망 원인을 제공했다고 믿고 있어요. 게다가 당신 말마
따나, 사건의 모든 정황이 꽤나 〈야해서〉 아무도 진지하게
수사하려고 하지 않아요. 성(性)이란 아직도 금기의 영역이
니까요. 이건 정말 완전 범죄라고요.」

　뤼크레스는 자기 자신의 추리에 스스로 신이 나서, 갑자
기 식욕이 동한 것처럼 접시에 남아 있는 닭고기를 맛있게
먹는다.

　「그럼 살인 동기는 뭐죠?」

　「질투심이죠. 사뮈엘은 파스칼보다 잘생겼고, 톱 모델을
약혼녀로 두고 있었으며, 체스 세계 선수권 대회에서 우승을
하기도 했어요. 어린 시절의 경쟁자가 부유하고 잘생긴 데다
가 짝도 잘 만나고 세계적인 명성까지 누리고 있다는 게 견
딜 수 없었던 거지요. 그래서 동생을 시새우던 나머지 최면
술사로서의 재능을 이용하여 동생이 죽도록 일을 꾸민 겁니
다. 그것도 약혼녀의 품에서 죽도록 아주 변태적으로 일을
꾸몄어요.」

　그녀는 자기 수첩을 펴더니 종이 몇 장을 뒤로 넘겨서 이
전에 써놓았던 것을 다시 본다.

　「이것을 하나의 동기로 첨가할 수 있을 것 같은데요. 다섯
째 동기인 의무감 다음에 질투심을 넣죠.」

이지도르의 접시에는 나륵풀소스 한복판에 모오케가 그대로 있다. 이 모오케는 뤼크레스의 프로방스식 요리에 쓰인 닭보다 팔자가 좋았다고 볼 수 있다. 금속제의 상자형 사육기에서 영계구이용으로 사육된 닭과는 달리, 적어도 몇 주 동안은 강물에서 마음껏 자유를 누리다가 유수망(流水網)에 잡혔을 테니까 말이다.

「질투심요? 그건 너무 좁은 개념이에요.」

「그럼 우리의 통제 능력을 넘어서는 모든 감정들로 이 개념을 확대할까요? 질투심, 복수심…… 그러고 보니 이게 다 분노의 감정이군요. 그래요, 이 모든 것을 분노라는 개념으로 한데 묶지요. 분노는 의무감보다 훨씬 더 강한 동기예요. 의무감은 사람들로 하여금 남에게 기쁨을 주는 행동을 하게 하고 사회에 동화하도록 만들지요. 그에 반해서 분노는 사람들로 하여금 혁명을 일으키게 하고 사회를 변화시키게 만들어요.」

「그런가 하면 사람들을 부추겨…… 살인을 하게 할 수도 있지요.」

그녀는 그의 지적을 빠뜨리지 않으려고 매우 빠르게 펜을 놀려 수첩에 적어 둔다.

「이상으로 조사 임무 하나가 간단하게 처리된 셈이군요. 당신은 핀처의 죽음에 석연치 않은 점이 있다고 생각했어요. 그 생각이 옳았다는 것을 인정해요. 하지만 내 쪽에서는 살인자를 찾아냈고, 범행 동기를 밝혀냈어요. 우리 둘이서 신속한 사건 해결의 신기록을 수립한 것 같군요. 자아, 조사는 이것으로 끝났어요.」

그녀는 축배를 들자며 자기 잔을 내민다. 하지만 이지도르는 잔을 들지 않는다.

「으음…… 이러면서 나보고 허언증 환자라고 말할 수 있어요?」

그녀는 짐짓 거만하게 그를 아래위로 훑어본다.

「에이 샘나니까…… 당신도 샘이 많군요. 당신보다 나이도 젊은 내가 사건 해결의 실마리를 찾아냈다 해서 날 시새우는 거죠? 안 그래요, 셜록 홈스 씨?」

그들은 접시에 남은 것을 마저 먹는다. 이지도르는 빵을 조금 떼어 내어 접시의 소스를 싹싹 닦아서 먹는다. 반면에, 뤼크레스는 나이프 끄트머리로 아직 먹고 싶은 것과 더 이상 먹고 싶지 않은 것을 가려 접시 가장자리에 모아 놓는다. 향신료로 넣은 월계수 가지 하나가 닭고기의 잔해를 무덤처럼 덮고 있다.

그들 주위에서 손님들이 방금 본 공연을 놓고 이러쿵저러쿵 평을 하고 있다. 마침내 그들에게 공통의 화제가 생긴 것이다. 모든 테이블에서 사람들이 최면술을 믿는 축과 믿지 않는 축으로 나뉘어 설전을 벌이고 있다. 어디에선가 이런 소리도 들려온다. 〈최면술사나 자원자나 다 한 패거리야.〉 〈그래, 최면에 걸린 척한 거라고.〉 〈여자는 진짜처럼 보이던데.〉 〈아냐, 너무 진짜처럼 보여서 오히려 수상해.〉

웨이터가 디저트 주문을 받으러 온다. 뤼크레스는 디카페인 커피를 묽게 하여 커다란 잔에 달라면서 뜨거운 물을 따로 더 달라고 덧붙인다. 이지도르는 감초아이스크림을 주문한다.

「당신의 얘기는 하나의 가정일 뿐이에요.」

「샘 부리지 말아요.」

「당신이 경찰관이 아닌 게 천만다행이군요. 어떤 수사가 마무리되기 위해서는 가정이 아무리 그럴듯하다 해도 그것을 세우는 것만으로는 부족해요. 방증이나 증거, 증언, 자백이 있어야 하는 거예요.」

「좋아요. 그럼 파스칼 핀처에게 물어보러 갑시다!」

뤼크레스는 경비 명세서와 함께 계산서를 달라고 하여 돈을 지불한 다음, 나이트클럽 사장에게 최면술사의 분장실이 어디에 있느냐고 묻는다.

그들은 〈파스칼 핀처〉라는 팻말이 붙어 있는 문을 세 차례 두드린다. 대답 대신에 문이 홱 열리더니, 그들이 어떻게 해 볼 새도 없이 최면술사가 분장실에서 튀어나와 축축한 실내 가운 차림으로 줄행랑을 놓는다. 예의 군인 세 명이 그를 뒤쫓는다. 실험용 동물 노릇을 했던 병사가 그들의 선두에서 달리고 있다.

「쪽빛 목련!」

뤼크레스는 그렇게 소리를 질러 본다. 혹시나 그 말을 듣고 선두에서 달리고 있는 병사가 멈춰 서지 않을까 해서.

하지만 그들 모두가 이미 멀리 사라져 버린 뒤다.

20

살 것이냐 죽을 것이냐?

장루이 마르탱은 성한 눈을 계속 뜨고 있었다. 머릿속에서 무수한 생각들이 어지럽게 교차하고 있어서, 그는 도무지 마음을 정할 수가 없었다. 올바른 판단을 하기에는 정보가 충분하지 않다는 느낌이 들었다. 그는 자기에게 더 이상 희망이 없다고 확신하고 있었다. 하지만 의사는 무언가를 해줄 수 있는 사람처럼 보였다.

그의 머릿속에서는 〈삶〉을 지지하는 논거들과 〈죽음〉에 찬성하는 논거들이 떼 지어 몰려들어 그의 결정에 영향을 미치려 하고 있었다.

삶을 택할까? 마음의 스크린에 수많은 영상이 나타나 지난날의 행복했던 순간들을 다시 보여 준다. 어렸을 때 식구들끼리 갔던 바캉스. 체스의 발견. 회화의 발견. 훗날 아내가 된 이자벨과의 만남. 은행에서 마음에 드는 일자리를 찾은 것. 결혼. 아내의 첫 출산. 딸들과 처음으로 함께 보낸 바캉스. 〈기권이냐 갑절이냐〉라는 퀴즈 프로그램을 처음 보던 날의 기쁨.

기권이냐 갑절이냐……

죽음을 택할까? 혼자서 병상에 꼼짝 않고 누워 있는 자신의 모습이 보인다. 어느 모로 보아도 그저 스산한 영상일 뿐이다. 시간이 흘러가는 모습도 보인다. 먼저 시간은 시곗바늘이 돌아가는 모습으로 나타난다. 바늘은 점점 더 빨리 돌아간다. 다음은 창문을 통해서 시간이 흘러가는 모습이 보인다. 해가 지면 달이 뜨고 달이 지면 다시 해가 뜬다. 그 흐름이 빨라지면서, 한 번은 해처럼 한 번은 달처럼 환해지는 스포트라이트 같은 것이 만들어진다. 그의 방에서 나무 한 그루가 보인다. 잎이 무성하던 나무가 헐벗은 모습으로 변하는가 했더니, 어느새 하얀 눈을 뒤집어쓰고 있다가 다시 싹을 띄우고 초록 옷으로 갈아입는다. 1년, 2년, 10년, 20년이 그렇게 흘러가는데, 그는 플라스틱 마네킹처럼 침대에 놓여 있다. 아무도 찾아 주지 않는 병실에서 절망에 빠진 채 그저 한쪽 눈만을 깜박이면서.

이제 결정을 해야 할 순간이었다.

마치 느린 동작 화면에서처럼 눈꺼풀이 천천히 내려왔다.

한 번.

그리고 그뿐이었다.

사뮈엘 핀처의 얼굴에 미소가 번졌다.

「살기를 원하시는군요……. 내가 보기엔 바람직한 결정을 하신 겁니다.」

내가 잘못 생각한 게 아니라면 좋으련만.

21

왼쪽일까 오른쪽일까? 뤼크레스와 이지도르는 어떤 교차로에 다다른다. 군인들이 시야에서 사라졌다. 두 남녀는 이마에 손차양을 대고 그들을 찾는다.

「어디로 갔지?」

이지도르는 먹은 게 아직 소화가 덜 된 탓인지 요란한 소리를 내며 가쁜 숨을 쉬고 있다. 뤼크레스는 아주 팔팔한 모습이다. 그녀는 더 높은 곳에서 주위를 살펴볼 양으로 옆에 서 있는 자동차의 지붕 위로 올라간다.

「저기 있어요.」

그녀는 손가락으로 백사장 쪽을 가리킨다.

「어서 가요, 뤼크레스. 당신이 나보다 빠르니까 먼저 가요. 나도 뒤따라갈게요.」

그런 말을 굳이 할 필요가 없었다. 그녀는 그가 무어라고 하기도 전에 벌써 달음박질을 시작한 터다.

그녀의 심장이 아주 빠르게 박동하면서 피를 동맥으로 보낸다. 피는 소동맥으로 퍼져 나간 다음 장딴지 근육의 모세

107

혈관으로 들어간다. 그녀의 발가락들은 몸이 더 민첩하게 앞으로 돌진하도록 길바닥에서 가장 디디기 좋은 곳들을 찾아 나간다.

파스칼 핀처 역시 숨을 헐떡거리면서 달리고 있다. 그가 다다른 곳은 달빛이 은은한 텅 빈 백사장이다. 세 군인은 거기에서 그를 붙잡아 땅바닥에 쓰러뜨린다.

「쪽빛 목련.」

최면술사는 자신감을 잃은 채 에멜무지로 그렇게 되뇐다.

그러나 상대는 귀를 막은 채 소리를 지른다.

「내 머릿속에서 그놈의 것을 없애 버려야 해. 지금 당장. 그 공연을 보았거나 그 얘기를 들은 사람을 만날 때마다 신발 한 짝을 들고 바보 노릇을 해야 할 판이야. 평생 그렇게 살 수는 없어.」

최면술사는 천천히 다시 일어선다.

「이제 귀 막지 말고 내 말 들어요. 내가 해결해 줄게요.」

「속임수 쓰면 안 돼, 알았지?」

군인은 귓바퀴에서 손가락을 빼낸다. 하지만 여차하면 다시 귓구멍을 막으려고 만반의 준비를 하고 있다.

「아브라카다브라,[28] 당신을 〈쪽빛 목련〉에서 풀어 주겠소. 이제부터(그는 한 손을 쓱 움직여 보인다), 당신은 〈쪽빛 목련〉이라는 말을 들어도 더 이상 반응을 보이지 않을 거요.」

군인은 어리둥절한 표정으로 마치 자기 안에서 어떤 변화가 일어나고 있기라도 한 것처럼 결과를 기다린다.

---

28 액과 질병을 물리친다는 주술적인 의미로 마법이나 부적 등에 사용되는 주문. 초기 기독교 시대에 그노시스설 신봉자들이 사용하던 그리스어 주문이 유대교 신비 철학자들에 의해 계승되어 널리 퍼진 것.

「자아, 다시 해봐. 효과가 있나 보게.」

「쪽빛 목련.」

아무 일도 일어나지 않는다. 군인은 싱긋 웃는다. 주술처럼 보이던 어떤 것에서 풀려 난 것이 기쁜 모양이다.

「아니, 이렇게 간단한 거야?」

「컴퓨터의 하드 디스크에 어떤 프로그램을 저장했다가 지우는 것과 비슷한 일입니다. 말로 된 간단한 자극을 통해서 어떤 반사적 행동이 유발되도록 프로그램을 짜 넣는 거죠.」

최면술사는 자기 나름대로 설명을 하느라 애쓴다. 하지만 난처해하는 기색이 역력하다. 마치 녹음기를 앞에 놓고 미개인들에게 사용법을 설명하는 탐험가 같다.

「그럼 아브라카다브라는 뭐야?」

군인은 아직 의구심이 풀리지 않은 모양이다.

「그건 그럴싸해 보이라고 아무 뜻 없이 한 말이에요. 그런 말을 하면 사람들이 더 잘 믿거든요. 다른 뜻은 없어요.」

군인이 그를 아래위로 훑어본다.

「좋아, 됐어. 하지만 누구에게든 다시는 이런 짓을 하지 말았으면 좋겠어.」

실험 대상 노릇을 했던 군인은 소매를 걷어 올리고 주먹을 불끈 쥐면서 그렇게 덧붙인다.

아직 분이 풀리지 않은 군인은 두 친구가 최면술사를 붙잡고 있는 동안 그의 배를 때리기 시작한다. 그때, 검은 실루엣 하나가 달빛을 등지고 우뚝 나타난다.

「한심하군. 건장한 사내 셋이서 약골 하나를 괴롭히다니.」

뤼크레스의 비아냥거리는 소리에 최면술사를 때리던 군인이 몸을 돌린다.

「이런, 밤이 깊어 가는 시각에 숙녀께서 이런 데를 돌아다니는 건 위험한 일이지. 봐, 여기 이렇게 조금 이상한 사람들까지 있는데.」

동시에 그는 최면술사에게 〈이제 한숨 주무시지〉 하면서 다시 주먹을 내지른다. 뤼크레스는 그 군인에게 달려들어 한쪽 발로 사타구니를 오지게 걷어찬다.

「이제 질질 짜는 소리 좀 내보시지.」

군인은 헉 하고 숨이 막힌 듯한 비명을 내지른다. 최면술사를 붙잡고 있던 군인 중의 하나가 제 동료를 돕겠다고 나선다.

뤼크레스는 자기의 개인적인 무술인 〈보육원 태권도〉의 겨루기 자세를 취한다. 갈고리처럼 구부린 손가락 두 개를 앞으로 내밀고 있는 자세다. 손가락을 그렇게 구부리고 있으니, 그것들이 마치 그녀의 몸에 붙어 있는 무기 같다. 상대가 발길질을 해오자, 그녀는 잽싸게 그 발을 잡아 뒤로 홱 뿌리친다. 그런 다음 위에서 상대를 덮친다. 그들은 한데 뒤엉킨 채 바닷가의 잔물결에 닿을 때까지 옆으로 데굴데굴 구른다. 그녀는 갈고리처럼 구부린 두 손가락을 들어 그의 이마를 아주 강하게 내리친다. 뼈가 맞부딪는 듯한 소리가 들린다. 그녀에게 가장 먼저 맞았던 남자가 다시 제정신을 차리자, 그녀는 다시 그의 사타구니에 일격을 가한다. 그러고는 즉시 두 손가락을 앞으로 내밀며 겨루기 자세를 취한다. 세 번째 남자는 싸움에 나서기를 망설이다가 슬금슬금 뒷걸음질을 친다. 세 남자는 마침내 뒤도 돌아보지 않고 오금아 날 살려라 하고 달아난다.

뤼크레스는 모래에 무릎을 꿇고 쓰러져 있는 최면술사에

게 간다.

「괜찮아요?」

그는 자기 배를 문지른다.

「이건 내 직업 때문에 겪어야 하는 귀찮은 일들 중의 하나예요. 최면술사들에 대한 적개심이 이런 식으로 표출되는 겁니다.」

「최면술사들에 대한 적개심이라고요?」

「예로부터 뇌의 메커니즘에 대해 나름대로의 식견을 가진 자들은 세인의 공포를 자아내기가 십상이었어요. 그들은 갖가지 죄를 뒤집어쓰곤 했지요. 종교로부터는 마법을 부린다고 비난받았고, 과학자들로부터는 사기 친다고 욕을 먹었어요. 순진한 사람들의 마음을 조종한다는 비판도 많이 받았지요. 사람들은 자기들이 이해할 수 없는 것에 겁을 먹습니다. 그리고 자기들을 두렵게 하는 것을 없애 버리고 싶어 하지요.」

뤼크레스는 그가 걸을 수 있도록 부축해 준다.

「사람들이 무얼 두려워하는 거죠?」

그는 상처가 난 입으로 씁쓸하게 웃는다.

「최면술은 사람들에게 환상을 갖게 합니다. 그들은 최면술을 어떤 마술적인 능력으로 생각하지요. 어쨌거나, 도와주셔서 고맙습니다.」

「빚을 갚은 거예요. 핀처 씨 덕분에 목이 좁은 풀오버를 입는 게 더 이상 두렵지 않게 되었거든요.」

그러면서 그녀는 자기도 모르게 머리를 옷깃 속에 묻는다. 이제는 그런 상태로 있어도 아무 문제가 없다는 것을 보여 주려는 것이다.

그때 이지도르가 숨을 헐떡이며 나타난다.

「아, 뤼크레스. 당신이 말하던 〈범인〉을 잡았군요.」

그녀는 입을 다물라는 뜻으로 그를 쏘아본다.

최면술사는 이 새로운 인물은 누구일까 하고 생각하면서, 잠시 발걸음을 멈춘다.

「저는 이지도르 카첸버그입니다. 우리는 『르 게퇴르 모데른』의 기자들이에요. 핀처 씨 동생의 죽음에 관해 조사하고 있어요.」

「사미[29]의 죽음에 대해서요?」

「뤼크레스는 당신이 질투심 때문에 그를 죽였다고 생각하고 있습니다.」

동생에 관한 이야기가 나오자, 최면술사의 눈에 금세 슬픈 기색이 어린다.

「사미. 아아…… 사미. 우리는 우애가 아주 좋았어요. 아무리 형제간이라도 우리처럼 우애가 좋기는 쉽지 않을 거예요. 우리는 서로 달랐지만, 서로를 보완하는 관계였어요. 동생은 진지한 사람이었고, 나는 어릿광대였지요. 지금 생각나는데, 언젠가 내가 동생에게 이렇게 말한 적이 있어요. 〈우리 관계는 예수 그리스도와 위대한 마술사이자 예수의 친구인 시몬의 관계와 비슷하다〉라고 말입니다.」

파스칼 핀처는 잠시 사이를 두며 다친 입술을 다시 문지른다.

「반은 농담으로 한 말이지만, 그만큼 내 동생을 사랑하고 존경한다는 뜻이었지요.」

「그가 죽던 날 밤에 뭘 하셨지요?」

29 사뮈엘의 애칭.

「〈즐거운 부엉이〉에서 공연을 하고 있었어요. 사장에게 물어보면 아실 겁니다. 그리고 그날의 공연을 본 손님들이 모두 증인입니다.」

「누가 그를 해치고 싶어 했을까요?」이지도르가 묻는다.

그들은 축축하고 서늘한 모랫바닥에 앉는다.

「그의 직업적인 성공은 너무 눈부셨어요. 게다가 디프 블루를 상대로 승리를 거둠으로써 대중에게 널리 알려졌고 함부로 건드릴 수 없는 인물이 되었지요. 하지만 성공에는 언제나 시샘과 악평이 따르게 마련이지요.」

「튀어나온 못은 망치를 부른다는 얘기로군요.」

이지도르가 토를 단다. 그는 기회가 있을 때마다 속담을 아낌없이 써먹는 사람이다.

「그가 살해당했을 수도 있다고 생각하세요?」뤼크레스가 묻는다.

「내가 알기로, 그는 협박을 받은 적이 있어요. 두 분이 그의 죽음에 관해 조사하시는 것을 다행스럽게 생각합니다.」

그런 말을 듣고도 뤼크레스는 자기의 가정을 포기하고 싶어 하지 않는 눈치다.

「파스칼 핀처 씨 말고 어떤 다른 사람이 그에게 최면을 걸어 시간이 지난 뒤에 어떤 반응이 일어나도록 유도했을 가능성은 없나요?」

파스칼 핀처는 머리를 흔든다.

「최면술에 대해서는 내가 잘 압니다. 최면술에 영향을 받을 수 있으려면, 자기 자유 의지를 잠시 포기해야 하고 어떤 사람이 자기 대신 결정하는 것을 받아들여야 합니다. 그런데, 사미는 절대로 누구에게 영향을 받아 움직이는 사람이

113

아니었습니다. 그는 누구에게도 의존하지 않았습니다. 그의 목표는 자기 환자들의 고통을 덜어 주는 것이었습니다. 세속의 성자였죠.」

「〈세속의 성자〉라는 그분이 공식적으로는 한 톱 모델의 품에서 쾌락 때문에 죽은 것으로 되어 있는데요…….」

뤼크레스의 지적에, 파스칼 핀처는 대수롭지 않다는 듯 어깨를 한번 올렸다 내린다.

「그런 여자를 마다할 남자가 있을까요? 그녀의 육체적인 매력은 어떤 최면보다도 강합니다.」

「하긴 남자들이 대개 여자에겐 약하죠. 내가 아는 어떤 남자 친구는 이런 말을 해요. 〈남자의 자유 의지란 자기 대신 결정을 내려 줄 여자를 선택하는 데에서 발휘된다〉라고 말이에요.」

이지도르는 자기의 경구가 인용되자 쑥스러움에 낯을 붉힌다. 파스칼 핀처는 일리가 있는 말이라며 맞장구를 친다.

「말이 되네요. 그 친구가 남자를 잘 본 거예요.」

「그녀가 그를 죽였을 수도 있다고 생각하세요?」

「누가 무엇 때문에 그를 죽였는지는 모르겠어요. 하지만, 그의 용기가 화를 불렀을지도 모르겠다는 생각은 들어요. 동생은 정신 의학계의 낡아 빠진 치료 방식에 맞서 홀로 싸웠어요. 그가 제안했던 것은 지능과 광기와 의식에 관한 우리의 태도를 완전히 다시 생각하자는 것이었지요. 체스에서 승리를 거둔 뒤에 했던 연설에서, 그는 오디세우스를 언급했어요. 내가 보기에는 바로 그 자신이 오디세우스와 같은 모험가였어요. 그에게는 개척자의 면모가 있었습니다. 개척자들은 너무 앞서 가다가 화살을 맞기 쉽지요.」

이지도르는 호주머니에서 사탕을 꺼내어 격해진 마음을 가라앉히라는 뜻으로 그에게 내민다. 최면술사는 사탕 몇 개를 집어 입 안에 넣는다.

「지금도 기억나는데, 한번은 그가 자기에게 위험이 닥칠 듯한 느낌이 든다고 말하는 소리를 들었어요. 〈그들은 모든 사람들이 비슷해지는 세상을 꿈꾸고 있어. 사람들을 복제된 가축이나 양계장의 닭처럼 더욱 쉽게 규격화할 수 있기를 바라는 거야〉라고 했지요. 그가 말하는 〈그들〉이란 행정 당국을 가리키는 거였어요. 그는 행정 당국에 불만이 많았어요. 그는 이런 얘기도 했지요. 〈그들은 자기들 눈에 광인으로 보이는 사람들을 두려워해. 그런데, 자기들 눈에 천재로 보이는 사람들은 훨씬 더 두려워하지. 사실 그들은 대단히 획일적인 세상을 꿈꾸고 있어. 그들은 너무 똑똑한 사람들에게는 머리에 헤드폰을 씌울 거야. 아주 시끄러운 음악을 들려줌으로써 조용히 생각하는 것을 방해하기 위해서 말이야. 그리고 너무 아름다운 여자에게는 베일을 씌울 거고, 너무 민첩한 사람들에게는 납덩이가 달린 조끼를 입힐 거야. 그러면 우리 모두가 비슷해지겠지. 모두가 평균적인 존재가 되고 말 거라고.〉」

파스칼 핀처는 지중해 쪽으로 고개를 돌리더니, 멀리 보이는 작은 불빛 하나를 가리킨다. 별빛인가 했더니, 너무나 또렷한 것이 별빛은 아니다.

「저기예요……. 저기에서 이상한 일들이 벌어지고 있어요. 난 확신해요. 내가 최면술에 반대하는 자들과 맞서 싸우는 것과 마찬가지로, 그도 반대자들에 맞서 싸웠다는 것을…….」

「반대자들이란 누구를 말하는 거죠?」

「그의 동료들, 환자들, 간호사들요. 새로운 것을 두려워하는 모든 사람들이죠. 저기를 가보셔야 할 거예요.」

세 사람은 그 불빛에 눈길을 붙박는다. 그것이 그들을 부르고 있는 듯하다.

달빛이 섬의 가장자리에 늘어선 나무들을 비추기 시작한다. 이지도르는 섬의 윤곽을 가늠해 보면서 다시 말문을 연다. 「문제는 저기를 어떻게 가느냐 하는 겁니다. 정신 병원에서 아무나 그냥 받아 주지는 않을 텐데 말이에요.」

파스칼 핀처는 혀로 이빨들이 모두 성한지를 확인하고 있다가, 얼른 대답한다. 「움베르토를 찾아가세요! 움베르토는 칸 항구와 생트마르그리트섬 사이를 왕래하는 전세 보트를 모는 친구예요. 그는 금요일마다 나를 만나러 와요. 집단적인 최면 릴랙스 요법을 받으러 오는 거죠. 그에게 내가 보내서 왔다고 하세요.」

최면술사는 깊은숨을 한번 쉬고는 미간에 주름을 잡으며 멀리 있는 섬을 응시한다. 마치 자기가 쓰러뜨리고 싶어 하는 어떤 상대를 노려보고 있는 사람 같다.

22

장루이 마르탱의 뇌가 횡단면의 형태로 컴퓨터 모니터에 나타났다.

핀처 박사는 손상의 범위를 확인하기 위해 양전자 방출 단층 촬영 장치[30]로 뇌의 사진을 찍고 있었다. 이 첨단 기술을

30 영어로 포지트론 에미션 토모그래피라 하는 것으로 이것을 줄여 보통 페트PET라고 부른다. 뇌의 사진을 찍는 새로운 장비로서, 엑스선 CT(컴퓨터 토모그래피)처럼 엑스선을 뇌에 조사(照射)하여 뇌의 그림자를 찍는 간접적인 방

이용해서, 마르탱의 뇌에서 어떤 부분이 정상적으로 기능하고 어떤 부분이 더 이상 기능하지 않는지를 알아보고 있는 중이었다. 뇌는 청록색의 달걀 모양으로 나타나 있었다.

생각들이 항해하는 내면의 바다…….

박사는 마르탱에게 한쪽 눈을 감으라고 했다. 마르탱의 뇌가 온통 파란색으로 변했다. 그런 다음, 눈을 다시 뜨게 하자 그 눈의 반대쪽으로 후두엽에 연한 갈색 반점이 나타났다. 바다에 떠 있는 하나의 섬 같았다.

박사는 마르탱에게 이번엔 사과 그림을 보여 주었다. 그러자 연한 갈색 섬이 조금 커지면서 한결 복잡한 형태를 띠었다. 그다음에는 칸의 풍경을 담은 우편엽서 한 장을 보여 주었다. 연한 갈색 반점은 더욱 커졌다. 박사는 마르탱의 시각이 제대로 기능하고 있으며 외부의 시각적 세계에 대한 해석도 정상적으로 이루어지고 있음을 확인했다.

그는 같은 장비를 이용해서 청각도 검사했다. 먼저 마르탱에게 종소리를 들려주었다. 그러자 더 길쭉한 형태의 또 다른 섬이 더 앞쪽에 위치한 두정엽[31]에 나타났다. 이번에는 교향곡을 들려주었다. 그 섬은 인도네시아와 비슷하게 생긴 군도로 변하였다.

다음에 박사는 다른 감각들을 검사해 보고 그것들이 기능하지 않는다는 것을 확인했다. 바늘로 찔러 보고, 혀에 레몬즙을 떨어뜨려 보고, 코에 식초를 대보았지만, 어떤 섬도 나

식이 아니라, 뇌 속에서 활동하는 소형 분자에 양전자를 발생시키는 동위 원소의 표식 원자를 결합시켜 분자의 활동을 측정하는 방식을 사용한다.

31 순우리말을 선호하는 새 해부학 용어로는 마루엽이라고 한다. 말 그대로 머리의 꼭대기 부분에 있는 뇌엽이라는 뜻이다.

타나지 않았다.

박사는 마르탱에게 개념을 이해하는 능력이 남아 있는지도 검사했다. 그는 마르탱에게 〈사과〉 하고 말했다. 그러자 진짜 사과를 보여 주었을 때와 똑같은 형태의 연한 갈색 반점이 나타났다.

그것은 최근에 양전자 방출 단층 촬영 장치를 이용해서 새롭게 발견한 사실들 중의 하나였다. 어떤 것을 생각할 때든 그것을 정말로 볼 때든, 뇌의 똑같은 영역이 활성화된다는 것이다.

박사는 〈비 오는 아침〉, 〈구름 낀 하늘〉 같은 단순하고 구체적인 개념을 제시하다가 〈희망〉, 〈행복〉, 〈자유〉 같은 추상적인 개념으로 나아갔다. 매번 하나 또는 여러 개의 섬이 나타나곤 했다. 그 말들이 뇌의 특정한 자리에 영향을 미치고 있음을 보여 주는 거였다.

박사는 검사를 끝내기에 앞서, 자기 환자의 유머 감각을 확인하고 싶었다. 그가 생각하기에, 유머 감각이란 뇌의 진정한 건강 상태를 재는 종합적인 척도이자 의식의 맥박이었다. 뇌 속에 있는 웃음의 중추는 2000년 3월에 이츠하크 프리에드에 의해서 처음으로 위치가 확인되었다. 이츠하크 프리에드는 간질의 원인을 연구하던 중에, 왼쪽 전두엽[32] 어름의 언어 영역 바로 앞에 웃음을 일으키는 지점이 있음을 알아냈다.

「에덴동산에서 있었던 일입니다. 하와가 아담에게 물었어요. 〈자기 나 사랑해?〉 그러자 아담이 대답했지요. 〈사랑하고 자시고가 어디 있어? 선택의 여지가 없는데〉.」

32 새 해부학 용어로는 이마엽.

마르탱의 성한 눈이 가늘게 떨렸다. 핀처 박사는 그 우스갯소리가 환자의 뇌에 미치는 효과를 검사하였다. 자극은 청각 영역을 떠나 언어 영역으로 갔다가 어딘가로 사라져 버렸다.

효과가 없다. 무엇 때문일까? 선택이라는 말 때문에 생사의 기로에서 고민했던 일이 다시 생각난 걸까? 아니면, 자기 아내가 생각나기 때문일까? 하고 박사는 생각했다.

핀처 박사는 환자의 개인적인 사정과 별로 관계가 없을 것으로 보이는 다른 농담으로 말을 이었다. 「어떤 사람이 의사에게 진찰을 받으러 갔대요. 그가 의사에게 말했지요. 〈선생님, 까마귀 고기를 먹은 것도 아닌데 자꾸 깜박깜박 잊어버려요.〉 의사가 물었어요. 〈아 그래요? 언제부터 그랬지요?〉 그러자 환자는 얼떨떨한 표정으로 이렇게 되묻더랍니다. 〈언제부터라니요……. 뭐가요?〉」

환자의 한쪽 눈이 좀 전과는 다르게 떨렸다.

박사는 차이를 명확히 파악하기 위해서, 이 우스갯소리의 자극이 전해지는 경로를 다시 추적하였다. 뇌 단면의 파란 바다에 작은 섬들이 나타났다가 분석과 비교와 이해의 영역으로 들어갔다. 이 자극은 왼쪽 전두엽의 웃음 중추에서 행로를 마감했다.

이번엔 이 사람이 웃는구나. 철학자 베르크손[33]은 〈희극적 효과를 내는 데에는 32가지 방식이 있다〉라고 말했다. 나

----

33 이 프랑스의 철학자(1859~1941)를 우리나라에서는 흔히 베르그송이라 부르지만, 실제 발음은 베르크손이 맞다. 그는 1900년에 『웃음』이라는 유명한 저서를 발표하여, 철학자로서는 드물게 희극과 웃음의 문제에 관한 깊이 있는 성찰을 보여 준 바 있다.

도 희극적 효과를 내는 한 가지 방식을 찾아냈다. 자기 병과는 다른 어떤 병을 앓고 있는 사람의 이야기를 들으면 웃음이 나올 수 있다.

이츠하크 프리에드 교수는 이런 사실도 발견한 바 있다. 우스갯소리를 듣고 나면 대뇌 반구의 전두엽 앞쪽 피질 아래에 있는 또 다른 부위가 활성화된다는 것이다. 이 부위는 보통 기니피그를 가지고 실험을 할 때 이 동물이 어떤 보상을 받으면 활성화되는 곳이다. 우스갯소리를 듣고 웃음의 중추가 활발해지고 나면 백만 분의 1초 단위의 아주 짧은 간격을 두고 이 부위 역시 활성화된다. 이것은 유머가 하나의 애정 표시처럼 유쾌한 자극으로 지각된다는 것을 보여 주는 것이다.

마르탱의 눈이 커지면서 경련을 일으키듯이 계속 떨리고 있었다.

이건 환자가 속으로 웃음을 터뜨리고 있다는 뜻이다.

핀처 박사는 그 우스갯소리를 좋아하긴 했지만, 그것이 뇌의 감정 영역에 그토록 커다란 베이지색 반점을 만들어 내리라고는 기대하지 않았다. 유머란 주관적인 것이고, 상황에 따라 효과가 달라지는 것이라는 생각이 들었다.

핀처 박사가 자기 환자로부터 전적인 신뢰를 얻게 된 것은 아마 바로 그 순간이었을 것이다. 그는 비록 환자가 느끼지는 못했지만 마치 친구 사이에 그렇듯이 환자를 툭 치며 말했다.

「마르탱 씨의 뇌는 완전하게 기능하고 있습니다.」

비록 몸이 마비되어 건강한 몸에 깃든 건전한 정신이라는 말은 못하겠지만, 어쨌거나 정신은 온전합니다.

「가족을 오게 할까요?」

23

「그건 안 돼요. 다시는 말도 꺼내지 마세요.」

수염을 기른 거구의 남자가 거부의 뜻으로 고개를 흔든다. 그는 챙 달린 모자를 쓰고 있고, 모자에는 〈움베르토 선장〉이라는 글자가 새겨져 있다.

「안 돼요, 그럴 수는 없습니다. 이 배는 환자와 의사와 환자 가족만 이용할 수 있어요. 그리고 생트마르그리트섬에 기자가 초대된 적은 한 번도 없었어요. 어디서 무슨 소리를 듣고 왔는지는 모르지만, 당신은 섬에 들어갈 수가 없습니다. 나는 지시받은 대로 할 뿐이에요.」

「파스칼 핀처가 보내서 왔어요.」

칸 항구에 먼저 도착한 이지도르가 다시 부탁을 한다.

「그렇다고 해도 달라지는 건 없습니다.」

그러면서 남자는 자기의 권한을 굳게 믿는 고집스러운 표정을 짓는다.

「그러면 어디 가서 얘기를 해야 섬에 들어갈 수 있죠?」

「안내를 담당하는 부서가 있긴 하지만, 그것조차 병원 내부에 있어요. 그리고 그들은 병원 내부의 삶을 공개하지 않는 정책을 실시하고 있고요. 정히 들어가고 싶으면, 그들에게 편지를 보내시죠.」

이지도르는 배로 다가가서 화제를 바꾼다.

「배 이름이 〈카론〉이네요. 그리스 신화에 나오는 뱃사공의 이름이군요. 카론은 죽은 사람들을 자기 배에 태워 저승의 강 아케론을 건너도록 도와주는 노인이지요.」

「하지만 이 배는 저승과 이승을 연결해 주는 것이 아니라, 이성의 세계와 광기의 세계를 연결해 주지요.」

그러면서 남자는 큰 소리로 웃음을 터뜨리고 하얀 수염을 쓰다듬는다.

이지도르는 그에게 다가가 속삭인다. 「신화에 나오는 카론은 뱃삯을 입에 물고 오는 혼령들만 배에 태워 주었다고 하던데.」

이지도르는 10유로짜리 지폐 석 장을 꺼내어 윗니와 아랫니 사이에 끼운다.

움베르토 선장은 그 동작을 지켜만 볼 뿐 조금도 동요하는 기색을 보이지 않는다.

「나를 돈으로 매수할 생각은 마세요.」

그때, 뤼크레스가 머리채를 묶으면서 달려온다.

「잘돼 가죠? 내가 너무 늦은 건 아니죠? 바로 승선하는 건가요?」 그녀는 일이 잘되는 게 당연하다는 듯한 말투로 묻는다.

선장은 무슨 말을 더 하려다 말고 그녀를 빤히 바라본다.

이지도르는 그녀의 자연스러운 매력 앞에서 선장의 마음이 동요하고 있음을 간파한다.

선장이 갑자기 더듬거리며 다시 말문을 연다. 「저…… 이 동료분께 사정을 설명했는데, 유감스럽게도…….」

「유감스럽다니요?」 그녀가 다가들면서 말을 자른다.

그녀의 향기가 뱃사람의 후각을 자극한다. 요즈음 그녀는 이세이 미야케의 〈물〉이라는 향수를 뿌리고 다닌다. 향수 냄새와 함께 그녀의 살냄새까지 전해져 온다. 그녀는 선글라스를 내려 커다란 에메랄드빛 눈을 드러내고는 대담하게 그의 눈을 똑바로 바라본다.

「당신은 남을 돕고 싶어 하는 사람이에요. 우리에겐 당신이 필요하고 당신은 우리를 나 몰라라 하고 팽개치지 않을 거예요.」

그녀의 눈빛은 간곡하고 목소리는 또렷하다. 목을 가누는 자태마저 사람의 마음을 움직이는 묘한 힘을 지니고 있다.

무뚝뚝하던 뱃사람이 나긋나긋해진다.

「타세요. 파스칼 핀처의 친구분들이라니까 그냥 눈감아 주겠습니다.」

모터가 웅웅거리기 시작한다. 뱃사람은 배를 묶고 있던 밧줄을 푼다.

「저 아저씨는 또 다른 욕구에 따라 움직이고 있어요. 우리 목록에 일곱째 항목을 추가해야겠어요.」

뱃사람은 자기 손님들에게 깊은 인상을 줄 양으로 하얀 연기를 조금 더 많이 내보낸다. 배의 이물이 가볍게 들린다.

뤼크레스는 수첩을 펴 들고 〈여섯째 동기: 분노〉 다음에 〈일곱째 동기: 성애〉를 추가한다.

이지도르는 재킷에서 책 크기만 한 소형 컴퓨터를 꺼내어 그 목록을 베껴 둔다. 그는 자판을 두드려 지금까지 만난 사람들의 이름을 기록한 다음, 인터넷에 접속한다.

뤼크레스가 몸을 기울여 들여다본다.

「지난번에 저수탑을 개조한 은신처에서 당신을 만났을 때는, 텔레비전이며 전화머 컴퓨터 따위와는 담쌓고 사는 것 같았는데, 그게 아니었나요?」

「생각을 바꾸지 않는 건 바보들이나 하는 짓이죠.」

그는 장난감 같은 소형 컴퓨터를 그녀 쪽으로 내밀어 그것의 성능을 보여 준다. 인터넷에 접속된 컴퓨터 화면에 마침 움베르토 로시의 사회 보험 카드에 기록된 신상 정보가 나타나고 있다. 54세, 골프쥐앙[34] 출생.

레랭스의 두 섬이 수평선에 모습을 드러낸다. 먼저 나타난 것은 선착장과 그 왼쪽에 요새를 거느리고 있는 생트마르그리트섬이다. 바로 그 뒤에는 시토 수도회의 수도원을 품고 있는 생토노라섬이 있다.

〈카론〉은 그리 빠른 배가 아니라서, 칸 항구에서 생트마르그리트섬으로 건너가는 데에 시간이 아주 많이 걸린다.

움베르토는 바다의 요정 세이렌들의 얼싸안은 모습이 조각된 커다란 해포석 파이프를 흔들며 소리친다.「저 뭍에 어떤 세상이 있는지 생각해 보세요! 사람들은 행복하게 사는 데에 필요한 모든 것을 가지고 있지만, 자기들의 자유를 더 이상 감당하지 못하고 있어요. 그래서 그들의 의심과 회의는 갈수록 깊어져 가고 있죠. 그 무수한 질문들이 뒤엉켜 결국 누구도 풀 수 없는 매듭이 되고 말았어요.」

그는 파이프에 불을 붙이고 담배 연기를 몇 모금 뱉어 낸다. 매캐한 담배 연기의 소용돌이가 요오드를 많이 함유한 공기와 뒤섞인다.

「한번은 세상의 모든 번뇌를 끊을 수 있고 생각하는 것조차 멈출 수 있다고 주장하는 사람을 만난 적이 있습니다. 선(禪)을 하는 수도자였지요. 그는 눈을 이렇게 감고 가만히 앉아 있더니, 자기 머릿속이 완전히 비어 있다고 주장했어요. 나도 그를 따라서 해보았지만, 그건 불가능한 일이었죠. 우리는 언제나 무언가를 생각하게 마련입니다. 〈아, 마침내, 나

---

34 칸 근처, 앙티브곶과 레랭스섬 사이의 만에 자리 잡은 해수욕장.

는 아무것도 생각하지 않는구나!〉 하는 것도 결국은 하나의
생각이 아니겠습니까?」

그는 하하 하고 헛헛한 웃음을 터뜨린다.

「생트마르그리트 병원에서 신경외과 의사로 일하다가 왜
그만두셨지요?」

이지도르의 느닷없는 질문에 뱃사람은 파이프를 떨어뜨
린다.

「그…… 그…… 그걸 당신이 어떻게 알았죠?」

「내 손가락이 알아냈어요.」 이지도르가 수수께끼 같은 대
답을 한다.

뤼크레스는 〈과학부의 셜록 홈스〉를 데려오길 잘했다고
생각하며 새삼스럽게 자기 안목에 흡족해한다. 이지도르는
마술사들이라면 누구나 그러하듯이 자기의 술수를 밝히지
않는다. 인터넷에 접속된 컴퓨터를 이용해서 아주 간단하게
정보를 얻었다는 사실을 고백하면, 움베르토 로시의 허를 찌
른 효과가 떨어질 거라고 생각한 것이다.

「쫓겨난 건가요?」

「아뇨. 그건 사…… 사고 때문이었어요.」

뱃사람의 눈에 갑자기 그늘이 진다.

「사고가 있었습니다. 내 어머니의 뇌에 악성 종양이 생겼
는데, 그걸 내가 직접 수술했지요.」

「통상적으로 자기 가족을 수술하는 건 금지되어 있을 텐
데요.」

「맞아요. 하지만 어머니는 내가 아니면 누구에게도 수술
을 받지 않겠다고 하셨죠.」

움베르토는 바닥에 침을 뱉고 나서 말을 잇는다. 「일이 어

125

쩌다 그렇게 되었는지 나도 모르겠어요. 어머니는 혼수상태에 빠졌다가 다시는 깨어나지 못하셨지요.」

뱃사람이 된 전직 외과 의사는 다시 바닥에 침을 뱉는다.

「뇌를 다룬다는 건 너무나 섬세하고 까다로운 일입니다. 조금만 잘못 건드려도 큰일이 벌어지죠. 다른 기관들을 다룰 때는 설령 작은 실수가 있다 해도 돌이킬 수가 있지만, 뇌는 달라요. 뇌를 수술할 때는 단 1밀리미터의 착오만 생겨도 환자를 평생 장애인이나 정신 이상자로 만들게 되지요.」

그는 파이프로 키의 가두리를 툭툭 쳐서 담뱃재를 털어 낸 다음, 파이프에 다시 담배를 채운다. 바람 때문에 불을 붙이기가 쉽지 않다. 그는 신경질적으로 라이터를 흔들어 댄다.

「그 일이 있고 나서, 나는 술을 마시기 시작했습니다. 파멸의 수렁으로 추락한 셈이죠. 손이 떨려서 더 이상 메스를 잡을 수가 없었어요. 결국 사표를 냈지요. 외과 의사가 손을 부들부들 떨고 있었으니 더 이상 어쩔 도리가 없었어요. 그렇게 해서 나는 신경외과 의사에서 하루아침에 술주정뱅이 부랑자로 전락하고 말았죠.」

그들은 수평선에 더욱 크게 모습을 드러낸 생트마르그리트섬을 바라본다. 파라솔처럼 늘어선 금송(金松)들 옆으로 야자수들과 유칼립투스들이 보인다. 코트다쥐르의 이 지역은 마치 아프리카에 온 것처럼 기후가 따뜻하기 때문에 이런 식물들이 잘 자란다.

「우리를 대신해서 로봇이 수술실에 들어가는 날이 어서 왔으면 좋겠어요. 다른 건 몰라도 로봇은 절대로 손을 떨지는 않을 거예요. 듣자 하니, 요즘 들어 외과 수술을 하는 로봇이 보급되어 가고 있는 것 같기는 하더군요.」

「정말 부랑자로 사셨어요?」뤼크레스가 묻는다.

「모두가 날 버렸지요. 더 이상 아무도 날 만나 주지 않았어요. 나 자신이 내 몸에서 나는 냄새를 역겨워 하는 판인데, 누군들 나를 좋아했겠어요? 나는 이불 하나만 달랑 가지고 칸의 해변에서 살았습니다. 내 소지품들은 모두 슈퍼마켓 비닐봉지에 담아 크루아제트 해변 도로의 간이 비바람 막이 시설 밑에 숨겨 두었지요. 햇볕 바른 곳에서는 가난도 덜 고통스럽다는 말이 있지만, 매일 백사장에서 살아 본 사람은 절대로 그런 소리 안 할 거예요.」

배가 속도를 조금 늦춘다.

「그러던 어느 날, 어떤 사람이 날 찾아왔습니다. 생트마르그리트병원에서 보낸 사람이었지요. 그가 나에게 말하더군요. 〈당신에게 한 가지 제안할 게 있어. 생트마르그리트섬과 칸 항구 사이를 오가는 왕복선을 맡아서 운행해 보지 않겠어? 지금까지 우리는 외부의 개인 회사에 용역을 맡겨 왔는데, 이제 우리가 직접 왕복선을 운행할 생각이거든. 자네 작은 배는 몰 줄 알지?〉 그렇게 해서 한때 신경외과 의사였던 내가 뱃사람이 된 거예요.」

뤼크레스는 수첩을 꺼내어 먼저 날짜를 적는다.

「생트마르그리트 정신 병원의 내부 사정에 대해서 알고 싶은데, 아시는 대로 말씀해 주실 수 있겠어요?」

움베르토는 수평선을 살피며 불안한 기색을 드러낸다. 그의 눈길은 바닷바람에 밀려가는 검은 구름으로 향했다가, 다시 배 주위에서 마치 뱃길을 일러 주기라도 하듯 끼룩거리는 갈매기들로 옮아간다. 그는 뱃사람들이 즐겨 입는 재킷의 깃을 여미고, 숱 많은 눈썹을 찡그린다. 그러다가 초록빛 눈을 한 적갈색 머리칼의 기자 쪽으로 다시 시선이 돌아오자, 자기가 걱정하던 일을 잊고 그녀의 신선한 이미지로 자기 망막을 가득 채운다.

「예전에는 저기에 요새가 있었대요. 생트마르그리트 요새였지요. 17세기에 보방 장군이 외적의 내습으로부터 해안을 보호하기 위해 그 요새를 세웠답니다. 아닌 게 아니라 건물이 전체적으로 보면 별 모양을 이루고 있는데, 그런 모양은 당시에 건설된 요새들의 특징이지요. 이 요새는 나중에 감옥으로 쓰이게 되었어요. 루이 14세 시대의 전설적인 국사범 〈철 가면〉도 이 감옥에 갇혀 있었다고 알려져 있어요. 몇 년 전에는 이 감옥에서 한 텔레비전 방송사가 연예계나 스포츠계의 스타들이 참여하는 오락 프로그램을 만들기도 했어요. 그러다가 마침내 정신 병원이 들어선 거지요.」

그는 바닥에 침을 뱉고 나서 말을 잇는다. 「병사들, 죄수들, 텔레비전의 스타들에 이어서 광인들이 섬을 차지하게 된 거죠. 의미심장한 진전이라고 생각하지 않습니까?」

그러면서 그는 다시 껄껄거리며 웃는다. 파도가 크게 일면서 배가 아까보다 많이 흔들린다.

「사람들은 이 병원을 선도적인 의료 기관으로 만들고 싶어 했어요. 그 개혁을 주도한 이가 바로 사뮈엘 핀처 박사예요. 처음엔 요새 안에만 들어서 있었던 병원이 온 섬을 다 차지할 정도로 커졌지요.」

지중해의 파도가 배를 더욱 사납게 흔들어 대기 시작한다.

「우리는 핀처 박사가 살해당했다고 생각하고 있어요.」

이지도르의 그 말을 받아 뤼크레스가 동을 단다.

「누가 핀처 박사를 죽였을까요? 뭔가 짚이는 게 없나요?」

128

「어쨌거나 병원 사람은 아닐 거예요. 병원에서는 누구나 박사를 좋아했으니까요.」

이제 섬이 지척에 보인다. 요새의 높다란 담이 뚜렷하게 보일 정도로 가까운 거리다.

「아, 핀처! 하느님께서 그의 영혼을 거두어 주시기를! 아끼는 말을 안 했지만, 내가 부랑자였을 때 나를 찾아왔던 사람이 바로 그였습니다.」

움베르토는 젊은 기자에게 다가간다.

「그가 정말로 살해당한 거라면, 누가 그를 죽였는지 당신들이 꼭 찾아냈으면 좋겠습니다.」

거대한 파도가 밀려와 갑작스럽게 배를 뒤흔든다. 뤼크레스는 균형을 잃은 채 비틀거리고, 움베르토는 무어라고 투덜거리면서 키를 붙잡고 매달린다. 바람이 거칠어지면서 배가 더욱 심하게 요동친다.

「이런, 아이올로스가 바람 자루를 풀어헤쳤군.」

움베르토가 무심결에 던진 말을 뤼크레스가 되받는다.

「아이올로스요?」

「바람의 신 말입니다. 『오디세이아』에 나오는 아이올로스 생각 안 나요?」

「또 오디세우스 이야기로군요.」

「핀처는 호메로스의 서사시에서 많은 것을 배울 수 있다고 생각하고, 입버릇처럼 그 구절들을 인용하곤 했습니다.」

움베르토는 호메로스의 한 구절을 소리 내어 읊는다.

「〈자루가 풀어지자 온갖 바람이 거기서 빠져나왔고, 갑자기 돌풍이 일더니 배들을 휩쓸어 먼바다로 데려갔소.〉」[35]

그들의 배는 이제 완전히 격랑의 포로가 되고 말았다. 그

129

들은 상하좌우로 사정없이 까불린다.

뤼크레스의 속귀에서도 평형 기관의 기능이 활발해진다. 속귀의 달팽이 뒤에는 흔들림을 지각하는 기관, 곧 타원주머니[36]가 있다. 이 주머니는 속림프라는 젤라틴 질의 액체로 채워져 있고, 거기에 평형 모래라는 작은 결정이 떠 있다. 타원주머니의 아래쪽 벽에는 털이 나 있다. 배가 기우뚱하면 두개골에 고정된 타원주머니 역시 한쪽으로 기울어진다. 하지만 속림프와 평형 모래는 마치 병을 기울여도 속에 담긴 액체의 표면은 언제나 수평을 유지하는 것처럼 평형을 잃지 않는다. 그때 타원주머니 바닥의 털들은 속림프 때문에 구부러지면서 뇌에 신호를 보내 몸의 균형을 잡게 해준다. 그런데, 눈들 역시 또 다른 정보를 뇌에 보낸다. 이 서로 대립하는 두 가지 신호가 뒤섞임으로써 어지럽고 불편한 느낌이 들고 멀미가 난다.

뤼크레스는 갑판의 난간 너머로 배 속에 든 것을 토해 낸다. 이지도르가 그녀 곁으로 다가오자, 그녀가 소리친다.

「속이 완전히 뒤집어지는 것 같아요!」

「으음. 사람들이 느끼는 고통을 견디기 어려운 순서대로 나열하자면, 1. 극심한 치통, 2. 신장통, 3. 산통(産痛), 4. 뱃멀미라 하더군요.」

뤼크레스의 얼굴은 납빛처럼 창백하다.

---

35 『오디세이아』 제10편 46~48행. 아이올로스는 오디세우스 일행이 순풍을 받으며 무사히 고국으로 귀환하게 해주겠다면서, 항해에 방해가 될 바람을 모두 자루에 넣어 오디세우스에게 건네주었으나, 손수 키를 잡고 항해하던 오디세우스가 너무 지쳐 잠든 사이에 바람 자루를 보물 자루로 생각한 부하들이 자루를 풀어헤치는 대목.

36 난형낭이라고도 한다.

움베르토가 다시 호메로스의 한 구절을 소리 내어 읊는다.

「〈포세이돈은 그렇게 말하고 갈기 긴 말들을 몰며 아이가 이 쪽으로 내달아 자기 궁전으로 갔다. 그러나 팔라스 아테나는 자기 나름대로 생각이 있었다. 제우스의 딸인 이 신은 바람들의 진로를 막고 모두 기세를 누그러뜨리고 잠잠해지라고 명령했다. 그런 다음 날쌘 북풍을 일으켜 거친 너울의 기세를 꺾어 버렸다.〉」[37]

그러나 지중해의 격랑은 전혀 잠잠해지지 않는다.

뤼크레스는 다시 기운을 차리고 얼굴을 들어 거대하고 검은 성채 같은 생트마르그리트 병원을 바라본다.

24

그의 가족과 친지가 모두 한자리에 모여 있었다. 아내 이자벨과 세 딸, 반려견 루쿨루스, 친구 베르트랑 뮬리노, 그리고 몇몇 직장 동료까지.

사뮈엘 핀처는 장루이 마르탱이 침을 흘리고 있음을 알아차리고, 손수건으로 조심스럽게 그의 입아귀를 닦아 준 다음 그들을 들어오게 했다.

「마르탱 씨는 왼쪽 귀로 들을 수 있고 오른쪽 눈으로 볼 수 있습니다. 하지만 의사 표현을 하거나 몸을 움직일 수는 없습니다. 말을 거시고 손을 잡아 주시면, 어떤 감정적인 반응이 일어날 수도 있습니다.」

마르탱의 늙은 셰퍼드 루쿨루스가 사람들보다 먼저 달려가 그의 손을 핥았다. 누가 시키지도 않은 그 애정 어린 행동

---

37 『오디세이아』 제5편 380~385행. 신 아테나가 오디세우스를 보호하기 위해 바람과 파도를 잠재우는 대목.

이 병실의 분위기를 한결 편하게 만들어 주었다.

루쿨루스, 나의 루쿨루스.

그의 딸들이 그에게 가볍게 입을 맞추었다.

사랑하는 내 딸들아, 너희를 다시 보게 되어 얼마나 기쁜
지 모르겠어. 오, 예쁘고 사랑스러운 내 딸들.

「괜찮으세요, 아빠?」

난 말을 할 수 없어. 내 눈에서 내 대답을 읽으렴. 너희를
사랑한다. 사느냐 죽느냐의 기로에서 나는 사는 쪽을 선택했
어. 이렇게 너희를 다시 만나니 정말 잘했다는 생각이 들어.

「아빠! 아빠! 대답 좀 해보세요!」

「의사 선생님 말씀 못 들었니? 아빠는 말을 하실 수 없어.」

그의 아내 이자벨이 그렇게 상기시키며 그의 뺨에 입을 맞
추었다.

「걱정 말아요, 여보. 우리가 있잖아요. 우리는 당신을 혼자
두지 않을 거예요.」

나는 내가 당신과 우리 아이들을 믿고 의지할 수 있다는
것을 알고 있었어. 그 점을 한 번도 의심해 본 적이 없어.

베르트랑 물리노와 몇몇 직장 동료들은 꽃이며 초콜릿,
오렌지, 책 등 자기들의 선물을 내어 놓았다. 록트인 신드롬
이라는 것이 어떤 병인지 아무도 분명하게 이해하지 못한 결
과였다. 그들은 그것을 일종의 외상으로 생각하고 있었고,
다른 외상들처럼 한동안의 회복기를 거치면 완쾌될 수 있는
것으로 여기고 있었다.

장루이 마르탱은 성한 한쪽 눈에 되도록 표정을 많이 담아
보려고 애쓰고 있었다. 그들을 안심시키고 그들을 만난 기쁨
을 표현하고 싶은 마음이 너무나 간절하였다.

내 얼굴은 틀림없이 데스마스크 같을 거야⋯⋯. 여기에 온 뒤로 거울을 본 적이 없어. 나는 핼쑥하고 창백하고 얼이 빠진 듯한 모습일 게 틀림없어. 추하고 피곤해 보일 거야. 미소라도 지을 수 있으면 좋으련만, 그것조차 할 수가 없어.

이자벨은 성한 귀의 좌우를 혼동해서, 성하지 않은 쪽에 대고 귀엣말을 했다. 「정말 다행이에요. 당신이⋯⋯.」

그녀는 조금 망설이다가 말끝을 달았다. 「⋯⋯살아 있어서.」

핀처 박사가 분명히 〈왼쪽 귀〉라고 했잖아. 그건 내 편에서 볼 때 왼쪽이라고 한 거야. 나와 마주하고 있는 당신 편에서 보면 오른쪽 귀야. 오른쪽이라고!

다행히 그의 성한 귀는 예전보다 한결 예민해져 있어서, 신경이 죽어 버린 쪽의 귓바퀴에 대고 속삭이는 소리까지 들을 수 있었다.

베르트랑 역시 같은 쪽 귀에 대고 빠르게 말했다. 「자네가 살아나서 우리 모두가 얼마나 다행스럽게 여기고 있는지 모른다네. 은행에서는 모두들 자네가 하루빨리 완쾌되어서 돌아오기를 기다리고 있네. 하지만 자네가 빨리 회복되기를 누구보다 간절하게 기다리는 사람은 아마도 나일 걸세. 자네가 있어야 체스를 두지. 그렇다고 너무 조급한 마음은 먹지 말게. 원기를 완전히 회복하려면 충분한 휴식이 필요할 걸세. 너무 일찍 퇴원하려고 애쓸 건 없어.」

그런 염려는 붙들어 매게.

베르트랑은 자기 말이 잘 전달되었다는 확신이 들지 않는지, 체스의 말을 움직이는 시늉을 해 보이고는 우정 어린 손길로 마르탱을 툭 쳤다.

마르탱은 마음이 놓였다. 그에게 중요한 건 그들이 자기를 잊지 않고 있다는 사실이었다.

아, 나의 벗들이여! 그러니까 그대들은 아직 내가 존재하고 있는 것으로 생각하고 있다는 얘기로군. 그 사실을 알게 된 것이 나에게 얼마나 중요한지 자네들은 모를 걸세.

「나는 당신이 곧 쾌유되리라는 것을 알고 있어요.」아내가 그의 감각이 없는 귀에 대고 속삭였다.

「그래요, 아빠. 빨리 집으로 돌아오세요.」세 딸도 같은 쪽 귓바퀴에 대고 거들었다.

「내가 알기로 자네는 유럽 최고의 신경과에 입원해 있는 걸세. 아까 우리를 맞아 준 의사 말이야, 안경 끼고 이마가 시원하게 생긴 그 양반, 굉장히 유명한 사람인 모양이더라고.」

베르트랑은 아직 할 말이 남았지만, 그쯤에서 이야기를 끝내지 않으면 안 되었다. 핀처 박사가 벌써 돌아와서 환자를 너무 피곤하게 하면 안 된다고 알려 왔기 때문이었다. 그 정도로 충분하니 이튿날 다시 오는 게 좋겠다는 거였다. 칸 항구로 돌아가는 왕복선이 11시에 그들을 데리러 올 거라고 했다.

안 돼요. 이들이 나랑 더 있게 내버려 둬요. 나는 이들이 내 곁에 있기를 바라요.

「자아, 빨리 기운을 되찾게.」베르트랑이 말했다.

「단란한 가정을 이루셨더군요, 마르탱 씨. 아주 보기가 좋던데요.」

마르탱은 동의와 감사의 뜻으로 눈꺼풀을 천천히 내렸다.

「우리가 해야 할 일이 하나의 전쟁과 같은 것이라면, 마르탱 씨의 한쪽 눈과 한쪽 귀는 기지가 되는 셈이에요. 나는 이 기지를 출발점으로 삼아 신경의 모든 영토를 수복할 생각입니다. 그건 가능한 일이에요.」

핀처 박사는 목소리에 더욱 힘을 실어 말을 이었다. 「사실, 모든 건 마르탱 씨에게 달려 있어요. 마르탱 씨는 일종의 개척자예요. 미지의 영토를 개척해야 해요. 마르탱 씨의 뇌가 바로 미지의 영토예요. 이 셋째 천 년기의 새로운 엘도라도죠. 우주 정복에 이어서 우리 인간이 정복해야 할 것은 이제 우리 자신의 뇌밖에 없어요. 뇌야말로 우주에서 가장 복잡한 구조지요. 우리 과학자들은 밖에서 뇌를 관찰할 뿐이지만, 마르탱 씨는 이제 안에서 모든 것을 실험하게 될 겁니다.」

마르탱은 그 가능성을 믿고 싶었다. 인간의 지식을 확장하는 일의 선봉에 선 개척자가 되고 싶었다. 현대의 영웅이 되고 싶었다.

「하고자 하는 마음이 있으면 성공할 수 있을 겁니다. 동기가 바로 모든 행동의 열쇠죠. 나는 환자들을 통해서 그 점을 끊임없이 확인하고 있습니다. 내 실험실의 생쥐들에게서도 그 점을 확인할 수 있어요. 그래서 나는 마르탱 씨에게 분명히 말할 수 있습니다. 원한다는 건 할 수 있다는 뜻입니다.」

25

움베르토는 적외선 발신기를 꺼내어 신호를 보낸다. 두 개의 문짝이 시로 벌어진다. 카론호는 작은 수로로 들어간다. 이 수로는 섬 가장자리 절벽의 우묵한 곳에 마련된 선창으로 이어진다. 그들은 나무로 된 부교에 배를 댄다.

「나는 여기에서 기다리겠습니다.」

움베르토는 다시 만나자는 인사 대신, 뤼크레스와 악수를 하고 손에 입을 맞추더니, 가벼운 물건 하나를 쥐어 준다.

그녀는 의아하게 여기며 손에 든 것을 내려다본다. 담배 한 갑이다.

「난 이제 담배 안 피우는데요.」

「그래도 가지고 가요. 〈열려라 참깨〉 하는 주문처럼 쓸모 가 있을 거예요.」

뤼크레스는 담배 따위가 뭐 그리 대단한 쓸모가 있으랴 싶 은 생각이 들지만, 준 사람의 성의를 생각해서 담뱃갑을 챙 겨 넣는다. 그녀의 속귀가 아직 충격에서 벗어나지 못하고 있는 탓에 다리가 휘청거린다.

이지도르가 그녀를 부축한다.

「심호흡을 해봐요, 뤼크레스. 자아, 숨을 들이마셔요.」

움베르토는 커다란 철제문을 열고 그들을 병원 안으로 들 어가게 한다. 두 기자가 안으로 들어서자 뒤에서 자물쇠의 덜거덕거리는 소리가 들린다. 가벼운 전율이 스치고 지나간 다. 정신 병원에 대한 두려움이 엄습한 것이다.

난 미치지 않았어 하고 뤼크레스는 생각한다.

난 미치지 않았어 하고 이지도르도 생각한다.

커다란 자물쇠가 이중으로 회전하는 소리가 들린다. 〈만 일 내가 미치지 않았다는 것을 증명해야 하는 상황이 벌어진 다면 어떻게 하지?〉하고 이지도르는 자문한다.

두 기자는 고개를 들어 주위를 둘러본다. 암벽에 커다란 돌들을 시멘트로 고정시켜서 돌계단을 만들어 놓았다. 그들 은 계단을 올라간다. 발걸음이 꽉꽉하다.

꼭대기에 다다르자 뚱뚱한 남자 하나가 양 허리에 주먹을 댄 자세로 떡 버티고 서서 그들의 길을 막는다. 얼굴 가장자리에만 수염을 기르고 커다란 면 풀오버를 입은 남자는 마치 초등학교 선생님 같은 느낌을 준다.

「당신들 여기에서 뭐 하고 있는 거요?」

뤼크레스는 상대가 의사인지 환자인지 가늠할 수가 없어 잠시 망설이다가 그냥 솔직하게 나가기로 한다.

「우린 기자예요.」

남자는 머뭇거리는 기색을 보이다가 자기를 소개한다.

「나는 의사 로베르요.」

그는 그들을 가파른 계단으로 이끈다. 계단을 다 올라가자 널따란 평지가 나온다.

「나와 함께 다니면 신속하게 병원 전체를 둘러볼 수 있을 겁니다. 하지만, 미리 부탁해 둘 게 있는데, 사람들의 눈길을 끌지 않도록 조심하세요. 그리고 환자들이 무슨 행동을 하든 간섭하지 말고요.」

그들은 이제 병원의 한복판에 있다. 그들 주위의 잔디밭에서 평상복 차림의 사람들이 이야기를 나누며 거닐고 있다. 두 환자가 나누는 대화가 그들의 귀에까지 전해져 온다.

「내가 편집증 환자라고? 말도 안 돼. 누가 그따위 소문을 퍼뜨리고 있는 거지?」

어떤 사람들은 앉아서 신문을 읽거나 체스를 두고 있다. 또 어떤 사람들은 잔디밭 한쪽 구석에서 축구를 하고 있다. 너 밀리에는 배드민턴을 하는 사람들도 보인다.

「놀라셨죠? 여기에 처음 온 사람들은 이런 광경을 보고 놀랄 수도 있을 거예요. 핀처 박사는 환자들이 파자마 차림으로 돌아다니는 것을 금지시켰고, 간호사와 의사에게도 하얀 가운을 입지 못하게 했어요. 그럼으로써 보살피는 사람들과 보살핌을 받는 사람들 사이의 간격을 없애 버린 거죠.」

「그래도 아무 문제가 없나요?」이지도르가 묻는다.

「처음엔 나도 누가 의사고 누가 환자인지 몰라서 헛갈렸지요. 하지만 옷차림에서 차이가 안 나니까 서로에게 더욱 주의를 기울이게 되더라고요. 핀처 박사는 파리 시립 병원에서 왔어요. 프랑스에 캐나다의 새로운 정신 의학 치료법을 도입한 앙리 그리부아 박사와 함께 일했던 사람이지요.」

두 기자는 그를 따라서 어떤 건물 쪽으로 간다. 〈살바도르 달리〉라는 팻말이 붙어 있는 건물이다.

안으로 들어가 보니, 벽들이 예사롭지 않다. 보통 병원의 벽들처럼 하얀색을 칠해 놓은 것이 아니라, 바닥에서 천장에 이르기까지 벽화들이 그려져 있다.

「환자 개개인에게 자기의 장애를 장점으로 변화시킬 수 있음을 일깨워 주는 것, 그게 바로 핀처 박사의 생각이었습니다. 그는 환자들이 이른바 장애니 결함이니 하는 것들을 적극적으로 받아들여서 그것을 하나의 유리한 조건으로 활용하기를 바랐죠. 각각의 건물에는 특정한 예술가들의 이름이 붙여져 있습니다. 남과 다르다는 점을 잘 활용해서 성공을 거둔 예술가들을 기리자는 뜻이지요.」

그들은 살바도르 달리 공동 침실로 들어간다. 뤼크레스와 이지도르는 벽에 그려 놓은 그림들을 찬찬히 살펴본다. 단지 살바도르 달리의 작품을 연상시키는 벽화들뿐만 아니라, 그의 유명한 작품들을 완벽하게 복제한 그림들도 보인다.

로베르는 두 기자를 다른 건물로 데려간다.

「편집증 환자들을 위한 건물입니다. 네덜란드의 화가 모리츠 코르넬리스 에스헤르의 이름이 붙어 있지요.」

그 건물의 벽들은 비현실적인 기하학적 형태들을 그린 벽화들로 장식되어 있다.

「이 병원은 그야말로 하나의 미술관이로군요. 이 벽화들 정말 굉장하네요. 이걸 누가 그렸죠?」

「원작을 이 정도로 충실하게 재현하자면 특별한 재능을 지닌 사람들이 필요하죠. 우리는 반 고흐 동(棟)에 있는 조증(躁症) 환자들에게 도움을 청했지요. 나는 이 복제화들이 원작을 아주 충실하게 재현한 것이라고 장담할 수 있습니다. 반 고흐가 노란색의 색조에 미세한 차이를 두어 가며 무수한 해바라기들을 그린 끝에 노란색의 가장 훌륭한 표상을 얻어 낸 것처럼, 이곳의 환자들도 오랫동안의 탐색 끝에 자기들이 원하는 정확한 색깔을 찾아냅니다. 그들은 극도의 완벽주의자들이지요.」

그들의 순례가 계속된다.

「여기는 조현병 환자들을 위한 곳입니다. 플랑드르의 화가 히에로니무스 보스의 이름이 붙어 있지요. 조현병 환자들은 감수성이 대단히 예민합니다. 자기들 주위로 퍼져 가는 모든 파동을 포착하는 사람들입니다. 그 때문에 고통을 받기도 하고 천재가 되기도 하지요.」

그들은 뜰로 다시 나와서 여러 환자들 사이로 돌아다닌다. 환자들은 대부분 그들에게 정중하게 인사를 건넨다. 어떤 환자들은 상상 속의 대화 상대자에게 큰 소리로 지껄이고 있다.

로베르의 설명이 이어진다. 「이들을 보고 있을 때면, 우리가 이들과 별로 다를 게 없다는 생각 때문에 당황하곤 합니다. 정도의 차이는 있지만, 우리는 늘 어떤 생각에 사로잡혀 있지요. 저 남자를 보세요. 휴대폰의 전자파에 대한 공포증이 있어서 늘 저렇게 오토바이 헬멧을 쓰고 다닙니다. 하지만, 휴대폰의 잠재적인 유해성에 대해서 한 번쯤 걱정해 보지 않은 사람이 누가 있겠습니까?」

한 무리의 조증 환자들이 어떤 벽화에 손질을 가하고 있다. 로베르는 흡족한 표정을 지으며 덧붙인다.

「핀처 박사는 환자들의 근로 활동을 포함해서 모든 분야에 걸쳐 혁신의 바람을 불러일으켰어요. 그는 기존의 의사들과는 다른 방식으로 환자들을 대했지요. 겸허하게 일체의 선입견 없이 말입니다. 기존의 정신과 의사들은 환자들을 주위 사람들에게 피해를 주거나 무언가를 파괴할 가능성이 있는 사람들로 간주하고 그 가능성을 차단해야 한다고 생각했지요. 그와 달리 핀처 박사는 환자들 안에 있는 장점을 드러내고 그것을 강화시키려고 노력했어요. 그 노력의 일환으로 그는 환자들로 하여금 인류가 만들어 낸 아름다운 것과 대면하게 했지요. 그림은 물론 음악, 영화, 컴퓨터 등을 자주 접하게 만든 것입니다. 그렇다고 환자들에게 무엇을 강요한 것은 아니고 자기들 마음 내키는 대로 하게 내버려 두었지요. 환자들은 자연스럽게 예술 쪽으로 마음을 돌렸어요. 자기들의 불안이나 관심사는 물론 자기들 속에 품은 말까지도 표현해 주는 예술 쪽으로 말입니다. 그는 환자들을 가두는 대신에 그들을 관찰했어요. 또, 그들의 장애에 대해서 말하는 대신에 아름다운 것 일반에 관해서 이야기를 나눴지요. 그러자 스스로 예술 작품을 만들어 보고 싶어 하는 환자들이 나타나기 시작했어요.」

「그 과정에 어려움은 없었나요?」

「아주 많았죠. 편집증 환자들은 조현병 환자들을 좋아하지 않아요. 또 그들은 히스테리 환자들을 경멸하고, 거꾸로 히스테리 환자들은 그들을 경멸합니다. 하지만, 그들 모두가 예술에서 일종의 중립 지대, 혹은 상호 보완성을 찾아냈지요. 그 점과 관련해서 핀처 박사가 아주 멋진 말을 했어요. 〈남들이 우리를 비판할 때, 그들은 우리의 강점이 될 수도 있는 어떤 것을 우리에게 가르쳐 주는 것이다.〉」

어떤 노부인 하나가 매우 다급한 기색을 보이며 그들 쪽으로 달려오더니 시간을 확인하려는 듯 다짜고짜 뤼크레스의 손목시계로 덤벼든다.

뤼크레스는 할머니 역시 손목에 시계를 차고 있음을 알아차린다. 하지만 할머니는 너무 부들부들 떨고 있는 탓에 자신의 손목에 찬 시계를 볼 수 없는 모양이다.

「4시 20분이에요.」

뤼크레스의 말이 끝나기도 전에 노부인은 벌써 다른 쪽으로 달려가고 있다. 로베르가 그들에게 귀엣말로 알려 준다. 「파킨슨병에 걸린 할머니예요. 이런 종류의 병은 이제 도파민으로 치유하는 것이 가능해지기 시작했어요. 우리 병원에서는 단지 마음의 장애만을 치유하는 것이 아니라, 알츠하이머병이나 뇌전증, 파킨슨병 같은 신경 계통의 질병들도 치유하고 있어요.」

환자 하나가 다가오더니, 얼굴을 찡그리며 작은 자처럼 생긴 것을 흔들며 지나간다.

「저게 뭐죠?」이지도르가 묻는다.

「고통계(苦痛計)입니다. 체온계로 체온을 재듯이, 고통이 어느 정도인지를 알려 주는 기구죠. 환자가 아프다고 말할 때, 그의 고통이 모르핀의 사용을 필요로 하는 정도인지 아닌지를 알기가 쉽지 않습니다. 그런 문제를 해결하기 위해서, 〈아프다〉라는 개념을 1에서 20까지 등급을 매기도록 환자들에게 부탁했어요. 그럼으로써 환자들은 자기들이 주관적으로 느끼는 고통이 어느 정도인지를 알리는 것이지요.」

일꾼 두 사람이 사뮈엘 핀처의 초상이 들어간 추모패를 벽에 붙이고 있는 중이다. 추모패에는 〈강한 동기를 지닌 사람은 한계를 모른다〉라는 핀처의 말이 새겨져 있다.

환자들이 모여들어 추모패를 바라본다. 어떤 환자들은 숙연한 감동에 젖어 있는 듯한 모습이다. 여남은 명의 환자들이 박수를 보낸다.

로베르가 말을 잇는다. 「여기에서는 누구나 핀처 박사를 좋아했습니다. 그가 디프 블루 IV를 상대로 체스 경기를 벌이던 날에는, 큰 마당에 커다란 텔레비전을 갖다 놓고 모두가 함께 지켜보았지요. 그 광경을 보셨어야 하는 건데…… 정말 대단했습니다. 마치 축구 경기를 관전하는 분위기였어요. 모두가 〈사미, 이겨라! 사미, 이겨라!〉 하고 외쳤지요. 여기에서는 그를 핀처 박사라 부르지 않고, 그냥 사미라는 애칭으로 불렀어요.」

로베르는 실험동물 사육장이라는 팻말이 붙은 건물의 문 하나를 연다. 우리에 갇힌 생쥐 수백 마리의 모습이 한눈에 들어온다.

「실험용 생쥐들입니다. 우리는 이 생쥐들에게 간질 발작을 일으킨 다음 약들이 어떻게 발작을 진정시키는지 관찰합니다. 핀처 박사는 병원의 원장일 뿐만 아니라, 뛰어난 과학자이기도 했지요. 그는 자기 연구팀과 함께 새로운 치료법들

142

을 시험하곤 했습니다.」

생쥐들은 새로 들어온 사람들에게 흥미를 느끼며 우리의 창살 너머로 그들의 냄새를 맡는다.

「꼭 이 녀석들이 우리에게 무언가를 말하고 싶어 하는 것 같아요.」뤼크레스가 나직하게 말한다.

「이 녀석들은 보통 생쥐들보다 지능이 높습니다. 서커스 단에서 곡예를 하던 생쥐들을 어미로 둔 데다가, 태어나면서 부터 훈련을 받았기 때문에 실험을 겁내거나 불편해하지 않아요. 우리는 녀석들을 미로와 장난감을 갖춘 이 우리 안에 넣어 두고 녀석들의 지능이 어떻게 달라지는지를 검사하고 있습니다.」

두 기자는 생쥐 두 마리가 작은 다리로 서로 치고받으며 싸우는 모습을 바라본다. 두 생쥐 가운데 하나의 주둥이에서 기어이 피가 흐르고 만다.

「여기에서 핀처 박사에게 원한을 품었을 만한 사람이 있다면, 그게 누구일 거라고 생각하세요?」뤼크레스가 묻는다.

「약물 중독자들요. 여기에서 규칙을 지키지 않고 자기들 멋대로 행동하는 자들은 그들밖에 없어요. 그들은 모든 것에 코웃음을 칩니다. 핀처 박사의 말도 듣지 않고, 박사를 때리기까지 했어요. 말로는 더 이상 그들을 설득할 수가 없어요. 그놈의 빌어먹을 마약을 얻기 위해서라면, 무엇이든 할 준비가 되어 있는 자들이지요.」

「사람을 죽일 수도 있겠네요?」

로베르는 대답 대신 턱을 쓰다듬으면서 말을 잇는다.

「그들만은 핀처 박사의 방법을 좋아하지 않았어요. 박사 쪽에서도 그들 가운데 가장 말을 듣지 않는 자들을 다른 데로 보내야 되겠다는 생각을 점차 하게 되었지요.」

「만일 어떤 약물 중독자가 핀처 박사를 해치려 했다면, 어떤 식으로 일을 꾸몄을 거라고 생각하세요?」이지도르가 묻는다.

「예를 들면, 효과가 시간을 두고 나타나는 어떤 물질을 그의 음식 속에 넣었을 수도 있겠지요.」

「법의학 연구소에서 검사한 바에 따르면 독성 물질이 전혀 검출되지 않았습니다.」

「흔적을 찾아낼 수 없는 물질도 있습니다. 이곳의 화학 실험실에는 검출하기가 대단히 어려운 물질들이 있어요. 체내에서 어떤 작용을 하고 이내 사라져 버릴 수 있는 물질들 말입니다.」

뤼크레스는 약물 중독자들이 검출되지 않는 독을 사용했을 수도 있다는 그 새로운 단서를 수첩에 기록한다.

「핀처 박사의 사무실을 볼 수 있을까요?」

「그건 안 됩니다.」

로베르의 단호한 대꾸에 이지도르는 머쓱해서 입을 다문다. 그때, 문득 뤼크레스의 호주머니에 들어 있는 담배에 생각이 미친다. 그는 에멜무지로 담배 한 개비를 꺼내어 내민다.

로베르는 그것을 잽싸게 낚아챈다.

「이걸 가져오는 건 금지되어 있어요. 하지만, 몰래 피우는 것은 금지되어 있지 않죠. 문제는 우리가 출퇴근을 하지 않고 모두 여기에서 잠을 자기 때문에 뭍에 가서 물건을 살 기회가 별로 없다는 거죠. 고마워요.」

로베르는 담배에 불을 붙이고 행복감을 느끼며 눈을 감는다. 그는 니코틴을 빨리 빨아들이려고 급하게 연기를 들이마신다.

「담배 없는 정신 병원이라니, 놀랍군요. 내가 방문해 본 다른 정신 병원에서는 담배 피우는 사람들을 언제나 볼 수 있었거든요……」

「정작 핀처 박사 자신은 담배를 피우지 않았나요? 디프 블루IV와 체스를 둘 때 담배를 피웠던 것 같은데.」뤼크레스가 덧붙인다.

「그건 규칙을 공고히 하는 예외죠. 대국에 집중하느라고 신경의 흥분이 극에 달했던 겁니다. 자칫하면 그냥 무너져 버릴 수도 있는 상황이었지요.」

뤼크레스는 수첩을 다시 꺼내어 아주 빠른 손놀림으로 〈여덟째 동기: 담배?〉라고 쓴다.

이지도르는 그녀의 어깨 너머로 훔쳐보다가 이렇게 귀엣말을 한다. 「아니에요. 더 넓은 개념에 포함시켜야 돼요. 담배, 술, 마약 등을 함께 묶어 봅시다. 습관성 물질이나 향정신성 약물이라고 하면 되겠네요. 자아, 정리해 봐요. 5. 의무감, 6. 분노, 7. 성애, 8. 습관성 물질.」

로베르는 완전히 행복감에 젖어 있다. 〈니코 씨의 풀〉[38]로 자기 피를 더럽히고도 마냥 행복한 모양이다. 하지만 그가 피운 담배가 연기 감지기를 작동시킨 탓에 난데없이 벨이 울리기 시작한다. 그는 불안한 표정으로 서둘러 담배를 끈다.

---

38 장 니코(1530?~1604)는 프랑스의 외교관이자 학자로서 프랑스에 담배를 들여온 인물이다. 프랑스에서 담배는 처음에 〈니코티안〉, 또는 〈니코의 풀〉이라는 이름으로 불렸다. 니코틴은 바로 이 니코티안이라는 말에서 유래한 것이다.

그때 파킨슨병에 걸렸다는 예의 노부인이 건장한 두 남자를 데리고 나타난다. 두 남자가 로베르를 붙잡자, 그는 꼼짝없이 걸렸다고 느끼며 불 꺼진 꽁초를 마지막으로 한 번 더 깊이 빨아 본다.

「어이 로베르, 또 오리발을 내밀어 보지그래!」

남자 하나가 꽁초를 빼앗아 땅바닥에 내던진다. 노부인은 뤼크레스와 이지도르를 위아래로 훑어본다.

「로베르에게 속아 넘어갔구먼! 그는 사람을 속이는 재주가 비상하지. 보나마나 의사 행세를 했을 거야. 사실 그는 진짜 의학 박사야. 하지만 진짜 환자이기도 해. 하긴, 의사라고 해서 환자가 되지 말란 법은 없지. 로베르는 다중 인격을 지닌 사람이야. 두 사람에게는 좋은 교훈이 되었을 거야. 사람의 겉모습이나 직함은 믿을 게 못 돼.」

노부인은 로베르에게 이제 가라고 손짓을 한다. 그는 풀이 죽은 모습으로 꽁무니를 뺀다. 노부인이 뤼크레스와 이지도르 쪽으로 몸을 돌린다.

「그건 그렇고, 당신들은 병원 사람들이 아닌 듯한데. 대체 누구요? 여기에서 뭘 하고 있는 거죠?」

두 남녀는 잠시 얼떨떨해하다가 비로소 자기들이 완전히 속아 넘어갔음을 깨닫는다.

「저…… 우린 기자입니다.」뤼크레스가 대답한다.

「뭐라고요? 기자요? 아니, 누가 여기에 기자들을 불러들였지? 기자들을 만나고 싶어 하는 사람은 아무도 없을 텐데. 보나마나 움베르토가 당신들을 여기까지 데려왔겠지! 다시는 이런 일이 생기지 않도록 이번엔 단단히 타일러야 해. 사전에 허가받지 않은 국외자들을 또다시 데려오면, 그를 쫓아

버려야 한다고!」

「뭐 하나 여쭤 보아도 되겠습니까?」

「미안하지만 우린 시간이 없어요. 여긴 병원이에요. 우리가 근무하는 것을 방해하지 마세요.」

말이 끝나기가 무섭게 노부인은 자리를 떠버린다. 남자 간호사 하나가 그들을 부교 쪽으로 데려간다.

그 순간에 이지도르는 이런 생각을 한다. 자기는 절대로 미치지 않을 거라고, 만일 어쩌다 미치광이가 된다면 핀처 같은 의사로부터 보살핌을 받고 싶다고.

26

핀처 박사는 규칙적으로 장루이 마르탱을 보러 왔다. 하지만, 그가 돌보아야 할 환자들은 마르탱 말고도 너무나 많았다. 그러다 보니, 초기에 마르탱은 주로 식구들을 통해서 힘을 얻었다. 그의 친구 베르트랑 물리노와 다른 직장 동료들도 번갈아 가며 면회를 와주었다. 그의 개 루쿨루스는 혹시라도 누가 공격해 오면 그를 지켜 주기라도 할 것처럼 줄곧 그의 발치에 머물러 있었다.

그의 동료들은 환자가 보고 들을 수 있다는 것을 알고 있었기 때문에 그가 반응을 보이지 않아도 기꺼이 말을 걸었다. 마르탱 쪽에서는 눈꺼풀을 깜박임으로써 대화가 가능하게 하려고 애를 썼다. 눈꺼풀을 한 번 깜박이면 〈그렇다〉라는 뜻이었고, 두 번 깜박이면 〈아니다〉라는 뜻이었다.

그의 아내 이자벨은 그를 치고 달아난 운전자를 찾아내기 위해 경찰에 고발을 했다고 알려 주었다.

「어떤 사람이 자기네 집 발코니에서 사건을 목격했대요.

그 사람이 증언을 해주어서, 가해 차량의 등록 번호가 알려졌어요.」

그의 눈이 환해졌다.

「……그런데 운전자의 신원을 알아내지는 못했어요. 애석하게도 그 차는 가명으로 빌린 거였대요.」

시간이 지남에 따라 친구들의 방문이 뜸해졌다.

마르탱은 그들의 변명을 곧이곧대로 믿어 주려고 애썼다. 그에게 더 이상 관심이 없음을 가장 먼저 분명하게 알려 준 것은 그의 반려견 루쿨루스였다. 사람들처럼 변명을 늘어놓을 수가 없었으므로, 루쿨루스는 더 이상 그의 손을 핥지 않고 머리를 딴 곳으로 돌리는 것으로 자기 마음이 변했음을 알렸다. 시트를 뒤집어 쓴 채 꼼짝도 하지 않고 있는 그 살덩어리에는 더 이상 관심이 없다는 투였다. 사람들은 루쿨루스로 하여금 그 덩어리를 계속 주인으로 여기게 하려고 했지만, 루쿨루스가 보기에 그건 주인이 아니었다. 먹을 것을 주지도 않고, 막대기를 던져서 물어 오게 하지도 않으며, 자기를 쓰다듬어 주지도 않는 존재가 주인일 리 만무하였다. 그런 존재에게 열성을 바쳐 봤자 얻을 건 아무것도 없었다. 한낱 개에 지나지 않는 루쿨루스로서는 그렇게 생각하는 게 당연했다.

직장 동료들은 갈수록 뜸하게 찾아오더니 마침내 발길을 끊어 버렸다. 마르탱은 친구 베르트랑이 아주 난처해하며 전해 준 말을 통해서 은행의 자기 자리에 다른 사람이 대신 들어왔음을 알았다.

얼마쯤 지나서 베르트랑 역시 다른 직장 동료들처럼 발길을 끊었다.

그의 아내와 딸들은 집념을 버리지 않고 최선을 다하였다. 딸들은 올 때마다 곧 완쾌되어 집으로 돌아갈 수 있을 거라고 했고, 생트마르그리트 같은 전문 병원에서 치료를 받게 된 것이 다행스럽다고 말하곤 했다. 그러던 어느 날, 이자벨이 놀란 기색을 보이며 물었다. 「아니, 병실이 바뀌었네요?」

마르탱은 눈꺼풀을 한 번 깜박였다. 아닌 게 아니라 핀처 박사가 그를 더 큰 병실로 옮겨 놓은 터였다. 식구들하고 편하게 〈대화〉를 나누라고 배려를 해준 거였다.

「이 방엔 창문이 없어!」 막내딸 쉬잔이 기분 나쁘다는 듯이 말했다.

「아빠가 그런 걸 느끼시기나 하겠어? 아빠에겐 창문이 있으나 없으나 마찬가지야.」

맏딸의 말투가 자못 냉소적이었다.

「내가 그런 식으로 말하지 말라고 했지!」

충격을 받은 이자벨이 맏딸의 따귀를 후려쳤다.

마르탱은 눈꺼풀을 두 번 깜박였다.

안 돼, 싸우지 마.

하지만 그의 아내는 벌써 딸들을 데리고 자리를 떴다. 자기들의 화목하지 못한 모습을 남편에게 보이지 않기 위해서였다.

27

바다가 잠잠해졌다. 그들은 섬에서 간 항구로 돌아가는 중이다.

움베르토는 더 이상 그들에게 말을 하지 않는다. 표정을 험악하게 지은 채 갑판 난간 너머로 간간이 침을 뱉을 뿐이다. 마치 그들의 얼굴에 대고 침을 뱉고 싶은 것을 참고 있는 사람 같다.

보아하니 병원의 책임자들로부터 단박에 꾸지람을 들은 모양이다.

이지도르가 말문을 연다. 「아무튼 우린 운이 좋았어요. 그들이 더 이상 까탈을 부리지 않고 우릴 내보내 주었으니까요. 1971년 로스앤젤레스에서 있었던 실험이 생각나요. 기자들 10명이 어떤 정신 병원에 대한 조사를 벌이기 위하여 거기에 입원하기로 결정했어요. 그들은 저마다 자기 동네의 의사를 찾아가서, 자기들 머릿속에서 사람 목소리가 들린다고 말했지요. 의사들은 한결같이 그들에게 정신 병원에 가보라고 권했고, 정신 병원에서는 그들의 상태를 조현병의 한 증상으로 분류했어요. 정신 병원에 들어간 기자들은 주위에서 벌어지는 일들을 꼼꼼하게 기록했지요. 그런데, 그들이 조사를 다 끝내고 나가려고 할 때 문제가 발생했어요. 기자들 가운데 몇 사람을 병원 측에서 내보내지 않으려고 했던 거예요. 그들은 변호사들에게 도움을 청할 수밖에 없었어요. 하지만 어떤 의사도 그들의 정신이 온전하다는 것을 인정하려고 하지 않았어요. 오로지 환자들만이 그 새로 온 환자들의 행동이 어딘가 다르다는 것을 눈치챘을 뿐이지요······.」

뤼크레스는 적갈색 머리채를 휘날리면서 물보라 섞인 공기를 깊이 들이마신다. 또다시 멀미가 나지 않게 하려는 것이다.

「그 병원의 의료진은 기자들에게 속아 함정에 빠졌다는 것을 알고 기분이 상했을 겁니다. 기자들이 조현병이라는 딱지를 붙이고 병원에 들어온 순간부터, 그들의 몸짓 하나 하나가 모두 조현병의 전형적인 증상으로 해석되었던 것이지요.」

하늘빛 해안이 그들 앞에 길게 펼쳐진다. 화려한 빌라들이 만을 굽어보며 해변을 따라 늘어서 있다.

「나도 그와 비슷한 실험에 관해서 이야기를 들은 적이 있어요. 파리에서 행해진 실험인데…….」

뤼크레스는 이야기를 들었으니 자기도 하나 해주어야겠다고 생각하면서 그렇게 허두를 뗀다. 「어떤 사회학자들이 교육 행정 당국의 동의를 얻어, 상급 학교에 진학하는 학생들에게 좋은 내용이 적힌 생활 기록부와 나쁜 내용이 적힌 생활 기록부를 학생들의 실제 성적에 상관없이 무작위로 나누어 주었답니다. 교사들은 이 실험에 대해 전혀 모르고 있었고요. 학년 말이 되어서 교사들이 이 학생들에 대해서 점수를 매겨 놓은 것을 보니까, 성적이 우수한 학생으로 기록된 서류를 가지고 진학한 학생들은 좋은 점수를 받았고, 공부를 못 한다고 기록된 서류를 가지고 온 학생들은 나쁜 점수만 받았다는 거예요.」

「남들이 우리를 만들어 간다는 얘긴가요?」

그때 뤼크레스의 휴대폰이 진동하기 시작한다. 그녀는 그냥 듣고만 있다가 전화를 끊는다.

「조르다노 교수예요. 뭔가를 찾아냈대요. 메시지를 남겼는데, 법의학 연구소에서 나를 기다리고 있다더군요.」

「나를 기다리는 게 아니라, 〈우리〉를 기다리는 거겠죠.」

「나만 오라고 했어요.」

이지도르의 눈에 모가 선다.

「나도 같이 가겠어요.」

이런 치사한 애송이 같으니! 이런 일에 대해서 무얼 안다고 깝죽거리지?

「난 혼자 가고 싶어요.」

당신이 내 아버지라도 되나?

「당신의 태도를 이해할 수 없군요, 뤼크레스.」

움베르토는 금색 실로 장식된 챙 없는 모자를 가지고 손장난을 치면서 빈정거리는 듯한 표정으로 두 사람을 바라본다. 그는 예전에 자기가 독신으로 살기로 결심했던 까닭을 새삼스레 다시 떠올린다.

「솔직히 말해서, 기분이 되게 나쁘군요.」이지도르가 나직하게 내뱉는다.

「그래도 할 수 없어요.」

「정말이에요?」

「정말이에요!」

에메랄드빛으로 반짝이는 눈이 짐짓 태연한 척하는 밤색 눈을 살핀다.

뱃사람에게 시큰둥한 작별 인사를 건네고, 두 기자는 멀지 않은 곳에 세워 놓은 사이드카로 간다. 이지도르는 화난 티를 내기 위해 침묵을 지키고 싶지만 그럴 수가 없다.

「암만 생각해 봐도 함께 가는 게 낫겠어요. 무슨 문제라도 생기면…….」

「나는 어린애가 아니에요. 내 몸은 내가 지킬 수 있다고요. 그 점은 이미 증명해 보였다고 생각하는데요…….」

「그래도 같이 가겠어요.」

뤼크레스는 재빨리 헬멧을 쓰고 빨간 외투를 걸친다.

「호텔은 아주 가까이 있으니까, 걸어가도 될 거예요!」

그녀는 비행사 안경을 들어 올리고 오토바이에 올라타더니, 그의 얼굴을 아래쪽으로 당겨 이마에 살짝 입을 맞춘다. 그런 다음 그의 턱을 잡고 말한다.

「우리 사이에 이 점을 분명히 해두는 게 좋겠네요, 이지도르 씨. 나는 당신의 학생이나 제자도 아니고 당신 딸도 아니에요. 난 내가 하고 싶은 대로 해요. 혼자서.」

그는 그녀의 당돌한 시선을 견디며 어물거린다.

「우리는 내 제안에 따라 이 조사를 함께 시작했어요. 내 말대로 해요. 계속 함께 움직이는 게 나을 거예요.」

그러자 그녀는 안경을 다시 쓰더니, 해거름의 도로 위로 별똥별처럼 빠르게 달아난다. 자기 동료를 항구에 버려 둔 채.

28

그가 버림받는 것은 점진적이지만 돌이킬 수 없는 일이었다.

딸들의 면회도 한결 뜸해졌다. 자주 오지 못하는 것에 대해서 더 이상 변명조차 하지 않았다.

딸들이 아예 발길을 끊은 뒤로도 그를 계속 찾아온 사람은 아내 이자벨뿐이었다. 그녀는 마치 주문을 외듯이 이런 말을 자꾸자꾸 되뇌었다. 〈내 느낌에는 당신이 조금 좋아진 것 같아요.〉〈나는 당신이 완쾌될 거라고 확신해요.〉 그녀는 남편에게보다 자기 자신에게 먼저 그런 믿음을 불어넣으려고 애썼을 것이다. 하지만 그녀 역시 앞뒤가 잘 안 맞는 변명을 늘어놓는 단계로 들어가더니, 마침내 더 이상 오지 않게 되었다. 입으로는 침을 질질 흘리면서 한쪽 눈만 움직이고 있는 남편을 보는 일이 유쾌할 리 만무하였다.

그리하여 장루이 마르탱은 외부 사람들을 전혀 만나지 못하고 하루하루를 보내야 하는 신세가 되고 말았다. 그는 자기가 세상에서 가장 불행한 사람이라고 생각했다. 거지나 죄수나 사형수의 팔자도 자기 팔자보다는 낫겠다 싶었다. 그들은 자기들의 고통이 언젠가 끝나게 되리라는 것쯤은 알고 있었다. 하지만, 그는 무의미한 삶을 계속 살아야 하는 형벌을 받은 존재였다. 언제 끝날지도 모르는 기나긴 세월을 식물처럼 꼼짝 않고 살아야 하는 팔자였다. 아니 그는 식물보다 못했다. 식물은 장소를 옮겨 다니지는 못해도 쑥쑥 자랄 수는 있지 않은가. 그는 하나의 기계와 같았다. 사람들은 수액 정맥 주사를 통해 그에게 에너지를 주입해 주기도 하고, 그의 맥박을 검사하기도 했다. 하지만 그의 육신과 이 육신이 소멸하지 않게 해주는 기계 장치 사이에 무슨 차이가 있단 말인가? 그는 기계가 되었음에도 사고 작용을 계속하는 최초의 인간이었다.

그놈의 교통사고가 저주스럽다. 아! 나를 이 지경으로 만든 그 자식을 잡을 수만 있다면!

그날 밤, 마르탱은 자기에게 그 사고보다 더 나쁜 일은 일어날 수 없다고 생각했다.

하지만 그건 오산이었다.

29

그녀는 보행자 한 사람을 가까스로 피한다. 더 빨리 갈 욕심에 뤼크레스 넴로드는 차들이 붐비는 차도를 벗어나 보도로 달릴 생각을 한다. 하지만 깨진 병 조각 위를 지나다가 오토바이의 앞바퀴 타이어에 구멍이 나고 만다.

「젠장.」

그녀는 어렵사리 사이드카 뒤에 매달린 예비 타이어를 떼어 낸다. 엎친 데 덮친 격으로 비까지 내리기 시작한다. 젊은이들 몇 사람이 그녀를 도와주겠다고 제안했지만, 그녀는 〈됐어요〉 하면서 쌀쌀맞게 거절한다.

예비 타이어 역시 구멍이 나 있다.

뤼크레스는 애먼 오토바이를 세게 걷어찬다.

빗발이 점점 굵어진다. 멀리 폭풍우에 흔들리는 배들이 보인다.

그녀는 사이드카를 뒤져 타이어 펑크 응급 수리제 분무기를 찾아낸 다음, 타이어의 밸브에 그것을 연결한다.

난 언제나 아무의 도움도 받지 않고 곤경을 헤쳐 왔어. 난 부모 없이 태어난 거나 다름없어. 부모야 있었겠지만 너무나 일찍 사라져 버렸기 때문에 그들을 만날 겨를이 없었지. 나는 선생님들의 도움을 받지 않고 혼자서 책을 읽으며 공부했어. 기자 일을 시작할 때도 언론 학교의 도움을 받지 않았지. 지금 나는 정비공의 도움을 받지 않고 바퀴를 갈고 있어. 난 아무에게도 의존하고 싶지 않아. 어떤 여자들은 자기들의 문제를 해결하기 위해 남편을 구하지만, 난 그런 한심한 것들하고는 달라! 동화가 우리 세대의 여자들에게 많은 해악을 끼쳤지.

그녀는 타이어의 압력을 확인해 보고는 아직 충분치 않다는 생각이 들어 다시 응급 수리제 분무기 버튼을 누른다.

아직도 동화 속을 헤매고 있는 그 모든 신데렐라들, 백설 공주들, 잠자는 숲속의 미녀들을 생각하면 속이 끓는다니까!

트럭 운전사 하나가 차를 세우더니 그녀를 도와주겠다고 나선다. 그는 채 몇 초도 지나지 않아 욕을 바가지로 먹으면서 달아난다. 비는 갈수록 차가워지고 어스름은 더욱 깊어 간다.

이윽고 오토바이가 다 수리되었다. 뤼크레스는 비에 아랑곳하지 않고 꼿꼿한 자세로 오토바이에 올라타 시동을 건다. 시동이 걸리지 않는다.

그녀는 종아리로 오토바이를 몇 차례 툭툭 친다.

마침내 힘겹게 쿨럭거리는 소리에 이어 상쾌한 엔진 소리가 저녁 어스름을 가르며 울려 퍼진다.

고맙다, 애마야.

그러나 세차게 쏟아지는 비에 그녀는 속도를 낼 수 없다. 칸 법의학 연구소에 도착하니 벌써 저녁 8시다. 그녀는 오토바이에 곁달린 사이드카에서 카메라를 집어 들어 어깨에 둘러멘다.

시각이 시각인지라, 입구를 지키는 수위 말고는 사람의 그림자가 보이지 않는다. 자메이카인풍으로 머리를 땋은 앤틸리스계 수위는 이번에도 『로미오와 줄리엣』을 읽는 데에 골몰해 있다.

그는 기자를 보자, 한 손으로 〈들어갈 수 없다〉는 신호를 보내면서 다른 손으로는 자기 손목시계를 가리킨다. 당신이 누구든 들여보내기에는 너무 늦은 시각이라는 뜻이다.

뤼크레스는 가느다란 사슬로 바지에 연결되어 있는 커다란 지갑을 꺼내어 내용물을 찬찬히 살펴보더니, 마지못해하는 기색으로 20유로짜리 지폐 한 장을 꺼낸다.

수위는 군말 없이 지폐를 받아 호주머니에 넣더니, 유리문이 열리게 하는 버튼을 누르고 다시 『로미오와 줄리엣』에 빠져든다.

조르다노의 사무실로 가보니 문이 잠겨 있다. 하지만 부검실의 문은 열려 있다. 조르다노의 모습이 보이지 않는다. 하얀 시트를 뒤집어쓴 시체 여섯 구가 탁자 위에 놓여 있다. 뤼크레스는 엑스선실의 문이 빠끔히 열려 있음을 알아차린다. 거기에서 빨간 불빛이 새어 나오고 있다.

「조르다노 교수님? 조르다노 교수님, 거기 계세요?」

그때 갑자기 모든 불빛이 꺼진다.

30

「왜 불을 꺼요?」

두 남자 간호사 가운데 나이가 더 어린 사람이 물었다.

「이 환자는 식물이나 다름없어. 말도 할 수 없고 움직이지도 못해. 이 환자에겐 빛이 있든 없든 마찬가지야. 그렇다면 전기를 아끼는 게 낫지. 이런 작은 관심들이 쌓이고 또 쌓이면 언젠가는 사회 보험의 적자를 메울 수 있게 될지도 모르잖아?」

다른 간호사가 그렇게 농담을 하자, 젊은 간호사가 나무라듯이 말한다.

「너무 몰인정하군요.」

「내가 이 일을 한 지 30년이 되었어. 이건 종노릇이나 다름없는 일이야. 미안하지만, 이제 나에겐 동기도 의욕도 없어. 그냥 재미있게 살았으면 좋겠어. 손님들을 상대로 장난치는 재미도 없다면 무슨 재미로 살겠어? 자아, 걱정하지 마. 어쨌거나 저 환자는 불평도 할 수 없을 테니까 말이야.」

「그래도 핀처 박사가 왔다가 불이 꺼진 걸 알게 되면 어쩌려고요?」

「그 양반은 매일 정오에 들른다는 거 알고 있잖아. 정오가 되기 10분 전에 다시 불을 켜주면 돼.」

이리하여 장루이 마르탱에게 〈불빛 없는〉 시기가 시작되었다.

거의 모든 시간을 칠흑 같은 어둠 속에서 보내게 되자, 그의 정신은 이내 깊은 불안에 사로잡혔다. 시간이 지나자 어둠 속에서 괴물들이 보이기에 이르렀다. 용의 몸뚱이에 사람의 머리가 달린 괴물이었는데, 그 얼굴은 대개 전등을 끄는 두 간호사의 얼굴이었다.

그들은 자기들끼리 말한 대로, 핀처가 오기 10분 전에 어김없이 스위치를 눌렀다. 계속 어둠 속에 있다가 갑자기 불빛을 대하는 건 고통스러운 일이었다. 처음의 눈부심이 지나가고 나면, 강렬한 빛 사이로 천장이 조금씩 눈에 들어왔다. 처음에 천장은 그냥 하얀색으로만 보였다. 그러다가 어느 날 그는 그 하얀색의 한복판에서 작은 반점을 발견했다. 그는 이내 그 반점에 매료되어, 더없이 세밀하게 그것을 관찰하였다. 그리하여 반점의 잿빛이 조금씩 엷어지는 양상과 표면의 미세한 오톨도톨함을 낱낱이 식별할 수 있게 되었다. 그가 생각하기에 그것은 한낱 반점이 아니라, 참선하는 이들의 화두처럼 하나의 형이상학적 차원을 지닌 사색의 실마리였다. 그것은 그의 시선과 사색이 집중되는 하나의 완전한 우주였다.

그는 자기가 살던 동네의 지리도 잘 모르고 자기네 집 붙박이장들이 어떻게 배치되어 있는지도 잘 기억하지 못하는 사람이었다. 하지만, 넓이가 1제곱센티미터쯤 되는 그 반점에 대해서는 지극히 세세한 구석까지 모르는 게 없었다. 어느 날 그는 반점을 관찰하다가 문득 이런 생각을 했다. 〈무언가를 본다는 것은 그 자체로 하나의 크나큰 기쁨이다. 단순한 반점같이 지극히 하찮은 것을 보는 것도 때로는 큰 기쁨이 될 수 있다〉라고.

핀처 박사가 왔을 때, 마르탱은 할 수만 있다면 간호사들 때문에 자기가 고난을 당하고 있다는 사실을 알리고 싶었다. 하지만 박사는 필요한 치료 행위만 하고는 이내 나가 버렸다. 박사가 나가고 나면, 간호사들은 다시 불을 꺼버렸다.

어둠. 그것은 시각의 호흡 정지였다.

괴물들이 왔다 갔다 하는 것을 보면서 한 시간 정도 시간을 보내고 나면, 어둠 속에서 무슨 소리가 들려오곤 했다. 거친 숨을 쉬는 옆방의 환자, 인공호흡기, 복도에서 대화를 나누는 간호사들 등이 내는 소리였다.

참 이상해. 불빛이 있을 때는 느끼지 못하던 소리가 어둠 속에서는 왜 이렇게 또렷하게 들리지?

빛과 어둠이 갈마드는 그 수난 속에서 그는 자기에게 새로운 세계가 펼쳐지고 있음을 느꼈다. 그것은 천장의 반점과 무수한 효과음이 있는 세계였다.

그 신세계를 발견한 뒤로 어둠 속에서 느끼던 불안은 사라졌다. 물론 반점에 대한 경탄은 겨우 몇 순간 지속될 뿐이었고, 어둠에 빠져 있는 시간은 무한히 계속될 것처럼 느껴지곤 했다. 마르탱은 비로소 자기가 그 어둠 속에서 죽는 줄 모르고 죽을 수도 있겠다는 생각을 하게 되었다. 그러자 자기 자신에 대한 연민이 격렬하게 솟구쳤다. 그날 칠흑 같은 어둠 속에서 그의 한쪽 눈으로부터 한 줄기 눈물이 흘러내렸지만, 그것을 본 사람은 아무도 없었다.

31

그녀는 전등을 다시 켜려고 스위치를 눌러 보지만 아무 소용이 없다.

퓨즈가 나가서 이 방의 전기가 모두 차단된 모양이군.

자가 발전기로 작동되는 〈비상구〉 표시등만이 초록색과 흰색의 불빛을 발하고 있다. 분젠 가스버너 근처에 성냥갑이 보인다. 그녀는 성냥개비 하나를 집어 불을 켠다.

불붙은 성냥개비를 든 채 엑스선실로 들어가니, 하얀 가운 차림으로 회전의자에 앉아 있는 법의학자 조르다노의 뒷모습이 보인다.

「조르다노 박사님?」

그는 〈사뮈엘 핀처〉라는 이름표가 붙어 있는 표본병을 마주하고 있다. 뤼크레스는 핀처의 뇌가 이제 사과처럼 두 쪽으로 나뉘어져 있음을 알아차린다.

「조르다노 박사님…….」

그녀가 법의학자의 팔을 건드렸지만, 아무 대꾸가 없다. 사람을 오라 해놓고 쳐다보지도 않는 그의 무례가 괘씸하다. 그녀는 억지로라도 자기를 쳐다보게 하려고 회전의자를 돌린다. 성냥불의 희미한 빛에 그의 얼굴이 드러난다. 엄청난 공포에 질린 듯한 표정이다. 뭔가 아주 끔찍한 것을 보았던 모양이다. 벌어진 입을 아직도 다물지 못하고 있다.

그녀는 비명이 터져 나오려는 것을 억누르고 재빨리 다시 성냥을 긋는다.

그 직전에 그녀 뒤에서 시체들 중의 하나가 꿈틀거렸다. 다른 시체들은 맨발이고 엄지발가락에 이름표를 하나씩 달고 있는데, 이 시체는 시트 밖으로 구두를 내밀고 있다.

뤼크레스는 다시 정신을 차리고 성냥불을 조르다노의 얼굴 가까이로 가져간다.

그녀가 피해자의 얼굴을 살피고 있을 때, 시트 밖으로 손하나가 나오더니 바퀴 달린 탁자 위를 더듬어 메스를 찾아낸다. 시체로 위장하고 있던 그자는 메스를 잡고는 자기 눈높이에 맞추어 시트에 구멍을 내더니, 자기 머리 위쪽의 시트를 묶어 하나의 복면을 만든다.

뤼크레스는 조르다노의 맥을 짚어 본다. 머리에 시트를 뒤집어쓴 남자는 메스를 마치 단검처럼 움켜쥐고 있다.

뤼크레스는 손가락이 뜨거울 정도로 타 들어간 성냥개비를 버리고 다시 어둠에 잠긴다.

떨리는 손으로 성냥갑을 찾아낸 그녀가 다시 성냥을 그었을 때, 머리에 시트를 뒤집어쓴 남자가 다가들었다. 하지만 그녀는 여전히 그가 있다는 것을 모르고 있다. 그녀는 책상 위에 놓인 서류들을 들여다본다.

성냥불이 꺼진다.

그녀는 또다시 성냥을 긋는다. 그것이 마지막 성냥개비인데, 그녀가 너무 서두르는 바람에 그만 두 동강이 나고 말았다. 그녀는 무슨 소리가 들린다 싶어 몸을 홱 돌린다.

「누구 있어요?」

동강 난 성냥개비가 이내 손톱이 뜨거워질 정도로 타 들어간다. 뤼크레스는 마지막까지 책상 위의 서류들을 살펴보려고 한다. 머리에 시트를 뒤집어쓴 남자는 이제 바싹 다가와

161

있다.

성냥불 때문에 그녀의 손가락이 타버릴 듯하다.

「이런 젠장, 빌어먹을!」

등 뒤에서 다시 부스럭거리는 소리가 들린다.

그녀는 두 손으로 더듬더듬 카메라를 찾아내어 소리 나는 쪽을 향해 플래시를 터뜨린다. 성냥불이 좁은 공간을 오래 비추었다면, 플래시는 방 전체를 순간적으로 환하게 해준다.

그녀는 머리에 시트를 뒤집어쓴 남자와 그의 손에 들린 메스를 분명히 식별하고 잽싸게 탁자 뒤로 가서 몸을 웅크린다. 플래시를 다시 터뜨리고 싶은데, 그러자면 다시 충전될 시간이 필요하다. 그녀는 플래시의 작은 표시등이 빨간색에서 초록색으로 바뀌기를 기다린다.

됐다, 초록색이다.

다시 섬광이 번쩍한다. 뤼크레스는 남자가 오른쪽으로 약간 떨어진 곳에서 자기를 찾고 있음을 확인한다. 남자는 섬광 때문에 눈이 부셔서 잠시 멈칫한다. 하지만 이내 빛이 어디에서 왔는지를 알아내고 그녀 쪽으로 달려든다. 그녀는 가까스로 다시 몸을 숨긴다.

저마다 어둠 속에서 상대의 동정을 살핀다.

이렇게 캄캄한 곳에서는 내가 불리하다. 여기서 나가자.

문이 닫혀 있다. 그녀는 손잡이를 잡고 흔들어 댄다. 남자는 그녀에게 덤벼들어 그녀를 바닥에 쓰러뜨린다. 그러더니 한쪽 발로 그녀의 목을 눌러 꼼짝 못하게 한 다음, 메스 끄트머리를 그녀에게 겨눈다.

아드레날린이 한소끔 분출하여 그녀의 혈관을 채우고 팔다리에 이르러 근육을 덥힌다. 그녀는 벗어나려고 버둥거린다.

그녀의 망막이 차츰차츰 어둠에 익숙해진다. 비로소 날카로운 칼날이 눈에 들어온다.

공포가 엄습한다. 그녀는 자기 목을 누르고 있는 발을 밀어내기 위해 두 팔의 근육에 온 힘을 모은다.

그때 우지끈 하는 요란한 소리가 들린다. 두 사람 다 소스라치게 놀란다. 누군가가 어깨에 온몸의 무게를 실어 치고 들어오는 서슬에 문이 굴복하고 만 것이다. 손전등 하나가 어둠을 마구잡이로 공략한다. 뤼크레스의 목을 누르고 있던 남자는 잠시 머뭇거리다가 그녀의 목에서 발을 떼고 옆쪽으로 달아난다.

뤼크레스는 목이 졸린 듯한 소리로 힘겹게 소리친다.

「이지도르! 저놈 잡아요!」

뚱뚱한 기자는 출구를 막으려고 급히 달려간다. 하지만 괴한이 더 민첩하다. 놈은 이지도르를 떼밀고 메스를 꼭 쥔 채 줄행랑을 놓는다. 뤼크레스는 천천히 숨을 고른다.

이지도르는 법의학자의 목을 주의 깊게 살핀다.

「상처가 전혀 없는데요. 메스에 찔린 건 분명히 아니에요. 괴한을 보고 겁에 질려 죽은 모양이에요.」

이지도르는 계속 그를 손으로 만져 본다.

「놀라운 일이군요. 늘 시신을 다루며 사는 사람이라 무척 대범할 줄 알았는데, 자기 앞에 죽음의 위험이 닥치자마자 그대로 심장이 멎어 버렸으니 말이에요.」

「〈내 말 안 듣더니 꼴좋다〉 하면서 잘난 척하려고 하지 말아요.」

「난 아무 말도 안 했어요.」

그는 안전 차단기가 들어 있는 붙박이장을 찾아내어 방 안에 전기를 다시 넣는다. 뤼크레스는 두 눈을 깜박이고 나서 수첩을 꺼내 든다.

「조르다노는 공포증 환자였을 거예요. 죽음에 대한 병적인 공포심을 지니고 있었어요. 그래서 메스를 보자마자, 그의 뇌가 스스로를 파괴하는 쪽을 선택했을 거예요.」

그녀는 지친 기색으로 자리에 앉더니 손톱 하나를 물어뜯으며 생각에 잠긴다.

「아, 알겠어요. 살인자는 이러저러한 경로를 통해서 피해자들에게 공포증이 있다는 걸 알아낸 거예요.」

「하긴 공포증이 있는 사람들은 위험한 상황에 처하면 그 위험을 실제보다 훨씬 더 무섭게 느끼지요. 이 증폭된 공포감이 죽음을 가져올 수도 있고요. 예전에 어떤 백과사전에서 이런 이야기를 읽은 적이 있어요. 한 선원이 실수로 냉동 컨테이너에 갇혔다가 죽은 채로 발견되었어요. 그런데 사실을 알고 보니, 그는 얼어 죽은 것이 아니라 스스로 춥다고 생각했기 때문에 죽었다는 거예요. 그는 컨테이너 벽에 유리 조각으로 자기가 느낀 고통을 기록해 놓았어요. 손발이 얼어붙는 느낌을 생생하게 묘사했다는 겁니다. 하지만 목적지에 도착해서 다른 선원들이 그의 시체를 발견했을 때, 그들은 냉동 시스템이 작동되지 않고 있음을 확인했습니다. 그 선원은 스스로 춥다고 생각했던 것이고, 그 확신이 그를 죽인 셈이지요.」

「으음…… 생각의 힘이 얼마나 대단한가를 일깨워 주는 이야기로군요. 우리가 우리 스스로 어떤 자극에 대해 조건 반응을 일으키도록 만들 수 있다는 것을 보여 주는 이야기이기도 하고요.」

뤼크레스는 수첩에 메모한 것을 다시 읽어 보고 나서 말을 잇는다. 「핀처가 무엇에 대해 공포증이 있었는지 알아내야 해요. 그러면 범인이 어떻게 그를 죽였는지 알게 될 거예요.」

이지도르는 조르다노의 턱을 살펴보며 대답한다. 「하지만 한 가지 다른 점이 있어요…….」

「뭐가 다르다는 거죠, 셜록 홈스 씨?」

「두 피해자의 표정요. 조르다노는 완전히 겁에 질린 듯한 표정을 짓고 있음에 반해서, 핀처는 완벽한 황홀경에 빠져 있는 듯한 모습으로 죽었거든요.」

32

어둠 속에서나마 마음의 평화를 찾을 수 있겠다 싶었는데, 또 다른 고통이 그를 기다리고 있었다.

어느 날 악몽을 꾸며 하룻밤을 보내고 났을 때, 두 남자 간호사가 난폭하게 그를 깨웠다. 나이 많은 간호사는 그의 눈꺼풀을 거칠게 열고는 망막이 반응하는지를 검사하기 위해 손전등을 비추었다.

「이런 〈식물인간〉은 냉장고에 넣어 버렸으면 좋겠어.」

「〈냉장고〉라니요?」

「특별한 방을 만들어서 이런 사람들을 쌓아 두자는 거지. 다른 사람들에게 피해를 주지 않고 썩어 갈 수 있도록 말이야. 하지만 이 환자는 아직 완전히 〈시들어 버린〉 식물인간이라고는 볼 수 없어. 우리가 더 빨리 〈시들게〉 만들어 줘야지.」

장루이 마르탱의 눈이 공포로 휘둥그레졌다. 간호사들이

165

자기 팔에 꽂혀 있는 주삿바늘들을 모두 빼버릴 거라는 생각이 들었다.

「아마 계속 어둠 속에 있는 게 싫증이 날 테죠. 그렇지 않아요?」

나이 든 간호사는 그렇게 물으면서 보통의 전구를 백 와트의 전구로 바꾸었다.

그러자 천장이 너무 환해서 눈이 부셨다. 빛이 너무 강렬해서 천장의 반점이 더 이상 보이지 않았다. 마르탱은 자기 각막이 건조해지고 있음을 느꼈다. 빛이 그토록 강력하게 침공해 오니 눈꺼풀만으로는 그것을 막아 내기가 충분치 않았다. 각막을 적시기 위해 눈물을 계속 만들어 내지 않으면 안되었다.

눈을 쑤셔 대는 빛 때문에 머리가 지끈거렸다. 두 간호사는 한밤중에 다시 나타났다.

「자아, 이제 알겠어요? 누가 당신 목숨을 쥐고 있는지? 대답해 봐요. 눈을 한 번 깜박이면 〈예〉고, 두 번 깜박이면 〈아니요〉예요.」

마르탱은 두 번 깜박였다.

「어쭈, 이 아저씨가 겁 없이 나오는데. 좋았어. 지금까지 받은 벌로는 만족할 수 없다 이거지? 하긴, 형벌은 아직 반밖에 실시되지 않았어요. 당신의 감각 기관 중에서 감각을 느낄 수 있는 것은 이 눈과…… 이 귀뿐이야. 눈을 통해서 벌을 받았으니, 이제 귀를 통해서 벌을 받아 보실까?」

그들은 마르탱에게 카세트의 헤드폰을 씌웠다. 그레타 러브의 최신 히트곡 〈그대가 나를 사랑하도록〉이 반복해서 흘러나오고 있었다.

그 순간에 마르탱은 매우 강렬한 증오의 감정에 사로잡혔다. 하지만 그 격한 감정은 예전처럼 자기 자신에 대한 것이 아니었다. 그는 처음으로 타인에 대해 증오심을 느꼈다. 분노가 치밀었다. 죽이고 싶었다. 처음엔 두 남자 간호사를 죽이고 싶었고, 나중에는 그레타 러브를 죽이고 싶었다.

이튿날 아침, 그의 눈과 귀는 온통 열에 들떠 있었다. 마르탱은 분노 때문에 거의 이성을 잃어버릴 것 같은 상황에서도 그 두 간호사가 왜 자기에게 그토록 많은 고통을 주고 싶어 하는지를 이해하려고 애썼다. 자기 이웃을 사랑하지 않고 이웃을 괴롭히는 데에서 즐거움을 얻는 것이 인간의 본성이 아닐까 하는 생각마저 들었다. 생각이 거기에 미치자 그의 증오심은 다른 감정으로 바뀌었다. 그는 사람들을, 아니 온 인류를 변화시키고 싶었다.

또 하루가 지났다. 뒤퉁스러운 간호사들이 마르탱을 리놀륨 바닥에 떨어뜨렸다. 그의 팔에 연결된 수액 대롱들이 팽팽해지다 못해 빠져 버리기까지 했다. 학대자들은 그를 들어 올려 다시 침대에 바로 눕혔다.

「너무 심한 거 아니에요?」 두 간호사 가운데 더 젊은 남자가 말했다.

「심한 건 내가 아니라 제도야. 나는 이런 환자들을 모두 안락사시켜야 한다고 생각해. 〈식물인간들〉이 사회에 너무 많은 비용을 부담시키고 있어. 그들이 차지하고 있는 병실을 비우면 더 성한 환자들에게 도움이 될 기야. 예전엔 그런 사람들을 죽게 내버려 두었어. 그런데, 이른바 〈진보〉라는 것이 이루어져서 지금은 그들의 목숨을 마냥 붙들어 두고 있지. 그것도 그들의 의사에 반해서 말이야. 만일 이 불쌍한 인간이 자기 의사를 표현할 수 있다면, 죽고 싶다고 할 게 틀림없어. 이봐요 가엾은 식물인간, 내 말이 틀렸어? 당신은 채소처럼 데쳐지거나 삶아지고 싶나?」

나이 든 간호사는 마르탱의 발가락에 난 털을 잡아당긴다. 「게다가, 지금 이 환자에게 애착을 갖는 사람이 누가 있어? 식구들조차 더 이상 보러 오지 않는 판국이야. 이 환자는 모두에게 방해만 되는 존재라고. 하지만 우리의 제도에는 비겁함이 만연해 있어. 기생충 같은 존재들을 과감하게 제거하기보다는 계속 생명을 연장시켜 주는 쪽을 선택하고 있단 말이야.」

그가 다시 손을 뒤퉁스럽게 놀리는 바람에 마르탱은 둔탁한 소리를 내며 코방아를 찧었다.

그때 병실 문이 열리고 핀처 박사가 들어왔다. 다른 때와 달리 정해진 시간이 되기 전에 그가 온 거였다. 그는 무슨 일이 벌어지고 있는지를 금세 알아차리고, 불같이 화를 냈다.

「두 사람 다 해고야!」

그러고는 자기 환자 쪽으로 몸을 돌리더니, 그를 바로 눕히고 쿠션을 받쳐 주며 말했다.

「우리 둘이서 해야 할 이야기가 많은 것 같군요.」

고맙습니다, 박사님. 이제나마 나를 구해 주신 것에 대해 감사해야 할지, 아니면 더 일찍 나를 구해 주지 않은 것에 대해 원망을 해야 할지 잘 모르겠습니다. 우리 둘이서 할 이야기는 많지만……

「마르탱 씨는 눈꺼풀을 한 번 또는 두 번 깜박여서 예와 아니요로 대답하시기만 하면 됩니다.」

이런저런 질문이 이어지다가 마침내 핀처 박사가 문제의

핵심에 접근하는 물음을 던지기 시작했다. 마르탱은 예와 아니요로 대답하는 것만으로도 최근에 자기가 당한 고난의 자초지종을 이해시킬 수 있었다.

33

「내 동생 사미에게 동기를 부여한 것이 무엇이었냐고요? 좋은 질문입니다.」

〈즐거운 부엉이〉의 최면술사는 대화를 나누면서, 당근 하나를 들고 하얀 토끼 한 마리를 놀리고 있다. 토끼가 당근을 먹으려고 다가들 때마다 그는 마지막 순간에 얼른 당근을 뒤로 뺀다.

「무언가에 열정을 불태우며 자아를 실현하는 것, 그것이야말로 모든 사람들에게 삶의 의욕을 고취시키는 강력한 동기지요. 우리는 누구나 저마다의 재능을 지니고 있습니다. 중요한 것은 그것을 찾아내고 계발하는 것이지요. 그 재능을 계발하는 과정에서 열정이 생겨납니다. 이 열정이 우리를 이끌고, 모든 시련을 견딜 수 있게 하고, 우리 삶에 의미를 부여합니다. 돈이니 사랑이니 명예니 하는 것들은 덧없는 보상일 뿐이지요.」

뤼크레스는 얼른 수첩을 꺼내어 이렇게 적는다.

〈아홉째 동기: 개인적인 열정.〉

「사미의 말에 따르면, 우울증의 대부분은 개인적인 열정이 없는 데서 생겨난다고 합니다. 체스나 브리지나 바둑에 푹 빠져 있는 사람, 음악이나 무용이나 독서에 심취해 있는 사람, 아니면 버들고리나 레이스, 우표 수집, 골프, 복싱, 도자기 같은 것에라도 취미를 붙이고 있는 사람은 우울증에 걸리지 않습니다.」

최면술사는 이야기를 하면서 계속 당근을 가지고 토끼를 놀린다. 토끼는 노력의 대가를 얻지 못해서 더욱더 안달을 한다.

「왜 토끼에게 그런 장난을 치는 거예요?」 뤼크레스가 묻는다.

최면술사는 토끼에게 애정 어린 뽀뽀를 해준다.

「이렇게 애를 태우다가 당근을 주면 토끼가 얼마나 기뻐하겠어요! 사람의 행복이란 것도 이런 겁니다. 고조된 욕망을 채우는 게 행복이죠. 나는 먼저 토끼에게 욕구 불만이 생겨나게 합니다. 그런 다음 그 상태를 유지시키면서 욕구를 자꾸 키워 나갑니다. 그러다가 마침내 욕구를 충족시켜 주지요. 으음…… 나는 이 흰 토끼를 가지고 내 공연에 변화를 줄 생각입니다. 이 녀석을 모자 속에 감춰 둘 거예요. 마술 공연에 사용되는 토끼나 비둘기가 낑낑거리거나 구구 소리를 내지 않고 마술이 끝날 때까지 기다리자면 엄청난 인내가 필요합니다. 그것에 대해 생각해 본 적 없으세요? 그 동물들은 상자나 호주머니 안에서 잔뜩 눌린 채 그 시간을 참아 냅니다. 정말 대단한 일이죠. 공연이 끝나기를 기다리는 토끼의 고독을 누가 감히 이해한다고 말할 수 있겠습니까? 그런데, 토끼로 하여금 그렇게 인내하는 것을 받아들이게 하려면, 먼저 조건 반응이 일어나도록 훈련을 시켜야 합니다. 토끼가 나를 저의 욕망을 충족시켜 주는 사람으로 알고 좋아하도록 만들어야 하지요. 이를테면 내가 녀석의 신이 되어야 하는 겁니다. 녀석은 내가 제 고통의 원인이라는 사실은 잊어버리고, 오로지 그 고통을 중단시키는 나의 능력만을 기억하게 될 것입니다.」

파스칼 핀처는 당근을 가지고 계속 장난을 친다. 토끼가 다리를 움직여 당근을 잡으려 할 때마다, 토끼의 목을 붙잡아 그 동작을 제지한다.

「하지만, 토끼에게 말로써 최면을 걸 수는 없으므로, 어떤 자극에 반사적으로 반응하도록 학습을 시켜야 합니다. 이 녀석은 다음에 당근을 보게 되면, 나에게 순종해야만 그것을 먹을 수 있다고 생각하게 될 겁니다.」

「모자 속에서 악몽 같은 시간을 견디도록 훈련시키는 거로군요.」

「우리 사회가 우리로 하여금 출퇴근 시간에 콩나물시루 같은 지하철을 견디도록 훈련시키는 것도 이것과 별반 다를 게 없지요. 다른 점이 있다면, 토끼처럼 당근을 얻는 대신 우리는 봉급을 받는다는 것이지요. 파리 사람들은 그걸 알아야 해요.」

흰 토끼는 이제 욕구가 절정에 달해 있다. 귀를 바짝 세우고 콧수염을 바르르 떨면서 저의 간절한 욕구를 더욱더 애처롭게 표현한다. 심지어는 이지도르와 뤼크레스에게 눈짓을 하기까지 한다. 마치 당근을 얻을 수 있도록 제 편을 들어 달라고 부탁이라도 하는 듯한 눈빛이다.

「우리는 모두 어떤 자극에 조건 반응을 일으키도록 길들여져 있습니다. 우리 모두가 조건 반응을 쉽게 일으킬 수 있는 존재들이지요······.」

「정신을 바짝 차리고 경계를 하고 있을 때는 그렇지 않아요. 나는 이지도르에게 속아 넘어간 적도 있고, 지난번에는 최면에 걸리기도 했지만, 이젠 더 이상 당하지 않을 거예요.

정신만 바짝 차리면 그럴 일이 없어요.」

「아 그래요? 그럼 어디 한번 해볼까요? 〈보크〉라는 말을 열 번 되풀이해 보세요.」

그녀는 경계심을 늦추지 않고 그가 시키는 대로 한다. 그녀가 열 번째로 〈보크〉를 되뇌자마자, 그가 묻는다.

「수프를 무엇으로 먹죠?」

「포크요.」

그녀는 〈보크〉라는 말이 다시 튀어나오지 않도록 조심하면서 그렇게 분명하게 소리를 냈다.

다음 순간, 아차 하면서 대답을 번복하려 하지만 이미 때가 늦었다.

「그러니까…… 내 말은 숟가락이라는 뜻이었어요. 당연히 숟가락이죠…… 젠장! 내가 졌어요.」

「아주 간단하게 조건 반응을 유도할 수 있는 예죠. 대부분의 사람들이 속아 넘어가요. 주위 사람들을 상대로 한번 시험해 보세요.」

이지도르는 방 안을 찬찬히 둘러본다. 모든 장식이 뇌를 주제로 삼고 있다. 방 한쪽에 모아 놓은 중국제의 작은 장난감들은 플라스틱 뇌와 다리로 이루어져 있다. 태엽을 감아 주면 깡충깡충 뛰어다니는 장난감이다. 석고로 된 뇌들도 있다. SF 영화에 나옴 직한 로봇 괴물들도 보인다. 머리가 열려 있고 뇌가 투명하게 보이는 괴물들이다.

흰 토끼는 이제 다소 공격적인 태도를 보이기 시작한다. 파스칼은 토끼를 진정시키기 위해 우리 안에 도로 집어넣는다. 토끼의 흥분이 점점 고조된다.

「내 동생은 몇 년 간의 함구증(緘口症) 단계를 겪은 적이 있습니다. 우리 아버지 때문이었어요. 아버지는 감수성이 아주 예민한 의사였지요. 문제는 알코올 의존이었어요. 아버지는 술만 마시면 잔인하고 자학적인 사람으로 변했어요. 지금도 생생하게 기억나는 일이 하나 있습니다. 어느 날 저녁 식사 때에 아버지는 식탁에 놓인 나이프를 잡더니 당신 손목에 상처를 냈어요. 다른 이유가 있었던 게 아니라 그저 우리에게 충격을 주려고 그랬던 것 같아요. 아버지는 접시에 피가 흘러내리도록 잠시 가만히 있었어요.」

「그래서요?」

「우리 어머니가 대응을 아주 잘했어요. 어머니는 피가 떨어진 접시에 수프를 담아 주면서 아버지에게 차분한 어조로 하루를 잘 보냈느냐고 묻더군요. 아버지는 우리에게 충격을 주지 못한 것이 머쓱했는지 대답 대신 어깨를 한번 치켜올리고는 손목에 붕대를 감으러 갔지요. 어머니는 아주 온화하고 슬기로운 분이었어요. 아버지를 어떻게 다루어야 하는지 알았고 아버지의 무분별한 행동으로부터 우리를 지켜 주었죠. 우리는 어머니를 무척 사랑했어요. 이따금 아버지는 술 취한 거지들을 집에 데리고 와서 그들을 당신 친구로 대접하라고 우리에게 억지를 부리곤 했어요. 어머니는 태연하게 그들이 마치 진짜 손님이라도 되는 양 행동했어요. 나중에 내 동생이 극빈자들과 허물없이 이야기할 수 있게 된 것은 아마도 그런 경험들 때문일 거예요. 그런데, 아버지는 자원봉사 의사로 방글라데시에 갔다 온 뒤로 마약에 빠져들었어요. 일도 그만두고, 거짓말을 밥 먹듯이 하고, 우리에게 더 이상 애정 표시도 하지 않았어요. 아버지는 당신 나름대로 뇌를 탐사했지만, 정신의 중추로 가는 길에 산재해 있는 수렁에 마음을

173

빼앗겨 어두운 비탈길을 헤맸던 셈이지요.」

파스칼은 자기 아버지를 회상하면서 씁쓸하게 웃는다.

「우리는 아버지로부터 보고 배운 게 있어서 어려서부터 사람의 뇌에 관심이 많았어요. 아버지는 나중에 안타깝게도 자기 파멸의 수렁으로 빠져들긴 했지만, 한창때에는 섬광처럼 번득이는 직관을 지니고 있었고 놀라우리만치 정확한 진단을 내리곤 했답니다. 아버지가 그냥 악당이었다면 우리 마음이 한결 편했을 겁니다. 마음 놓고 미워할 수 있었을 테니까 말이에요.」

「그런데 사뮈엘의 함구증은 어쩌다 생긴 거죠?」

「일이 벌어진 건 아버지가 식탁에 앉아 손목에 상처를 냈던 바로 그날 밤이었어요. 저녁 식사가 끝난 뒤에 우리 부모는 어서 가서 자라고 우리를 침실로 보냈습니다. 그런데 당시 여섯 살이었던 내 동생은 한밤중에 누군가가 괴롭게 헐떡거리는 듯한 소리를 들었어요. 동생은 혹시 아버지에게 무슨 일이 생긴 게 아닌가 걱정이 되어 부모의 침실로 달려갔습니다. 거기에서 엄마 아빠가 성행위를 벌이고 있는 광경을 목격했지요. 지금 생각해 보면, 동생은 저녁 식사 때의 긴장된 상황과 짐승의 행위처럼 보인 그 성행위 장면 사이의 대조가 너무나 두드러져서 충격을 받은 듯합니다. 동생은 동상처럼 굳어 버린 채 그 장면을 지켜보았고, 그 뒤로 아주 오랫동안 말을 하지 않았어요. 어른들은 동생을 전문 치료 센터에 보냈어요. 동생을 보러 가보니, 선천적인 자폐증 환자들과 함께 있더군요. 의사가 나에게 했던 말이 아직도 생각나요. 〈동생을 만나기 전에, 마음의 목욕을 한번 하는 게 좋겠구나. 동생이 바깥세계의 스트레스에 오염되면 안 되니까 말이야. 네 동생은 모든 것을 아주 예민하게 느끼거든.〉」

뤼크레스는 기록에 열을 올린다. 자폐증도 또 다른 기사의 주제가 될 수 있을 법하다.

「그는 어떻게 그 함구증에서 벗어났지요?」

「그 센터에 있던 한 아이와의 우정, 그리고 신화에 대한 관심 덕분이죠. 동생은 윌리스 파파도풀로스라는 아이와 우정을 맺었습니다. 못된 부모 때문에 지하실에 갇힌 적이 있는 불쌍한 아이였지요. 처음에 사미는 그냥 그 아이 옆에 앉아 있었답니다. 두 아이는 서로 아무 말도 하지 않았대요. 그러다가 신호로 대화를 나누기 시작했고, 그다음에는 그림으로 대화를 나누었습니다. 뜻밖의 일이 벌어진 거죠. 두 아이는 오로지 자기들만이 이해하는 자신들의 언어를 발명해 냈어요. 두 영혼이 말을 넘어서서 소통했던 것이지요. 그들이 나란히 회복되어 가는 과정은 정말 감동적이었어요. 아버지는 그 사건이 있은 뒤에 스스로 죄의식을 느끼면서 자기 자신을 파괴하는 행위를 중단하게 되었어요. 내 동생이 마침내 아버지를 수렁에서 건져 낸 셈이지요. 하지만 아버지는 동생을 보러 병원에 가는 것을 거부했어요. 그래서 어머니가 매일 거기에 갔지요. 나는 동생 주위에 있는 그 모든 정신 장애인들을 견딜 수가 없었어요. 내가 정신 의학자가 되지 않은 것은 아마 그때의 경험 때문일 겁니다. 내가 보기에 인간의 정신을 탐구하는 길에는 두 가지가 있습니다. 한쪽에 정신 의학자의 길이 있다면 다른 쪽에는 구도자의 길이 있지요.」

「구도자라고요?」

「영적인 것이나 도를 깨우치는 것에 관심이 많은 사람들 말입니다. 최면술에 대한 나의 관심은 그와 비슷한 맥락에서

175

나온 것입니다. 나는 최면술이 정신을 탐구하고 영혼의 문제를 해결하는 하나의 길이라고 생각합니다. 하지만 아직 그것을 확신하는 것은 아니고, 그저 더듬더듬 나아가고 있을 뿐이지만…….」

뤼크레스는 기다란 적갈색 머리채를 뒤로 쓸어 넘긴다.

「아까 신화 얘기를 하지 않았나요?」

「사미의 친구였던 그 윌리스 파파도풀로스라는 아이는 원래 그리스 태생입니다. 그 아이는 자기 나라의 신화와 전설에 관한 책들을 사미에게 보여 주곤 했습니다. 헤라클레스, 아이네이아스, 테세우스, 제우스에 관한 신화, 그리고 다른 무엇보다 그 아이와 이름이 같은 윌리스, 곧 오디세우스[39]에 관한 이야기가 담긴 책들이었죠. 두 아이는 그 책들에 매료되었어요. 신화와 전설은 아이들에게 꿈을 주었지요. 그러던 어느 날, 우리 아버지가 돌아가셨습니다. 간염 때문이었어요. 간이 술과 마약에 관한 기억을 간직하고 있다가 뒤늦게 대가를 요구한 셈이지요. 장례식 때 보니까, 내 아우와 윌리스가 귓속말로 무언가를 서로 속삭이고 있더군요. 그때, 나는 비로소 사미의 병이 치유되었다는 사실을 깨달았어요. 두 아이는 어떤 의사보다도 훌륭하게 서로를 치료해 주었던 것이지요.」

이지도르는 자기가 포켓용 컴퓨터에 메모한 것을 검토해 보고 나서 묻는다. 「어머니는 어떻게 되셨지요?」

「아버지가 돌아가신 뒤에, 어머니는 마치 당신 자신의 삶을 포기한 것처럼 보였어요. 어느 날 내 동생이 어머니에게

---

39 오디세우스의 라틴어 이름은 울릭세스Ulixes이며, 여기에서 프랑스어 이름 윌리스Ulysse와 영어 이름 율리시스Ulysses가 나왔다.

물었어요. 어떻게 하면 어머니를 기쁘게 해드릴 수 있겠느냐고 말이에요. 어머니의 대답은 이러했습니다. 〈네가 너의 능력을 최대로 발휘하여 최고의 사람이 된다면, 너의 지력으로 누구보다 뛰어난 사람이 된다면 더 이상 바랄 게 없다.〉」

이지도르는 플라스틱으로 된 작은 뇌 장난감을 만지작거리며 토를 단다. 「그때부터 그에게 강한 동기가 부여된 거군요…….」

「아마 그럴 겁니다. 동생은 학업에 최선을 다했지요. 어떤 어려운 문제를 대하면 반드시 해결하고 넘어갔고, 문제가 어려우면 어려울수록 더욱 강한 열의를 보였어요. 어머니는 어느 날 아침에 그냥 잠든 것처럼 세상을 떠났어요. 하지만 동생에게는 어머니가 계속 따라다니는 것 같았어요…….」

파스칼 핀처는 마침내 토끼에게 당근을 준다. 토끼는 앞니를 빠르게 놀려 당근을 아귀아귀 갉아 먹는다. 토끼들이 흔히 그러는 것처럼 바들바들 떨고 있는 모습이 마치 열에 들뜬 듯한 느낌을 준다.

「그런데, 조사는 얼마나 진행되었어요?」 파스칼 핀처가 묻는다.

「지금 우리가 알고 있는 것은 어떤 자의 완전 범죄 기도가 우리 때문에 방해를 받고 있다는 겁니다. 우리는 진짜 살인자를 상대하고 있습니다. 증거물이 있으니까, 이제 이 사건이 살인이라는 데에는 의심의 여지가 없어요.」

토끼는 당근을 다 먹고는 감사의 표시를 하듯 파스칼을 바라본다.

「이 사건이 꼭 해결되도록 최선을 다해 돕겠습니다.」

그러면서 파스칼은 냉장고 문을 열고 자기 동생의 뇌가 들어 있는 표본병을 꺼낸다.

「법의학자가 이걸 남겨 두었는데, 경찰이 우리에게 돌려
주었습니다. 두 분의 부탁을 받고 가족회의에 전달했더니,
다들 두 분에게 이걸 맡겨도 좋다고 하더군요. 하지만 조사
가 끝나면 우리에게 돌려주셔야 합니다.」

34

사뮈엘 핀처는 긴장을 풀기 위해 관자놀이를 꾹꾹 눌렀다.
편두통이 오지 않을까 걱정이 되었다.

그는 자기 환자들 중의 하나가 괴로움을 당하도록 방치했
다는 것과 자기 병원 안에서 간호사들의 학대 행위가 자행되
었다는 사실에 대해서 자신을 책망하고 있었다. 당장 해야
할 일은 장루이 마르탱을 다른 병실로 옮기는 것이었다.

「여럿이 함께 쓰는 방으로 가는 게 낫겠어요. 거기에 가면
다시는 그런 일이 없을 테니 안심해도 될 겁니다. 그리고 심
심하지 않도록 텔레비전을 한 대 갖다 놓으라고 하겠습
니다.」

마르탱을 위해 이내 다른 자리가 마련되었다. 새 병실은
파과병(破瓜病)[40] 환자들의 병동에 있었다. 파과병 환자들이
라는 여섯 명의 다른 환자들은 무기력하게 누워 지내면서
이따금 잠에서 깨어나 정맥 주사를 통해 영양을 공급받는 사

---

40 감정과 의지의 둔화가 나타나고 치매와 비슷한 증세를 보이는 조현병의
하나. 20세 전후에 발병하는 일이 많다 해서 이런 이름이 붙었다. 프랑스어 이
름 에베프레니hébéphrénie는 그리스어 〈헤베(청춘의 신, 청춘)〉와 〈프레네스
(정신)〉에서 나온 것이다. 한자어 파과병의 〈파과〉는 파과지년(破瓜之年)의 준
말로 과(瓜)자를 쪼개면 여덟 팔(八) 두 개가 나오는 데서 여자 나이 열여섯 살
을 이르는 말이다.

람들이었다.

핀처 박사는 마르탱의 맞은편에 텔레비전 수상기를 갖다 놓게 하고, 마르탱이 옆 사람들을 방해하지 않고 소리를 들을 수 있도록 이어폰을 마련해 주었다. 마르탱은 텔레비전을 다시 접하게 되어서 기뻤다. 자극이 얼마나 풍부한지 몰랐다.

마침 그가 즐겨 보던 퀴즈 프로그램 〈기권이냐 갑절이냐〉가 나오고 있었다. 일껏 따놓았던 상금을 모두 잃게 될지도 모르는 순간에 출연자들이 보여 주는 불안한 모습이 그의 마음을 끌고 왠지 모르게 그에게 안도감을 주었다. 출연자가 연승에 실패하고 분하다는 표정을 짓는 것이 자못 흥미로웠다. 이 프로그램이 방송되는 동안 그는 자기 자신을 조금 잊을 수 있었다.

그다음은 뉴스였다. 그날은 이런 소식들이 보도되었다. 프랑스 대통령 수뢰 사건으로 입건, 북부의 부족들 때문에 해결되지 않는 수단의 기아, 네팔의 왕가 학살 사건, 프랑스 축구팀의 선전, 학생들의 재능을 살려 주지 못하는 학교에서 고통받고 있는 영재들의 실태, 주가 상승, 불안정한 날씨, 감염을 야기하는 피어싱에 관한 조사. 끝으로 어떤 아버지가 아들을 보호하려다가 죽임을 당한 비극적인 사건이 보도되었다. 그는 정신 장애인인 아들이 한 무리의 아이들로부터 놀림을 당하는 것에 격분하여 아이들을 나무라다가 오히려 변을 당했다고 했다.

마르탱은 마침내 자기 자신에 대해서 생각하는 것을 중단했다. 모르핀이 육신에 대한 진통제라면, 텔레비전은 정신에 대한 진통제인 셈이었다.

한편, 바로 그 시간에 핀처 박사는 텅 빈 복도를 돌아다니면서 깊은 생각에 잠겨 있었다. 〈불성실한〉 두 간호사를 해고시키자면, 간호사들의 노동조합과 맞서 싸워야 하는 것은 물론이고 상부 기관의 반대도 물리쳐야 할 듯했다.

변화를 두려워하는 것은 인간의 내재적인 속성인지도 모른다. 인간은 자기 습관에 어떤 변화가 생기는 것보다 설령 위험할지라도 자기에게 익숙한 것을 더 좋아한다.

핀처 박사는 그런 생각을 하면서도 자기 병원에 새로운 바람을 불러일으켜야 한다고 판단했다. 병원은 이제 관리와 행정의 대상이 아니라 하나의 유토피아적인 공동체가 되어야 한다는 생각이 들었다.

먼저 여기에서 죽음의 충동을 몰아내야 한다. 환자들은 감수성이 너무나 예민하다. 그들에게는 어떤 자극이든 크게 증폭되기 때문에 그것에 대해 상상을 초월하는 반응이 나타날 수도 있다.

그는 텅 빈 복도를 계속 돌아다녔다. 그때 환자 하나가 뒤에서 갑자기 나타났다. 환자는 욕설을 퍼부으면서 그의 목을 조르려고 두 손을 앞으로 내밀었다. 그가 어떻게 대응할 새도 없이, 그의 허파에 더 이상 공기가 들어오지 않는 상황이 벌어졌다.

나는 곧 죽을지도 모른다.

환자는 그의 목을 조르고 있는 손에 더욱 힘을 주었다. 그의 동공이 확대되고 눈이 사시가 된 것처럼 변해 가고 있었다.

핀처는 그 환자를 알아보았다. 이미 숱하게 문제를 일으킨 적이 있는 마약 중독자였다.

내 아버지가 헤로인 때문에 폐인이 되었는데, 나까지도 헤로인 때문에 죽어야 한단 말인가?

환자는 손에 계속 힘을 주고 있었다. 핀처는 금방이라도 숨이 끊어질 것만 같았다. 그때 거기로 지나가던 다른 환자들이 마약 중독자를 떼어 놓으려고 덤벼들었다. 하지만 마약 중독자는 핀처의 목을 꽉 움켜쥔 채 매달렸다. 독이 오를 대로 올라서 여느 때보다 기운이 훨씬 세었다.

그를 둘러싸고 한바탕 난리가 벌어졌다. 또 다른 환자들이 핀처를 도우려고 달려들었다.

나는 죽는 걸 두려워하는 것일까? 아니다. 내가 죽고 나면 이들이 어떻게 될지 걱정스러울 뿐이다.

마약 중독자가 그의 머리를 마구 흔들어 댔다. 마치 그의 등골뼈를 부러뜨리고 싶어 하는 사람 같았다.

아프다.

마침내 우르르 몰려든 환자들에 파묻힌 마약 중독자가 손을 놓았다.

핀처는 숨을 들이마셨다가 기침을 하듯이 토해 냈다.

이 습격 때문에 내가 충격을 받은 것처럼 보이면 안 된다.

그는 풀오버를 잡아당겨 옷매무새를 고친 다음 쉰 듯한 목소리로 말했다. 「다들 하던 일 계속하십시오.」

남자 간호사 네 명이 마약 중독자를 독방으로 데려갔다.

35

이지도르와 뤼크레스는 엑셀시오르 호텔의 스위트룸에서 휴식을 취하고 있다.

회색의 가는 섬유 같은 것으로 덮인 연분홍색 뇌의 좌우 반구가 표본병 속에 떠 있다.

뤼크레스는 자기 발가락 사이에 작은 솜 조각을 끼우고 발톱에 빨간 매니큐어를 다시 칠한다. 하나의 의식을 방불케 하는 장면이다. 각각의 발가락이 무리에서 차례차례 떨어져 나와, 마치 향유를 바르는 의식에 임하듯이 매니큐어 칠에 응하고 있다.

이지도르는 침대 머리맡의 전등을 가까이 가져오고 돋보기를 집어 든 다음, 커다란 책 한 권을 잡는다.

「핀처를 죽인 자와 당신을 죽이려고 한 자는 둘 다 뇌에 관해서 우리가 모르는 어떤 것을 알고 있어요.」

「그건 무슨 책이에요?」

「조르다노의 책상 위에 있던 책이에요. 그는 죽을 때 이 책을 읽고 있었어요.」

이지도르는 책장을 죽 넘기다가 컬러로 된 뇌 그림이 나와 있는 페이지에서 멈추더니, 이 그림과 실제의 뇌를 비교해 본다. 그러다가 사탕 봉지에 손을 집어넣는다. 자기 뇌의 보일러에 연료를 공급하려는 것이다.

뤼크레스가 관심을 보이며 발가락이 방바닥에 닿지 않도록 바짝 세운 채 다가오자, 이지도르가 말한다. 「뇌는 새로운 대륙과 같아요. 미지의 세계죠. 우리 함께 이 세계를 탐사해 봅시다. 내 느낌에는 우리 뇌가 어떻게 기능하는지 알게 되면 살인자가 누구인지도 알게 될 것 같아요.」

뤼크레스는 뇌를 들여다보기가 싫다는 듯 입술을 삐죽이 내민다. 그가 말을 잇는다. 「회색과 흰색과 분홍색으로 이루어진 1,450세제곱센티미터 물질, 이것이 우리의 생각을 다스리는 기관입니다. 바로 여기에서 모든 게 생겨나죠. 단순한 욕망 하나가 한 아이의 탄생을 가져올 수도 있고, 단순한 불만 하나가 전쟁을 야기할 수도 있습니다. 인류의 모든 비극과 모든 진보는 먼저 이 살덩이의 무수한 굴곡 어딘가에서 하나의 작은 섬광으로 나타납니다.」

이번엔 뤼크레스가 돋보기를 들고 더 가까이에서 관찰하기 시작한다. 뇌를 그렇게 가까이 보고 있으니까, 마치 분화구와 균열로 뒤덮인 분홍색 고무 행성 위를 걷고 있는 듯한 기분이 든다.

이지도르가 설명한다. 「여기가 뒤쪽이에요. 다른 데보다 빛깔이 더 어두운 이 부분이 소뇌예요. 공간 속에 몸이 어떤 자세로 놓여 있는지를 끊임없이 분석하고 동작의 균형을 이루어 내는 곳이지요.」

「우리가 걸음을 걸을 때 넘어지지 않게 해주는 기관이 바로 이거죠?」

「그렇죠. 여기서 위쪽으로 조금 올라가면, 대뇌 피질의 1차 시각 영역이 나옵니다. 색깔과 움직임에 대한 지각이 이루어지는 곳이지요. 그 바로 앞에 2차 시각 영역이 있어요. 새로 들어온 시각적인 정보들을 이미 알고 있는 이미지들과 비교하면서 해석하는 작업이 이루어지는 곳입니다.」

「1차 영역과 2차 영역의 차이는 뭐예요?」

「1차 영역에서는 정보를 있는 그대로 지각하고, 2차 영역에서는 그 정보에 의미를 부여하죠.」

이지도르는 표본병 주위를 빙 돈다.

「여기에서 더 올라가면 몸 감각 영역이 있습니다. 접촉 감각, 통증 감각, 온도 감각, 미각 등을 관장하는 부분이죠.」

「일반적인 신체 감각을 다스리는 곳이군요…….」

「관자엽 쪽으로 조금 내려가 봅시다. 자아, 여기가 청각 영역입니다. 소리를 지각하고 인식하는 곳이지요.」

「짙은 분홍색의 이것은 뭐예요?」

「으음…… 너무 빨리 나가지 말고 천천히 합시다. 자아, 계속할까요? 여기는 단기 기억 영역입니다. 그리고 여기는 우리의 근육을 통제하는 1차 운동 영역이고요.」

「그럼 언어를 관장하는 곳은 어디예요?」

이지도르는 그림에서 언어 영역을 찾는다.

「말을 하는 데에는 감각 언어 영역, 운동 언어 영역, 보조 운동 영역, 1차 운동 영역 등 대뇌 피질의 여러 부분이 함께 참여합니다. 그중에서 말의 내용을 만드는 감각 언어 영역은 여기 두정엽에 있군요.」

뤼크레스도 핀처의 뇌를 들여다보는 데에 점점 익숙해진다.

「그럼 속에는 뭐가 있죠?」

이지도르는 책장을 넘긴다.

「대뇌 반구의 표층을 이루는 이 부분이 대뇌 피질입니다. 우리의 생각이며 언어가 형성되는 곳이죠.」

「그저 얇은 살가죽일 뿐인데…….」

「얇지만 주름이 대단히 많죠. 대뇌 피질은 인체의 모든 고등 기능을 담당합니다. 인간은 모든 동물 가운데 가장 두꺼운 대뇌 피질을 가지고 있습니다. 자아, 이제 뇌의 내부로 들어가 봅시다. 대뇌 피질 밑에는 변연계(邊緣系)라는 부분이 있습니다. 희로애락이나 공포 같은 감정의 중추죠. 우리의 감정이 배태되고 무르익는 곳이 바로 여깁니다. 이 책에서는 이 부분을 〈포유류의 뇌〉라 부르기도 하는군요. 대뇌 피질이 인간의 특성을 잘 보여 주는 뇌라면 변연계는 포유류의 특성을 보여 주는 뇌라는 겁니다.」

뤼크레스는 변연계를 더 자세히 살펴보려고 몸을 살짝 기울인다.

「그러니까 핀처가 죽을 때 뭔가 이상한 일이 벌어진 곳이 바로 여기일 수도 있겠군요.」

「어쩌면 조르다노의 경우도 마찬가지일 겁니다. 대뇌 피질 밑에는 해마(海馬)라 불리는 더 작은 구조도 있습니다. 우리의 개인사가 기록되는 곳이죠. 해마는 새롭게 수용된 감각 정보를 이미 저장하고 있는 과거의 모든 정보와 비교하는 역할을 합니다.」

그 말을 듣고, 뤼크레스가 홀린 듯이 중얼거린다. 「〈해마〉라는 이름이 멋있네요. 이 부분의 생김새가 해마라는 작은 물고기와 비슷하다 해서 학자들이 그렇게 이름을 붙인 모양이군요…….」

이지도르는 책장을 넘기고 나서 다시 표본병 쪽으로 돌아간다.

「대뇌의 두 반구는 이 희끄무레한 물질로 연결됩니다. 뇌량(腦梁)[41]이라는 물질 덕분에 우리의 논리적인 사고와 시적인 사고가 결합될 수 있는 것이죠.」

「생김새로 보아서는 양의 비곗덩어리 같군요.」

「뇌량 밑에는 달걀 모양의 회백질 구조가 좌우에 하나씩 있습니다. 바로 시상(視床)[42]이라는 곳입니다. 후각을 제외

41 새 해부학 용어로 〈뇌들보〉라고도 한다.
42 시상은 라틴어 학명 thalami nervorum opticorum의 번역어인 시신경상(視神經床)을 줄인 말이다. 말 그대로 시각 신경이 모여드는 곳이라는 뜻이지

185

한 모든 감각 정보가 여기에 모였다가 대뇌 피질의 해당 감각 영역으로 들어갑니다. 한마디로 말해서 신경계 전체의 검문소인 셈이지요. 여기에서 더 밑으로 내려가면, 조절의 중추인 시상 하부가 있습니다. 여기에 있는 우리 내부의 생체 시계가 하루 24시간 내내 우리의 생체 리듬을 조절하고 우리 혈액에 산소와 물이 부족하지 않은지를 감시하지요. 배고픔이나 목마름 같은 것을 느끼게 하는 것도 바로 이 시상 하부입니다. 또 사춘기를 나타나게 하고 여성의 월경 주기와 수태를 조절하는 역할도 하지요.」

뤼크레스는 표본병 속의 물질을 이제 전혀 다른 시각으로 보기 시작한다. 그것은 한낱 살덩이가 아니라, 어마어마한 성능을 지닌 유기적 컴퓨터라는 생각이 든다. 여기에도 시계가 있고, 중앙 칩이며 머더보드며 하드 디스크가 있다. 한마디로 살로 이루어진 컴퓨터인 셈이다.

「끝으로, 더 밑으로 내려가면 뇌하수체(腦下垂體)가 있어요. 시상 하부의 요구를 수행하는 내분비 기관이죠. 이 콩알만 한 분비샘이 감정과 관련된 여러 가지 호르몬을 혈액에 공급함으로써 우리로 하여금 외부의 긍정적인 자극이나 부정적인 자극에 반응할 수 있게 해줍니다.」

뤼크레스는 자기가 적어 놓은 동기 목록을 다시 검토하면서 생각에 잠긴다. 그러고 보면 목록의 앞부분에 나오는 동기들, 즉 고통을 멎게 하는 것, 공포에서 벗어나는 것, 먹고 자식을 낳고 안전한 거처를 마련하는 것 등은 생존의 뇌인 파충류의 뇌가 요구하는 바를 따르는 것일지도 몰라. 또 두

만, 시각뿐만 아니라 후각을 제외한 모든 감각 정보가 대뇌 피질로 들어갈 때 통과하는 중요한 통합 중추이다.

번째 부류의 동기들, 즉 분노, 의무감, 성애 등은 감정의 뇌인 포유류의 뇌와 관계가 있어. 그렇다면, 개인적인 열정과 같은 세 번째 부류의 동기들은 인간의 뇌인 대뇌 피질의 통제를 받는 것일까…….

그들은 말없이 핀처의 뇌를 계속 관찰한다.

「조르다노는 이 속에서 무얼 보았을까? 뭔가를 발견했으니까 우리에게 전화를 했을 텐데…….」

이지도르는 돋보기를 다시 든다.

「각 영역마다 작은 구멍들이 무수히 나 있군요.」

그러다가 그는 갑자기 자기 내부의 시계가 무엇을 일깨워 주었는지, 급한 약속이라도 있는 사람처럼 얼른 손목시계를 들여다본다. 그러고는 뉴스를 보기 위해 텔레비전을 켠다.

「미안해요, 시간이 됐어요.」

「한창 일하는 중인데, 꼭 뉴스를 봐야겠어요?」

「잘 알면서 왜 그래요? 이건 내가 유일하게 편집증적으로 좋아하는 거예요.」

「그래요? 난 단것만 그렇게 좋아하는 줄 알았어요.」

「단것을 좋아한다고 해서 뉴스를 좋아하지 말란 법은 없잖아요?」

이지도르는 벌써 뉴스를 듣는 데에 열중해 있다.

뉴스는 국내 소식으로 시작된다. 주가의 폭락을 놓고 좌우 동거 정부의 대통령과 총리 사이에 의견 충돌이 빚어지고 있다. 이번 폭락은 일부 컴퓨터들의 자동적인 반응 때문에 그 폭이 더욱 커진 모양이다. 즉, 장세가 어떤 하한선에 도달하면 무조건 주식을 팔도록 프로그래밍이 된 컴퓨터들이 하락을 더욱 부채질했다는 것이다. 총리는 세계 주식 시장의 오름세와 내림세를 더 이상 인위적으로 증폭시키지 않도록 그 컴퓨터들의 프로그램을 철저하게 감독할 것을 요구하고 있다.

국회 의원 선거 유세. 야당의 한 후보가 이렇게 주장한다. 〈지금 우리나라에서 문제가 되는 것은 더 이상 동기와 의욕이 없다는 것입니다. 모두가 지금 당장의 개인적인 안락만을 생각하고 있습니다. 사람들은 이제 첫째가 되기 위해서 분투하기보다는 그저 꼴찌만 면하면 된다는 생각을 가지고 있습니다.〉 그는 이렇게 덧붙인다. 〈어디 그뿐입니까! 기업가들은 세금과 관공서의 번거로운 서류 절차 때문에 의욕을 잃고 있고, 부를 창출하는 사람들 역시 세금 때문에 의욕이 꺾여 있습니다. 이 나라에서는 모든 게 그런 식으로 되어 있습니다. 마치 모든 사람을 실패 속에서 평등하게 만들려고 하는 것 같습니다.〉

국제 뉴스. 유엔 사무총장이 일본 정부에 일부 역사 교과서의 왜곡된 내용을 수정하라고 촉구했다. 일본의 극우파 단체가 만든 역사 교과서는 이웃 나라에 대한 침략을 부인하고 있을 뿐만 아니라 식민지 민중을 상대로 저지른 반인륜적 범죄를 정당화하고 있다고 한다.

「언젠가 기억력이 자꾸 나빠져서 걱정이라고 했죠? 봐요, 당신만 그런 게 아니에요. 온 인류가 역사를 자꾸 망각해 가고 있어요. 이런 식으로 가다간 머지않아 제1차 세계 대전이 존재했는가의 여부를 놓고 거수로 표결을 하는 사태가 벌어질 거예요. 가장 많은 사람들을 만족시키는 내용을 바탕으로 모든 역사를 다시 쓰게 될지도 몰라요.」

「기억 상실의 세상에서 나 역시 기억 상실증에 걸려 있다는 건 별로 위안이 되지 않는군요.」

이지도르가 갑자기 풀 죽은 기색을 보인다.

「어디가 안 좋아요?」

뤼크레스가 티슈 한 장을 빼어 내밀자, 그는 그것을 받아 들며 말을 잇는다. 「세상 사람들의 잔인함과 비열함이 모두 나를 관통하고 나에게 고통을 줘요.」

「아직도 그런 것들에 무감각해지지 않았나요? 아무튼 놀랍네요. 왕년에 살인자깨나 잡았다는 사람이 뉴스를 보면서 무너지다니 말이에요.」

「미안해요.」

그가 코를 푼다.

「아이참. 그럴 거면 다시는 뉴스 보지 말아요. 뉴스에 중독이 되었다면, 적어도 그걸 보면서 약간의 즐거움은 얻어야 되는 거 아니에요?」

그녀가 텔레비전을 꺼버리자, 그는 코밑을 훔치면서 다시 켠다.

「세상에서 무슨 일이 벌어지고 있는지 알고 싶어요.」

「때로는 모르는 게 약이에요.」

「언제나 깨어 있는 게 가장 좋은 약이죠.」

「그러면, 좀 거리를 두고 보세요. 덤덤해지란 말이에요!」

「나도 정말 그러고 싶어요.」

「쳇, 텔레비전 앞에서 한탄을 한다고 뭐가 달라지나요?」

그러면서 뤼크레스는 그를 위로하기라도 하듯 귀엣말로 이렇게 속삭인다. 「간디가 말했어요. 〈나는 절망에 빠질 때마다, 인류의 역사에서 진정한 승리를 거둔 것은 언제나 진리와 사랑의 목소리였음을 돌이켜 생각한다. 이 세계에는 독재

189

자들과 살인자들이 있다. 얼마 동안은 그들이 천하무적인 것처럼 보일 수도 있다. 하지만, 그들은 결국 쓰러지고 만다.〉」

그러나 그런 말은 이지도르에게 위로가 되지 않는 듯하다.

「맞아요. 하지만 간디는 암살을 당하고 말았어요. 그리고 요즈음에 들리는 것은 온통 국수주의와 종교적 광신과 전체주의의 대두를 우려하는 목소리뿐이에요. 나도 할 수만 있다면 무감각해지고 싶어요. 세상사에 덤덤하고 무심할 수 있으면 좋겠다고요. 사람의 뇌에는 틀림없이 무관심의 호르몬을 분비하는 곳이 있을 거예요. 모든 것을 대수롭지 않게 여기게 해주고, 남에게 닥친 비극에 무감하게 해주는 호르몬 말이에요. 그런 게 분명히 있을 텐데…….」

「진정제라는 게 있잖아요. 프랑스 인구의 45퍼센트가 적어도 한 번은 그것을 복용했다더군요. 그걸 먹으면 현실을 잊고 더 이상 걱정을 안 하게 되나 봐요.」

그녀는 그에게 사탕을 내민다.

「당신은 감수성이 너무 예민해요, 이지도르. 처음엔 그게 당신을 매력적인 사람으로 만들어 주지만, 나중에 가면 주위 사람들을 불편하게 해요.」

「우리 인간이 이런 식으로 행동한다면, 동물계에서 대뇌 피질이 가장 발달되었다 한들 그게 무슨 소용이 있어요? 사람이 사람을 상대로 무슨 짓을 하고 있는지 생각해 보세요. 어떤 짐승도 제 사냥감에게 그런 짓을 하지는 않을 겁니다. 〈짐승 같다〉는 말이 사람에겐 욕이지만, 과연 사람이 짐승보다 낫다고 할 수 있을지 모르겠어요.」

그녀는 투명한 표본병 속에 떠 있는 뇌의 두 반구를 가만히 바라본다.

이지도르는 텔레비전의 소리를 키운다.

연예계 소식. 프랑스의 유명한 록 가수 빌리 언더우드가 열여섯 번째로 결혼식을 올린다. 그의 선택을 받은 행운의 신부는 그보다 마흔 살이나 어리다고 한다.

이건 비극적인 소식이 아니다. 이 가수의 전(前) 부인에게는 기분 나쁜 소식이 될지 모르지만 말이다. 뤼크레스는 이지도르가 이 보도를 접하고 나서 낯빛이 조금 환해졌음을 알아챈다.

과학 소식. 돼지의 호르몬으로 만든 신약이 개발되었다. 인간의 수명을 연장시키는 데 도움을 줄 수 있는 약이라고 한다. 과학자들은 임상 실험을 통해 이 약품의 효능이 사실로 입증될 경우, 인간의 평균 수명이 현재의 80세에서 120세까지 연장될 수 있을 것으로 기대하고 있다.

뤼크레스는 텔레비전에서 눈을 돌려 뇌가 들어 있는 표본병으로 다시 다가간다. 사건의 해결책이 그 파리한 빛깔의 살덩이에 있다는 느낌이 든다.

텔레비전에서는 끝으로 체스 세계 챔피언 사뮈엘 핀처를 살해한 혐의로 기소되었던 유명한 톱 모델 나타샤 아네르센이 석방되었다는 소식을 전하고 있다. 설령 〈사랑〉으로 사람을 죽였다 할지라도, 그것을 처벌할 수 있는 규정이 형법의 어디에도 나와 있지 않기 때문에 그녀를 석방할 수밖에 없다는 것이 검찰의 설명이다.

36

아이들을 위해 만든 것이라고 보기엔 너무나 폭력적인 애니메이션, 광고, 가사용의 자질구레한 물건들을 선전하는

191

TV 주문 판매 방송, 광고, 실행이 불가능한 조리법을 소개하는 요리 프로그램, 광고, 따라서 하기가 불가능한 체조 프로그램, 광고, 퀴즈 프로그램 〈기권이냐 갑절이냐〉, 광고, 지역소식을 주로 전해 주는 오후 1시 뉴스, 광고, 스포츠 프로그램, 광고, 보통 사람들의 대표자로 특별히 선정된 사람들의 삶을 생생하게 보여 주는 다큐멘터리, 광고, 독일의 따분한 텔레비전용 영화, 광고, 국내 소식과 국제 소식을 전해 주는 저녁 8시 뉴스, 광고, 일기 예보, 광고, 미국의 액션 영화, 광고, 광고 분석 프로그램, 광고, 이미 방송된 프로그램들의 하이라이트를 모아서 다시 보여 주는 프로그램, 광고, 사냥과 낚시에 관한 프로그램.

이상이 매일 이렇다 할 변화 없이 장루이 마르탱의 머릿속에 들어온 것들이었다. 일주일 내내 거의 달라지는 게 없었다.

처음에 리스 환자 마르탱은 죽마고우를 만나기라도 한 것처럼 텔레비전을 반겼다. 그러다가 그것과 함께 하루의 대부분을 보내게 되면서, 약간의 거리를 두고 객관적으로 그것을 연구하기 시작했다. 그는 방송 제작자들이나 프로그램 편성자들의 숨겨진 의도를 간파하였다. 텔레비전이 어떻게 획일화의 도구가 되는지도 알 것 같았다. 텔레비전은 시청자들의 잠재의식에 이런 명령을 심어 주고 있었다. 얌전히 굴라. 반항하지 말라. 가능한 한 많은 돈을 긁어모아서 당신의 이웃 사람들을 깜짝 놀라게 할 만한 최신 유행 상품들을 소비할 수 있도록 노력하라.

그는 시청자들의 잠재의식에 미치는 텔레비전의 또 다른 영향을 감지하였다. 즉, 텔레비전은 개인들의 고립화를 조장하고 있었다. 아이들에게는 자기 부모들이 보수적이고 복고적이라는 의식을 심어 주고, 부모들에게는 자기 자녀들이 나약하고 어리석다는 의식을 심어 주고 있었다. 또한 텔레비전은 식사 때에 서로 대화하지 않는 것을 얼마든지 있을 수 있는 일로 받아들이게 하고 있었다. 그런가 하면 퀴즈 프로그램에 출연하여 어떤 역사적인 전투의 연대를 기억하는 것만으로도 부자가 될 수 있다는 생각을 심어 주고 있었다.

그렇게 두 주가 지나고 나자, 마르탱은 머릿속에 자기가 지지하지 않는 메시지를 끊임없이 주입하는 그 물건을 더 이상 견딜 수가 없었다.

어둠의 획일성과 빛의 획일성을 경험한 바 있는 그에게 이제 생각의 획일성이라는 시련이 닥쳐온 거였다.

그는 자기를 돌봐 주는 신경 정신과 의사에게 그 사실을 알렸다.

그러자 신경 정신과 의사 핀처는 채널을 차례로 돌릴 테니 눈꺼풀의 깜박임으로 가부(可否)를 표시해서 그의 마음에 드는 채널을 골라 보라고 권했다.

그는 또 한바탕 눈꺼풀을 활발하게 움직여서, 과학 다큐멘터리 채널을 선택했다.

그날부터 마르탱은 하루에 열여섯 시간씩 과학 공부에 몰두했다. 마침내 아무리 받아들여도 물리지 않을 자극을 찾아낸 거였다. 과학에는 종류도 많았고, 놀라운 발견들과 소화해야 할 지식들도 무궁무진했다.

그 채널은 정말이지 정신을 위한 흐드러진 향연이었다. 마르탱은 시간도 있고 욕구도 있었으므로 하루에 열여섯 시간씩 모든 과학을 동시에 공부해 나갔다. 아무도 아무것도 그를 방해하지 않았기 때문에, 그는 각각의 프로그램을 처음부터 끝까지 온 정신을 집중해서 볼 수 있었다. 그는 영상과 내레이션을 하나도 빠뜨리지 않고 머릿속에 담으면서, 자기 뇌의 용량이 무한히 확대될 수 있음을 확인했다.

과학을 혼자서 공부하던 그 시기에, 마르탱은 처음으로 자기에게 닥친 일이 그리 나쁘지만은 않다고 생각했다. 미래에 대한 두려움도 전보다 한결 덜했다. 공부는 하면 할수록 더 하고 싶어지는 참으로 묘한 것이었다. 의학을 좀 알았다 싶으니까, 이내 생물학과 물리학을 공부하고 싶은 마음이 간절해졌다.

역사를 돌이켜 보면 자기 시대의 모든 학문에 통달하려는 야망을 가진 사람들이 적지 않았다. 레오나르도 다빈치나 라블레나 디드로가 바로 그런 사람들이었다. 마르탱은 자기 자신에게도 그와 똑같은 야망이 있음을 깨달았다.

과학은 인간의 지적인 능력이 발현되는 많은 형태들 중의 하나이지만, 다른 어떤 형태보다 역동적이라는 느낌이 들었다. 끊임없이 새로워지고 비약적인 진보를 거듭해 나가는 것이 과학이었다. 그것은 가속을 멈추지 않고 질주하는 열차와 같아서, 이제는 아무도 그것을 온전히 따라잡을 수 없을 듯했다. 마르탱은 그 진보의 모든 국면을 지켜볼 시간이 있다는 점에서, 하나의 특권을 누리고 있는 셈이었다.

당연한 얘기지만, 다른 어떤 것보다 그의 관심을 끌었던 분야는 뇌와 신경계에 관한 것이었다. 그는 사고 작용이 이루어지는 심오한 메커니즘을 이해하고 싶었다. 어떤 과학자가 자기의 연구 결과를 설명하고 있는 것을 듣고 있을 때면, 그는 늘 스스로에게 이런 질문을 던졌다. 〈저 사람의 뇌에서

는 대체 무슨 일이 일어나고 있을까?〉 〈저 사람은 무엇에 이끌려 행동하는 것일까?〉

37

우리는 무엇에 이끌려 행동하는가?

제2막 두개골 밑의 폭풍

38

바람이 분다.

북쪽에서 지중해 쪽으로 부는 사나운 바람이 올리브나무들을 흔들고, 눈송이 같은 미모사의 노란 꽃들을 떨어뜨린다. 사이프러스들은 구부러졌다가 이내 다시 서면서 마치 펀칭 볼처럼 바람을 희롱한다. 검푸른 하늘엔 잿빛과 자줏빛 띠가 길게 이어진 줄무늬 구름이 걸려 있다. 해가 수평선 너머로 완전히 자취를 감추려 할 즈음에, 사이드카가 곁달린 구치 오토바이 한 대가 앙티브곶의 화려한 빌라 앞에 멈춰 선다. 높은 담으로 둘러싸인 정원에는 해저의 잔해에서 건져 올렸음 직한 고대 그리스의 조각상들이 늘어서 있다. 마치 정원에서 왔다 갔다 하는 사람들을 감시하기라도 하는 듯하다. 철책 문 바로 옆의 초인종에 핀처와 아네르센이라는 두 이름이 간결하게 새겨져 있다.

뤼크레스 넴로드가 버튼을 누른다. 아무 대답이 없다. 여러 차례 더 눌러 보았지만 역시 반응이 없다. 이지도르 카첸버그가 나선다.

「나의 어머니는 내게 늘 이렇게 당부하셨죠.〈모든 일에는 순서가 있다. 이것저것 알아보는 게 첫째고, 요모조모 따져 보는 게 둘째며, 행동하는 게 셋째다〉라고 말이에요. 먼저 집 주위를 조사해 봅시다.」

그들은 빌라 주위를 한 바퀴 돈다. 안으로 들어갈 수 있는 길이 보이지 않는다. 다만, 담 한 모퉁이가 조금 나직한 게 눈에 띈다.

뤼크레스가 담 위로 올라간다. 그러고는 이지도르를 도와주겠다고 손을 내민다. 그는 낑낑거리면서 올라간다.

그들은 아무런 방해를 받지 않고 정원을 통과한다. 경보 장치 하나 울리지 않고, 개 한 마리 달려들지 않는다. 조각상들이 그들을 바라보고 있는 것 같기는 하다. 하지만 길을 막거나 불만을 표시하지 않고 그저 잠자코 있을 뿐이다.

뤼크레스가 문을 두드린다. 아무 대답이 없다. 다른 방법을 찾아야 한다. 그녀는 곁쇠 하나를 꺼내어 자물쇠를 공략하기 시작한다. 마침내 자물쇠가 굴복한다. 그들은 조심스럽게 앞으로 나아가서 손전등을 켜고 현관을 죽 비춰 본다.

「나의 어머니가 그렇게 당부하신 까닭은 내가 종종 반대로 행동했기 때문이죠. 나는 우선 일을 저지르고 보는 버릇이 있었어요. 그러다가 큰일이 벌어지면 그제야 그걸 어떻게 숨길까 고민하기가 일쑤였지요. 그다음 순서가 수습의 가능성을 놓고 이것저것 알아보는 거였습니다.」

그때, 자기(瓷器)로 된 작은 입상 하나가 바닥에 떨어지려는 것을 뤼크레스가 잽싸게 몸을 움직여 가까스로 잡는다. 이지도르가 부주의로 그것을 건드렸던 모양이다. 그들은 복도에 불을 켠다. 복도를 따라가자 작은 응접실이 나온다. 그림 여러 점이 벽에 걸려 있는데, 모두 같은 화가의 사인이 들어 있다.

「보아하니, 우리의 신경 정신 의학자께서는 살바도르 달리를 무척이나 좋아했군요.」

「나도 살바도르 달리를 무척 좋아합니다. 그는 천재죠.」

이지도르의 말투가 사뭇 진지하다.

핀처의 빌라는 굉장히 넓다. 그들은 그가 죽던 날 텔레비전 뉴스에 나왔던 응접실을 가로지른다. 값을 매기기 어려운 최고급 포도주들을 모아 놓은 술병 장과 시가 통이 눈에 띈다. 한 진열장에는 전 세계 특급 호텔에서 가져온 재떨이들이 가득 들어 있다.

「값비싼 포도주에 시가에 고급 호텔이라! 〈세속의 성자〉와 그의 애인은 삶을 즐길 줄 알았군요.」

뤼크레스가 그렇게 뼈 있는 말을 한다.

그들은 다른 방으로 건너간다. 갖가지 게임을 할 때 사용하는 방인 듯하다. 살바도르 달리의 작품을 복제한 그림들은 이 방에도 있다. 하지만 이번 것들은 주로 환각을 주제로 한 작품들이다. 그림 아래의 동판에는 제목과 창작 연도가 새겨져 있다. 찬찬히 보면 군중 속에서 이상한 얼굴 하나가 서서히 나타나는 것처럼 보이는 그림은 캔버스에 유채로 그린 1936년 작 「위대한 편집증 환자」다. 개 한 마리와 말 한 마리가 호수 한복판에 나타나 있는 그림은 캔버스에 유채로 그린 1938년 작 「끝없는 수수께끼」다. 구아슈로 그린 1935년 작 「초현실주의적 아파트로 이용된 메이 웨스트의 얼굴」도 보인다. 선반들에는 온갖 종류의 퍼즐과 두뇌 게임 기구들이 놓여 있다.

옆방은 서재다. 왼쪽 서가에는 위대한 연구자들에 관한 책들과 삽화가 들어 있는 서적들, 비디오디스크, 조각 작품들이 진열되어 있다. 오른쪽에 서가에는 고대 그리스에 관한 도서들이 모여 있다. 그 한복판을 차지하고 있는 것은 모두 오디세우스에 관한 책들이다. 『오디세이아』의 상징들을 분석한 책들이 있는가 하면, 제임스 조이스의 소설 『율리시스』, 오디세우스가 거쳐 갔을 것으로 추정되는 뱃길과 육로를 표시한 지도도 있다.

「오디세우스, 또 오디세우스야? 핀처가 자기를 끊임없이 오디세우스와 연관시켰다는 사실이 어떤 단서가 될 수도 있지 않을까요?」

「그럴지도 모르죠. 하지만 그렇게 되면 용의자가 너무나 많아질 거예요. 키클롭스, 라이스트리고네스족, 키르케, 세이렌들, 칼립소⋯⋯.」[43]

「⋯⋯페넬로페[44]도 빼놓을 수 없지요.」

계단을 올라가자 또 다른 방이 나온다. 빨간 벨벳 융단이 깔려 있고 가운데에 침대가 놓여 있는 방이다. 천개(天蓋)를 씌운 둥근 침대는 구겨진 시트들과 많은 방석들로 덮여 있고, 침대 위쪽으로 거울이 하나 걸려 있다.

「여기가 침실인가?」

그들은 조심스럽게 방 안으로 들어간다.

뤼크레스는 붙박이장 하나를 열어 본다. 야한 속옷들이 여러 세트 들어 있다. 서랍들에는 성적 환상을 유발하기 위

43 이상은 모두 오디세우스가 트로이를 떠나 자기 왕국인 이타케로 돌아가던 파란만장한 여행길에서 만난 존재들이다. 키클롭스는 섬나라에서 양을 치며 사는 외눈박이 거인족이며, 라이스트리고네스족은 인간을 혐오하는 거인족이고, 키르케는 마법의 지팡이로 선원들을 짐승으로 변신시키는 신, 세이렌들은 배가 지나갈 때마다 노래를 불러서 뱃사람들을 유혹하는 바다의 요정, 칼립소는 오디세우스를 불사신으로 만들어 자기 곁에 두고자 했던 바다의 요정이다.

44 오디세우스의 아내. 결혼한 지 1년 만에 트로이로 떠난 남편을 20년 동안 정절을 지키며 기다렸다.

해 사용하는 복잡한 물건들을 모아 놓았다.

「보아하니 일곱째 동기가 이 사람들을 강하게 지배했던 것 같은데요.」

마디가 있는 신제품 하나를 톡톡 치면서 뤼크레스가 그렇게 농담을 한다. 그녀로서는 도무지 용도를 짐작할 수 없는 물건이다.

그녀가 이번에는 뾰족구두들 위로 몸을 구부린다.

「이거 나한테 어울리겠어요?」

「당신한테는 뭐든지 잘 어울려요, 뤼크레스.」

그녀가 입을 비죽 내민다.

「괜히 그러지 말아요. 내 키가 너무 작다는 거 알고 있으니까.」

「콤플렉스가 있군요.」

「키에 대해서는 그래요.」

이지도르가 사진첩 하나를 집어 들자, 뤼크레스가 다가와서 그의 어깨 너머로 사진들을 바라보며 속삭인다.

「부장이 아네르센의 나체 사진을 원했어요. 여기 괜찮은 게 있네요. 누드는 아니지만 완전히 몸에 딱 달라붙는 속옷을 입고 있어요. 이걸 가져가면 되겠네요. 이게 표지에 들어가면 장사가 될 거예요.」

「그건 절도 행위예요, 뤼크레스.」

「그래서요? 난 기자가 되기 전에 도둑이었어요.」

「난 기자가 되기 선에 경찰관이었어요. 당신이 그걸 가져가도록 내버려 두지 않을 거예요.」

앨범에는 어떤 축제에서 찍은 것으로 보이는 사진들도 들어 있다. 사진마다 같은 사람들이 보이고, 사람들 위쪽으로

CIEL이라는 약자도 보인다.

「CIEL이 뭐죠? 들어 본 적 있어요?」

「이 지역의 어떤 단체 이름일 겁니다. 봐요, 여기 줄이지 않은 온전한 명칭이 있어요. 국제 에피쿠로스주의자·자유 사상가 클럽[45]이네요.」

이지도르는 사진들을 계속 살펴본다. 나타샤 아네르센과 사뮈엘 핀처가 시엘의 축하 행사 때에 찍은 사진이 여러 장 있다.

「성적인 것과 관계가 있는 듯한데요. 스와핑 클럽이나 그 비슷한 어떤 것 말이에요. 봐요, 내 말대로 일곱째 동기가 이들을 움직인 힘이라고요.」

「그런데 뤼크레스, 당신을 움직이는 건 뭐죠?」

이지도르가 느닷없이 묻는다.

그녀는 대답하지 않는다.

그때 귀를 찢는 듯한 벨 소리가 들린다. 그들은 소스라치게 놀란다. 전화다. 꼼짝 않고 서 있는 그들 옆에서 또 다른 소리가 들린다. 누군가가 시트를 들썩이고 있는 듯한 소리다. 그들이 미처 알아차리지 못했지만, 침대에 쌓인 시트와 방석 더미 밑에 몸이 하나 있었다.

나타샤 아네르센이 깨어나고 있다. 두 기자는 서둘러 문 뒤로 숨는다. 나타샤는 불평하는 말을 중얼거리면서 벨 소리가 들리지 않게 하려고 방석 두 개를 포개어 자기 머리를 누른다. 하지만 전화벨은 계속 울린다. 나타샤는 도저히 안 되

45 Club International des Epicuriens et Libertins. 이하에서는 이 명칭의 약자 CIEL을 〈시엘〉로 표기하기로 한다. 프랑스어로 시엘ciel은 〈하늘〉이라는 뜻이다.

겠다 싶었는지 잠자리에서 일어난다.

「자야 돼. 너무너무 자고 싶어. 모든 걸 잊어야 돼. 더 이상 아무것도 기억하고 싶지 않아. 이 인간들아, 잠 좀 자게 내버려 둘 수 없니? 빌어먹을!」

그녀는 비단 가운을 걸치고 발을 끌면서 전화기 쪽으로 간다. 그런 다음 귀에서 소음 방지용 귀마개를 빼내고 송수화기를 뺨에 갖다 댄다. 그러나 그녀가 송수화기를 드는 순간에 전화는 이미 끊어져 버린 터다.

「첫째가 알아보기, 둘째가 생각하기, 셋째가 행동하기라고 했죠? 그런데 우리는 충분히 알아보지 않고 행동했어요.」

뤼크레스가 속삭인다. 「저 여자는 휴식을 취하기 위해 신경 안정제를 먹었던 게 틀림없어요. 봐요, 침대 머리맡 탁자 위에 약통들이 있어요.」

두 기자는 옷을 걸어 두는 붙박이장 안으로 들어가 숨는다. 나타샤가 투덜거리면서 그들 앞으로 지나가더니 거울에 자기 모습을 비추어 본다.

「거울아, 내 착한 거울아, 이래도 내가 세상에서 가장 아름답니?」

그녀는 피식 실소를 흘리고는 욕실 쪽으로 간다. 두 기자는 눈으로 그녀의 뒤를 쫓는다. 그녀는 욕조의 수도꼭지를 틀고 거품을 내는 젤을 쏟아붓는다. 욕조에 물이 어느 정도 차오르자, 그녀는 발가락 하나를 조심스럽게 물에 담가 온도를 확인한다. 너무 뜨겁다. 그녀는 얼굴을 찡그리며 찬물이 더 많이 나오는 쪽으로 수도꼭지를 돌린다. 물의 온도가 알맞게 되기를 기다리면서, 그녀는 거울 앞에서 이런저런 포즈를 취한다.

두 기자는 본의 아니게 나타샤 아네르센의 벌거벗은 몸을 훔쳐보는 꼴이 되어 버렸다. 나타샤는 자기 몸의 유연성을 시험해 보려는 듯 몸을 이리저리 비틀더니, 거울 쪽으로 몸을 숙여 얼굴에 마사지를 한다. 그러고 나서는 엉덩이를 찬찬히 살핀다. 피하 조직에 지방과 노폐물이 쌓여서 생기는 셀룰라이트 하나 없이 엉덩이가 여전히 매끄럽다는 것을 확인하려는 것이다. 끝으로, 그녀는 새 브래지어를 착용할 때의 효과를 상상하듯이 두 손으로 젖가슴을 조금 올려 본다.

뤼크레스가 속삭인다. 「넋을 잃고 보시네요. 사건의 수수께끼를 푸는 게 당신의 주된 동기인 줄 알았더니, 다른 동기도 있었나 보죠?」

「어떤 동기가 있다고 해서 다른 동기가 생기지 말란 법은 없죠.」

욕실의 나타샤 아네르센은 몸을 구부려 물의 온도를 다시 확인하고는, 온도가 알맞다고 생각하고 욕조에 들어가 길게 눕는다. 그녀는 선반으로 손을 뻗어 크고 끝이 뾰족한 칼을 잡는다.

이지도르는 그녀를 말려야 되는 게 아닌가 싶어 뛰어나가려고 한다. 하지만 나타샤는 그 칼을 단지 오이를 얇게 썰기 위해 사용하고 있을 뿐이다. 그녀는 얇게 썬 오이를 뺨이며 눈 위에 아무렇게나 척척 붙인다.

「지금 빠져나가요.」

뤼크레스가 그의 팔을 잡아끈다.

그들이 숨어 있던 곳에서 막 나오려는데, 전화벨이 다시 울리기 시작한다. 그들은 얼른 문 뒤로 숨는다.

나타샤는 욕조에서 나와 타월 천으로 된 가운을 걸치고 전화를 받으러 간다.

「네. 아, 미샤로군요……. 당신이 조금 전에 전화했어요? ……아뇨, 잠을 자려고 약을 좀 먹었어요. 근데, 무슨 일이에요? ……추모 행사요? 물론 고맙기는 하지만…… 으음…… 좋아요, 어디에서 열리는 거죠? 시엘에서 하겠죠? ……말하자면 나 자신을 너무 많이 드러내고 싶지 않다는 거죠……. 으음…… 음, 네…… 물론이죠, 물론 그래요. 네, 정말 고마워요. 사미도 이런 사실을 안다면 기뻐할 거라고 생각해요. ……좋아요……. 날짜하고 시간은 어떻게 되죠? 잠깐만요, 수첩을 가져올게요.」

나타샤는 송수화기를 내려놓고 아래층으로 내려간다.

뤼크레스와 이지도르는 여전히 도망칠 수가 없다. 뤼크레스가 몸을 기울이며 귀엣말을 한다. 「국제 에피쿠로스주의자·자유사상가 클럽이라는 명칭에서 자유사상가가 뭔지는 알겠는데…… 에피쿠로스주의자라는 게 뭐예요?」

「그리스 철학자 에피쿠로스의 사상을 추종하는 사람들이죠.」

「에피쿠로스가 누군데요?」

「매 순간을 한껏 즐기라고 가르친 사람이죠.」

39

텔레비전을 빼앗겼다! 그가 꿈을 꾸고 있는 것이었을까? 아니, 꿈이 아니었다. 그가 그토록 좋아하던 텔레비전을 분명히 조금 전에 핀처 박사가 치워 버렸다! 그는 불안한 마음에 눈꺼풀을 깜박였다. 다행히 박사는 서둘러 그 이유를 설명해 주었다. 텔레비전 대신 다른 것을 가져다주겠다는 얘기

207

였다. 다른 것이라 함은······.

「컴퓨터예요. 마우스 대신 안구를 입력 장치로 사용하는 컴퓨터죠.」

핀처 박사는 자기 환자 곁에 컴퓨터 모니터를 설치하고, 환자의 성한 눈 가까이에 삼각대를 세운 다음 거기에 카메라를 올려놓았다.

처음에 장루이 마르탱은 그 기계가 자기에게 무슨 쓸모가 있는지를 제대로 이해하지 못했다. 핀처 박사의 설명이 이어졌다. 「이건 신제품이에요. 이제까지 전 세계에서 열 사람 정도를 위해서만 사용되었어요. 이 카메라가 안구의 움직임을 기록해서 컴퓨터 화면에 즉시 그 움직임을 재현할 겁니다. 마르탱 씨가 안구를 움직일 때마다, 카메라가 그것을 감지해서 신호를 전달하면, 그 신호에 따라서 화면의 포인터가 이동하는 것이지요. 예를 들어, 눈이 오른쪽을 보면 화살표도 오른쪽으로 이동할 것이고, 눈이 위쪽을 보면 화살표도 위로 올라갈 것입니다. 클릭을 하고 싶을 때는 눈꺼풀을 한 번 깜박이면 됩니다. 두 번 깜박이면 더블 클릭이 되는 것이지요.」

핀처 박사가 컴퓨터를 작동시켰다.

마르탱은 눈을 움직여 컴퓨터 화면의 화살표를 이동시켜 보았다. 처음엔 대단히 서툴 수밖에 없었다. 화살표가 왼쪽 또는 오른쪽으로 휙휙 돌아가고 대각선으로 달아나기가 일쑤였다. 화살표를 원하는 자리에 정확하게 놓기가 여간 어려운 게 아니었다. 포인터를 제대로 맞추지 못하는 게 짜증이 나서 눈을 깜박이면 어김없이 엉뚱한 프로그램이 열리는 바람에 그것을 다시 닫느라고 또 애를 써야만 했다.

하지만 몇 시간이 채 지나지 않아서, 리스 환자 마르탱은 안구를 자기 뜻에 따라 움직일 수 있게 되었다. 계속 되풀이 하다 보니 자기만의 요령이 터득된 거였다. 자기 눈동자로부터 컴퓨터 화면을 향해 레이저 광선을 쏘아 보낸다는 감각을 느끼니까 포인터를 움직이기가 한결 용이하였다.

마르탱은 자기 컴퓨터에 어떤 프로그램들이 설치되어 있는지 조사해 보았다. 화면에 키보드가 나타나게 할 수 있는 프로그램도 있었다. 그것을 이용해서 포인터를 이동시키며 자판을 두드리면 문서를 작성할 수도 있었다. 두개골 속의 작은 감옥에 갇혀 있던 그의 정신이 쇠창살 밖으로 한 손을 내밀 수 있게 된 듯한 기분이 들었다.

그 이튿날, 핀처 박사가 왔을 때, 마르탱은 자기가 직접 타자를 해서 작성한 문서를 화면에 나타나게 했다. 먼저 타임스 로먼체 78포인트로 커다랗게 쓴 〈감사합니다〉라는 말이 세 쪽에 걸쳐서 되풀이되었다. 그다음에는 이런 문장이 나타났다. 〈핀처 박사님, 박사님은 내가 꿈꿀 수 있는 선물 중에서 가장 아름다운 선물을 해주셨습니다. 예전에 나는 그저 생각만 할 수 있었는데, 이제는 내 생각을 표현할 수 있습니다.〉

핀처 박사가 그의 귀에 대고 속삭였다. 「진작 마련해 드렸으면 좋았을 텐데, 더 일찍 생각해 내지 못한 게 아쉽군요.」

마르탱은 문서 파일 하나를 새로 열어 가능한 한 빠르게 글을 쓰기 시작했다. 타자는 여전히 쉽지 않았고 오타도 빈번하게 생겼다. 그의 눈이 자극 때문에 축축하게 젖어 있었다.

〈우리 이야기 좀 할 수 있을까요?〉

「물론이죠.」

의사는 깊은 관심을 보이며 대답했다.

〈나에게 앞으로 살 시간이 얼마나 남았죠?〉

「시한이 없습니다. 모든 건 마르탱 씨의 살고자 하는 욕구에 달려 있습니다. 만일 심리적으로 포기를 한다면, 아주 빨리 사망할 수도 있습니다. 살고 싶어요, 장루이?」

〈지금은…… 그래요.〉

「좋아요.」

〈내가 느끼고 있는 것을 세상 사람들에게 이야기하고 싶어요. 그건 너무나…… 너무나…….〉

포인터가 사방팔방으로 내달았다. 마르탱은 격한 감정에 사로잡혀서 더 이상 안구의 근육을 통제할 수 없는 듯했다.

그날 저녁부터 마르탱은 자전적인 이야기를 쓰기 시작했다. 그는 그 이야기에 〈내면의 세계〉라는 제목을 붙였다.

그는 이 원고에서, 생각하고 명상하는 것 말고는 달리 할 수 있는 일이 없게 됨으로써 생각의 힘이 얼마나 큰지를 깨달았다고 이야기하고 있었다.

〈우리 인간이 할 수 있는 것은 세 가지밖에 없다. 행위와 말과 생각이 바로 그것이다. 사람들이 흔히 생각하는 것과는 달리, 내가 보기에 말은 행위보다 강하고 생각은 말보다 강하다. 무엇을 짓거나 허무는 것은 행위이다. 하지만 시간과 공간의 광대함 속에서 그것은 별다른 의미를 지니지 못한다. 인류의 역사는 환호성 속에서 건설되었다가 눈물 속에서 폐허가 된 기념물들의 연속일 뿐이다. 그에 반해서 생각이란 건설적인 것이든 파괴적인 것이든 시간과 공간을 초월하여 무한히 퍼져 나가면서 무수한 기념물들과 폐허들을 낳는다.〉

마르탱의 뇌가 육신의 감옥 속에서 춤추고 달리고 펄쩍펄쩍 뛰는 듯했다.

　〈관념은 자율성을 지닌 살아 있는 존재와 같다. 관념은 태어나서 자라고 번식하며 다른 관념과 대결하다 마침내 죽음을 맞는다. 그렇다면 관념은 동물처럼 진화도 할 수 있지 않을까? 또 다윈주의자들이 주장하는 것처럼 가장 약한 것을 제거하고 가장 강한 것을 번식시키기 위해 관념들 사이에서도 선별이 이루어지지 않을까? 텔레비전을 보고 안 것이지만, 리처드 도킨스 교수는 〈관념권(觀念圈)〉이라는 개념을 사용했다고 한다. 그럴듯한 개념이다. 생물권이 생물의 세계이듯이 관념권은 관념의 세계이다. 신이라는 관념을 예로 들어 보자. 이 관념은 어느 날 태어난 뒤로 끊임없이 진화해 오고 전파되어 왔으며, 복음과 경전, 음악과 미술 등을 통해 중계되고 확대되었다. 또 이 관념은 각 종교의 사제들을 통해 재생산되어 왔고, 사제들이 살아가는 공간과 시간에 맞도록 재해석되어 왔다. 그런데, 관념은 생성하고 발전하고 소멸하는 속도가 생물보다 더 빠를 수 있다. 예컨대 카를 마르크스의 정신에서 나온 공산주의라는 관념은 아주 짧은 기간에 퍼져 나가 공간적으로 지구의 반에 영향을 미쳤다. 이 관념은 진화하고 변화하다가 결국은 멸종 위기에 처한 동물 종처럼 쇠퇴하여 갈수록 소수의 사람들에게만 영향을 미치고 있다. 하지만 공산주의라는 관념은 그렇게 변하는 과정에서 자본주의라는 관념에도 변화를 일으켰다. 관념권에서 벌어지는 관념들 간의 투쟁에서 우리의 말과 행위가 나타나고, 결국엔 우리의 문명이 생겨난다.〉

　그는 자기 글을 다시 읽어 보고 나서 컴퓨터 화면을 물끄러미 바라보았다. 다시 한 가지 생각이 떠올랐다.

〈오늘날 컴퓨터는 관념들의 이동과 변화를 가속화시키고 있다. 인터넷 덕분에 관념은 예전보다 훨씬 빠른 속도로 공간과 시간 속으로 퍼져 나갈 수 있으며, 예전보다 더욱 빠르게 경쟁자나 천적을 대면하게 된다. 인간은 자기의 상상력으로부터 관념들을 만들어 내는 굉장한 능력을 지니고 있다. 이 관념들은 모두가 공유할 수 있도록 전파되기도 하고, 지나치게 부정적이거나 파괴적인 잠재력을 지닌 경우에는 인간 스스로에 의해 제거되기도 한다.〉

마르탱은 성한 한쪽 눈으로 자기 주위의 다른 환자들을 바라본다.

〈가엾은 사람들. 옛날에 인간은 아마도 정신 감응 능력을 지닌 존재였을 것이다. 하지만 사회를 이루어 사는 삶이 그런 능력을 잃게 만들었는지도 모른다.〉

어둠 속에 갇혀 지내던 시기를 겪으면서 예민해진 그의 귀로 멀리서 간호사들이 대화하는 소리가 들려오고 있었다. 그들은 그 자리에 없는 어떤 사람을 놓고 혹독한 비판을 가하는 중이었다.

〈저들은 자기들의 말이 남들에게 어떤 영향을 미치는지를 깨닫지 못하고 있다. 그걸 안다면, 저렇게 말을 허비하지는 않을 것이다.〉

마르탱은 관념을 주제로 해서 많은 생각을 하고, 그것을 글로 정리하였다.

몇 주일이 지나자, 그렇게 모인 글이 8백 페이지 가까운 원고가 되었다. 핀처 박사는 원고를 읽어 보고는 내용이 좋다는 생각이 들어 그것을 파리의 여러 출판사에 보냈다. 하지만 출판사들의 대답은 부정적이었다. 그런 주제는 이미 한물갔다는 거였다. 1997년에 장도미니크 보비라는 파리의 언론인이 심장 혈관계의 갑작스러운 이상으로 리스 환자가 된 바 있었다. 그는 자기 병을 주제로 해서 『잠수종과 나비』라는 책을 썼다. 그런데, 그가 책을 쓴 방법은 장루이 마르탱이 컴퓨터의 안구 인터페이스를 이용한 것보다 한결 감동적이었다. 즉, 그의 병실에 파견된 한 직원이 그의 눈꺼풀 신호에 맞추어 로마자[46]를 한 자 한 자 받아 적음으로써 원고를 작성했다는 것이다.

마르탱은 크나큰 불행을 겪더라도 첫 번째 사람이 되지 않으면 아무도 관심을 보여 주지 않는다는 사실을 깨닫고 놀라움을 느꼈다.

40

시엘은 칸의 크루아제트 해변 도로에서 10킬로미터 남짓 떨어진 언덕에 자리 잡고 있다. 밖에서 보기에 건물은 올리브밭과 무화과밭을 갖춘 프로방스 지방의 오래된 농장과 비슷하다. 마치 프로방스의 들판에 나오기라도 한 것처럼 샐비어와 라벤더 냄새가 향기롭다. 하지만 투박한 나무 대문과 〈맹견 조심〉이라는 경고는 방문객들에게 어렴풋한 불안감을 안겨 준다. 대문에는 〈국제 에피쿠로스주의자·자유사상가 클럽〉이라는 말이 새겨진 작은 구리판도 붙어 있다.

46 이때 사용된 로마자 표는 프랑스어에서 가장 많이 사용되는 순서(E, S, A……)에 따라 철자를 배치한 특별한 것이었다. 이 눈물겨운 집필 작업은 다음과 같은 방식으로 진행되었다고 한다. 먼저 로마자 표를 환자에게 펼쳐 보인다. 환자는 자기가 원하는 글자에서 눈을 깜박인다. 비서는 그 글자를 받아 적으며 단어를 완성하고 뜻이 통하는 문장을 만들어 간다.

뤼크레스는 방울과 연결된 가느다란 사슬을 잡아당긴다. 멀리에서 발소리가 들려오더니, 작은 창문이 드르륵 열린다.

「무슨 일이죠?」 파란 눈만 보이는 한 남자가 묻는다.

「우리는 기잡니다.」

뤼크레스의 말이 끝나기가 무섭게, 커다란 몰로스 개가 마치 말귀를 알아듣기라도 한 것처럼 컹컹 짖어 댄다. 그 뒤에서 남자는 개를 진정시키려고 애쓴다.

「여기는 〈사설〉 클럽입니다. 우리는 홍보를 원하지 않아요.」

이지도르가 얼른 말끝을 잡는다. 「우리는 개인적으로 여러분의 〈사설〉 클럽에 가입하고 싶어서 왔습니다.」

남자는 잠시 말이 없다. 개 짖는 소리가 잦아든다.

개가 멀어진다. 발소리가 다시 들리고 여러 개의 자물쇠가 차례차례 풀린다.

안으로 들어서니 아주 넓고 호사스러운 공간이 펼쳐진다. 장식이 화려하고, 금도금한 물건과 거울과 그림이 널려 있다. 프로방스식 농가를 닮은 겉모습과는 달리 내부는 제법 세련된 느낌을 준다. 값비싼 목재 가구들이 현관을 장식하고 있다. 실내 공기가 삽상하다.

그들에게 문을 열어 준 남자는 갈색 머리에 키가 크고 마른 사람인데, 계란형의 갸름한 얼굴에 곱슬거리는 수염을 기르고 있다.

「죄송하지만, 우리는 세인들의 이목을 끌고 싶지 않습니다. 우리로서는 기자들을 믿을 수가 없습니다. 이미 우리에 관한 허위 보도가 숱하게 나갔습니다.」

거대한 대리석 조각상 하나가 현관을 굽어보고 있다. 헐렁한 토가 차림의 에피쿠로스를 나타낸 전신 입상이다. 에피쿠로스주의자들의 유명한 표어인 〈카르페 디엠〉[47]이 조각상에 새겨져 있다. 이 에피쿠로스의 모습이 이상하게도 그들을 맞아 준 남자와 비슷하다는 느낌이 든다. 뾰족한 코하며 기다란 턱, 진지한 표정, 곱슬거리는 수염 등 서로 닮은 구석이 많다.

남자가 그들에게 손을 내민다.

「나는 미셸이라고 합니다. 가입하시려면, 이 신청서를 작성해 주십시오. 우리 클럽에 관한 이야기를 어디에서 들으셨어요?」

「우리는 사뮈엘 핀처의 친구입니다.」 뤼크레스가 불쑥 내뱉는다.

「사미의 친구라고요? 왜 진작 그 얘기를 안 하셨어요? 사미의 친구라면 누구라도 우리 시엘에서 환영을 받을 겁니다.」

미셸은 뤼크레스의 손을 잡고 뒷방으로 데려간다. 사람들이 식사 준비를 하고 있다.

「마침 사미를 추모하기 위해 큰 행사를 준비하고 있는 중입니다. 이번 토요일에 추모제가 열릴 겁니다. 그의 죽음은

---

47 Carpe diem. 라틴어인 carpe는 〈따다, 취하다, 즐기다〉라는 뜻의 동사 carpere의 명령형이고 diem은 〈날〉이라는 뜻의 명사 dies의 대격 형태이다. 흔히 〈오늘을 즐기라〉, 〈현재를 즐기라〉라는 말로 번역된다. 이것은 에피쿠로스가 한 말이 아니라, 에피쿠로스가 죽은 지 2백여 년 뒤에 태어난 로마 시인 호라티우스(B.C. 65~B.C. 8)의 한 서정 단시(短詩)에 나오는 구절이다. 에피쿠로스주의자들의 표어가 된 이 말은 많은 사람들이 오해하는 것처럼 단지 쾌락을 추구하자는 것이 아니라, 살아 있다는 단순한 사실에서 즐거움을 발견하자는 것이다. 말하자면 안빈낙도(安貧樂道)의 지혜를 요약한 것이라고 볼 수 있다.

215

우리에게 너무나······.」

「고통스럽지요?」

「아뇨. 고통스럽다기보다 계시적입니다! 그의 죽음은 이제 에피쿠로스주의자인 우리 모두가 도달해야 할 목표가 되었습니다. 사미처럼 죽는 것, 황홀경 속에서 죽는 것이 우리의 새로운 목표가 되었다는 것이지요. 그의 최후보다 더 특별한 최후를 어떻게 생각할 수 있겠습니까? 황홀감을 느끼며 인생을 끝낸다는 게 보통 일은 아니죠. 아, 사미, 그는 언제나 운이 좋았습니다······ 일 속에서도 행복했고, 좋은 짝을 만나는 행운도 누렸으며, 체스 세계 챔피언이 되는 영예도 얻었지요. 살아서 그렇게 복이 많더니, 죽음마저 찬란했어요.」

「우리가 좀 둘러봐도 되겠습니까?」이지도르가 말을 자르며 끼어든다.

미셸이 뚱뚱한 기자에게 의구심 어린 눈길을 보내며 묻는다. 「이분은 남편이신가요?」

그는 무슨 상스러운 말이라도 하듯이 어렵게 그 말을 내뱉는다.

「이 사람이요? 아니에요. 남편이 아니라······ 오빠예요. 우리가 성이 다른 것은 내가 전 남편의 성을 그대로 쓰고 있기 때문이에요.」

이지도르는 굳이 자기 파트너에게 이의를 제기하려 하지 않고, 말을 자제할 생각으로 사탕을 하나 집어서 입 안에 넣는다. 에피쿠로스주의자 클럽의 회장은 마음을 놓는다.

「아 그래요? 그러니까 두 분 다······ 독신자이시군요. 내가 그걸 물어본 이유는, 솔직히 말해서 우리들 가운데에는 독신자들이 많기 때문이에요. 그들은 결혼한 커플들이 들어오는 걸 별로 좋아하지 않아요. 결혼한 사람들은 행동하는 게 너무…… 부르주아적이거든요. 여기에서 우리는 자유를 추구합니다. 시엘의 L이 그래서 있는 거죠. 우리는 에피쿠로스주의자이면서 자유사상가입니다.」

그러면서 그는 젊은 여자 기자를 계속 훔쳐본다.

「우리가 여기에 들어오고 싶어 했던 것도 바로 그 때문이에요……. 회장님…….」

뤼크레스의 속삭이듯 나직하게 건넨 그 말에 그가 펄쩍 뛴다.

「회장님이라니요! 원, 세상에! 그냥 미샤[48]라고 부르세요. 여기에서는 누구나 나를 미샤라고 불러요.」

「회장…… 아니 미샤, 우리에게 클럽을 구경시켜 주실 수 있나요?」 이지도르가 다시 묻는다.

그러자 클럽의 주인은 그들을 어떤 문 쪽으로 데려간다. 문 위쪽에 MIEL이라는 팻말이 붙어 있다. 국제 에피쿠로스주의·자유사상 박물관의 약칭이다.[49]

「에피쿠로스주의는 하나의 철학이고, 자유분방함은 하나의 태도입니다. 흔히들 이 개념들을 풍기 문란이나 성적 방종과 연결시키지만, 그건 참으로 유감스러운 일이죠.」

그는 두 사람을 박물관의 첫 번째 전시품 쪽으로 안내한다. 투명한 수지로 인간의 세포를 형상화한 조각 작품이다.

「이 클럽의 상임 대표가 되기 전에 나는 니스의 한 고등학

---

48 미셸의 애칭.

49 Musée international de l'épicurisme et du libertinage. 프랑스어로 미엘miel은 〈꿀〉이라는 뜻이다.

교에서 철학을 가르쳤어요.」

뤼크레스와 이지도르는 세포를 관찰한다.

「만물은 쾌락을 궁극적인 목적으로 삼고 있다는 것이 내 이론입니다. 쾌락은 생명 유지에 필수적입니다. 가장 기본적인 세포조차 쾌락에 의해서 움직이지요. 세포의 쾌락은 당분과 산소를 얻는 것입니다. 따라서 세포는 자기가 속해 있는 유기체에 끊임없이 더 많은 당분과 산소를 자기에게 보내도록 적절한 행동을 하지요. 그 원초적인 욕구로부터 다른 모든 쾌락이 파생합니다.」

그들은 투명한 계란형 조각 작품 주위를 돈다. 미샤가 뤼크레스를 보며 말을 잇는다. 「쾌락은 모든 행위의 유일한 동기입니다. 조금 전에 보니까, 오빠 되시는 분이 호주머니에서 사탕 하나를 슬그머니 꺼내더군요. 그건 좋은 일입니다. 에피쿠로스주의적인 행동이죠. 오빠는 자기 세포들에게 당분의 신속한 추가 공급을 허용한 것입니다. 이 행동은 세포들을 즐겁게 해줄 게 틀림없습니다. 그러면서, 오빠는 〈카리에스를 조심하라〉는 치과 의사들의 경고를 무시하고 있는 것이지요.」

방문객들은 성서의 내용을 형상화한 그림 앞에 다다른다. 아담과 하와가 사과를 먹고 있는 모습을 나타낸 그림이다.

「과일! 이는 하느님의 거룩한 선물이죠. 이 그림을 보면서 무얼 느끼십니까? 하느님은 우리가 〈쾌락의 존재〉가 되기를 원하셨다고 생각하지 않습니까? 먹는다는 것은 가만히 있어도 저절로 이루어지는 행위가 아닙니다. 우리가 먹는 데에서 즐거움을 얻는 존재가 아니었다면, 먹을 것을 구하기 위해 그토록 애를 썼겠습니까? 원시인들이 나무 꼭대기에 올라가서 열매를 따고, 문명인들이 곡식을 심고 가꾸고 거두는 고된 일을 마다하지 않았던 것은 모두 먹는 즐거움을 얻기 위한 것이 아니었을까요?」

미샤는 성서의 내용을 표현한 다른 그림들 앞으로 그들을 데려간다. 이번에는 노아와 그의 자녀들을 부각시킨 그림들이다.

「남자들은 여자를 유혹하기 위해서 갖은 노력을 다 기울입니다. 그리고 여자를 설득해서 옷을 벗게 하고 성적인 접촉을 받아들이게 하려고 애를 씁니다. 만일 성행위에서 얻는 즐거움이 없다면, 남자들이 굳이 그럴 생각을 하겠습니까? 또 여자들은 남자들이 그러는 것을 견디어 내겠습니까?」

그들은 죽 늘어선 조각 작품들 앞을 지나간다. 가면 갈수록 작품들이 야해지는 느낌이다. 그들이 중세를 배경으로 한 그림들 앞을 지나고 있을 때, 미샤가 이렇게 해설을 한다. 「사람들이 흔히 생각하는 것과는 달리, 옛날 사람들은 현대인들에 비해 쾌락을 추구하는 데에 거리낌이 없었습니다. 서양에서는 16세기부터 쾌락에 대한 사람들의 태도가 달라졌다고 볼 수 있을 것입니다. 종교 전쟁이 벌어지고 구교와 신교 사이에 근엄함의 경쟁이 격화되면서, 사람들은 서로에게서 거리를 두기 시작했습니다. 중세는 역사학자 미슐레의 선언 이래로 어둠의 시대로 간주되었지만, 사실은 르네상스 시대보다도 훨씬 더 관능적이었습니다. 16세기까지 성(性)은 하나의 정상적이고 생래적인 욕구로 받아들여지고 있었습니다.」

미샤는 중세의 한 유모를 그린 그림을 가리킨다.

「당시에 어떤 유모들은 어린아이들을 달래거나 재우기 위해서 수음을 시켜 주곤 했습니다. 수음이 질병을 일으키고 정신 착란까지 가져온다고 비난받게 된 것은 훨씬 뒤의 일입니다. 수음이 하나의 금기가 되면서, 부르주아 가정에서는 아이가 발기하지 못하도록 음경의 포피 주위에 금속 고리를 끼우기까지 했다고 합니다.」

그는 금속 고리들을 보여 준다. 뤼크레스는 그것들이 한 번 끼워지면 잘 빠지지 않게 생겼음을 알아차린다.

「옛날에 프랑스의 많은 도시에서는 시장(市長)들이 〈시민들의 정신적 안정과 젊은이들의 교육을 위해서〉 갈보집을 열었습니다.」

여러 점의 판화들이 그 매춘 장소들의 내부를 보여 주고 있다.

「또 수도사들이 일반적으로 대단히 금욕적인 생활을 한 것으로 알려져 있지만, 금욕이 강요되지는 않았습니다. 수도사들에게 금지된 것은 결혼뿐이었는데, 그건 교회의 재산이 분산되는 것을 막기 위한 것이었어요.」

그 판화들 앞을 지나가자, 이번에는 공중목욕탕을 배경으로 삼은 그림들이 보인다.

「이건 도시들의 한복판에 건설된 공중 목욕 시설을 그린 겁니다. 보시다시피 남자와 여자가 함께 벌거벗고 목욕을 하고 있습니다. 나중에 교회는 이런 공중목욕탕을 콜레라와 페스트를 옮기는 불결한 장소로 규정함으로써 씻을 수 없는 오명을 씌워 버립니다. 결국 1530년경에 공중목욕탕들은 모두 문을 닫게 되지요.」

조금 더 나아가자 커다란 침대를 소재로 한 그림들이 눈에 띈다. 미샤가 판화 한 점을 가리킨다.

「옛날에 사람들은 대개 식구들이 한데 모여서 저렇게 벌거벗고 잠을 잤습니다. 침대가 아주 넓었기 때문에 더러는 하인들이나 손님들까지 불러다가 같은 침대에 재웠다고 합니다. 그렇게 몸을 맞대고 서로의 체온을 느끼면서 잠을 잤던 것이지요. 하지만, 19세기에 들어오면 잠옷이라는 반(反)쾌락적 요소가 나타나게 됩니다.」

그는 오래된 잠옷 한 벌을 가리킨다.

「이 불필요한 옷 때문에 발가벗고 잠자리에 들어서 서로 살을 비비고 어루만지는 습관이 사라졌습니다. 그 시대의 사생활에 관한 이야기 가운데에는 이런 것도 있습니다. 브르타뉴 공작부인이 한 이야기인데, 당시에 귀족 계급의 여자들은 성행위를 할 때에도 잠옷을 벗지 않기 위해서 성기와 닿는 부분에 동그랗게 구멍을 낸 잠옷을 입었다고 합니다. 게다가 그 구멍 위쪽에는 종교적인 내용의 자수(刺繡)까지 들어가 있었다는 것입니다. 잠옷이 생기면서 조신함과 정숙함을 미덕으로 알고 신체의 노출을 수치스럽게 여기는 풍조가 자리 잡게 되었지요. 급기야는 멱을 감거나 몸을 씻을 때조차 옷을 벗지 않는 사람들이 생겨났어요. 저마다 자기 집의 자기 침대에서 자기 잠옷을 입고 혼자서 잠을 자는 시대가 열린 것이지요.」

그들의 박물관 관람은 계속된다. 종처럼 생긴 유리 덮개가 눈길을 끈다. 덮개 안에는 포크 한 개와 손수건 한 장이 놓여 있다.

「그 시대에 널리 퍼진 악습들이 또 있습니다. 그것들 역시 에피쿠로스주의에 반하는 재앙이었지요. 손수건과 포크가 바로 그것입니다. 손수건은 사람들로 하여금 더 이상 자기들 자신의 코를 만지지 않게 만들었고, 포크는 손가락으로 음식을 집어 먹는 습관이 사라지게 했습니다. 접촉 감각이 쓸모가 없어지고, 손으로 느끼는 즐거움이 금기가 되기 시작한 것이지요.」

그들은 어떤 성인(聖人)을 그린 석판화 앞에서 멈춰 선다. 로마의 원형 경기장에서 사자들에게 잡아먹히고 있는 성인의 모습을 담은 그림이다.

「여기 이 성인은 우리와 반대되는 진영에 있습니다. 이들의 철학 역시 아주 일찍부터 사람들에게 지대한 영향을 끼쳤어요. 바로 스토아주의[50]라는 철학이지요.」

미샤는 그 말을 하면서 눈살을 찌푸린다.

「스토아주의자들은 쾌락의 추구를 왜곡시켰어요. 에피쿠로스주의자는 지금 여기에서의 즐거움을 원합니다. 그에 반해서, 스토아주의자는 현재의 고통이 미래의 더 큰 즐거움을 보장한다고 생각하죠. 지금 고통을 받으면 받을수록 미래에 더 큰 보상이 주어지리라는 것이지요. 그건 이치에 어긋나는 생각입니다. 그럼에도 많은 사람들이 그 사상을 추종해 왔습니다. 인간의 본성이 그런 식으로 왜곡된다는 건 한마디로 비극이죠.」

미샤는 동상에 걸린 손을 보여 주고 있는 한 산악인의 사진 쪽으로 그들을 이끈다.

「에베레스트를 등반하는 산악인은 왜 그토록 위험한 일을 감행하는 것일까요? 그는 추위와 고통을 이겨 가며 죽음을

50 에피쿠로스주의와 달리, 스토아주의라는 말은 특정한 철학자의 이름에서 나온 것이 아니라, 기원전 3세기에 제논이 아테네에 세운 철학 학교 이름 스토아(그리스어로 〈주랑〉이라는 뜻)에서 나온 것이다.

무릅쓰고 그 일을 합니다. 그 이유가 뭐라고 생각하십니까? 내가 보기에, 그는 그 위업을 달성하고 나면 사람들이 자기를 훨씬 더 좋아하게 될 거라고 생각하고 있습니다. 영웅이 되고 싶은 거죠. 아, 나는 영웅이라면 딱 질색입니다.」

「모두가 영웅이 되고 싶어서 에베레스트에 오르는 건 아닐 겁니다. 산이 있으니까, 또는 그냥 산이 좋아서 올라간다고 말하는 낭만주의자들도 있으니까요.」

뤼크레스는 그의 말이 지나치다 싶어 그렇게 토를 단다.

「낭만주의는 에피쿠로스주의를 반대하는 사람들이 내세우는 최상의 논거죠. 사랑을 예로 들어 봅시다. 이른바 이루어질 수 없는 사랑이라는 게 있습니다. 혹자는 그것을 낭만적이라고 생각합니다. 하지만 나는 이루어질 수 있는 사랑이 더 좋습니다. 어떤 여자가 나에게 〈노〉라고 말하면, 나는 미련 없이 다른 여자에게 갑니다. 만일 내가 셰익스피어의 연극에 나오는 로미오였다면, 나는 줄리엣 집안과의 갈등 때문에 사랑이 이루어질 수 없다는 것을 간파하자마자 더 이상 고민하지 않고 다른 여자를 찾으러 떠났을 거예요.」

「스토아주의자도 싫고 영웅도 싫고 낭만주의자도 싫다 이건가요? 요컨대, 아름답고 감동적인 이야기들의 주인공은 다 싫다는 거군요?」뤼크레스가 꼬집는다.

「무엇 때문에 고통을 받습니까? 사람들은 고통을 정당화하기 위해서 흔히 거창한 대의명분을 들먹이죠. 하지만 편안함과 즐거움을 포기하면서까지 추구할 만한 대의명분이라는 게 과연 있습니까? 두 분에게 분명히 말하지만, 우리에겐 적이 많습니다. 쾌락을 추구한다는 게 그냥 우리 뜻대로 되는 일이 아닙니다. 때로는 반대자들과 싸워야 하고, 그 싸움은 결코 쉽지 않습니다. 에피쿠로스가 말하기를, 〈삶에서 중요한 것은 고통을 피하는 것이다〉라고 했습니다. 그런데, 사람들을 보세요. 갖가지 터무니없는 이유를 들어 스스로를 비탄에, 고뇌에 빠뜨리려고 안달복달하고 있지 않습니까?」

「그것 역시 또 다른 즐거움을 얻기 위한 것인지도 모르죠. 불평하고 한탄하는 즐거움 말입니다.」 이지도르가 불쑥 이렇게 내뱉는다.

미샤는 그 말을 들은 체 만 체 하고 그들에게 다른 전시실을 가리킨다. 〈에피쿠로스주의의 쾌거〉라는 팻말이 붙어 있는 회랑이다. 화산 꼭대기에서 꼬치구이를 먹고 있는 사람들의 사진이 가장 먼저 눈에 들어온다. 미샤의 설명이 이어진다.

「쾌락은 연출을 통해 만들어지는 작품이기도 합니다. 때때로 우리 회원들은 맛이 아주 미묘한 어떤 음식을 제대로 맛보기 위해 이틀 동안 금식을 하기도 합니다. 또 이 사진들에 나와 있는 것처럼, 우리는 화산 꼭대기에 올라가서 꼬치구이를 먹거나 음악을 듣기도 하고, 산소통을 메고 물속에 들어가서 섹스를 하기도 합니다. 새로운 즐거움을 찾으려는 욕구는 발명의 원천이기도 하지요.」

그들은 쾌락에 정통했던 위대한 인물들의 초상 앞을 지나간다. 초상에 나온 인물들 모두가 디오니소스와 바쿠스의 후예라고 할 만한 사람들이다. 프랑스 작가 라블레의 젊은 시절 모습을 표현한 판화도 보인다. 판화 위에는 그의 소설 『가르강튀아』에 나오는 텔렘 수도원의 규범, 즉 〈원하는 대로 행하라〉라는 말이 붙어 있다. 〈행복해지기를 기다리지 말고 그전에 웃어야 한다. 자칫하다가는 웃어 보지도 못하고

죽게 된다〉라는 말도 보인다. 17세기의 작가 라브뤼예르의
말이다.

「19세기의 위대한 진화론자들, 예컨대 허버트 스펜서나
알렉산더 베인 같은 사람들은 쾌락을 추구하는 능력이 자연
도태의 한 요인이라고 생각했습니다. 그 시대에 벌써 그들은
〈즐기는 능력이 가장 뛰어난 자가 살아남는다〉는 적자생존
의 개념을 확립했습니다. 〈가장 강한 자가 살아남는다〉보다
훨씬 더 예리한 개념이죠.」

미샤는 커다란 서가 하나를 보여 준다. 서가에 진열된 책
들의 제목이 대단히 암시적이다. 이 책들은 몇 개의 열(列)로
분류되어 있고, 각 열에는 〈단순한 쾌락〉, 〈복잡한 쾌락〉, 〈혼
자서 얻는 쾌락〉, 〈집단적으로 얻는 쾌락〉 등의 이름이 붙어
있다.

「우리에게 즐거움을 주는 것들은 무한히 많습니다. 우리
는 저마다 특유의 쾌감을 가져다주는 그 모든 것들의 완전한
목록을 작성하려 합니다. 모기에게 물린 곳을 긁는 것부터
우주여행에 이르기까지, 카페에서 신문 읽기, 강가에서 산
책하기, 암탕나귀 젖 속에서 목욕하기, 조약돌로 물수제비
뜨기 등 모든 즐거움이 망라되어 있는 목록을 만들겠다는 것
이지요. 에피쿠로스주의자에게 무엇보다 필요한 것은 겸허
함입니다. 성공한 인생이란 쾌락의 작은 순간들을 모으는 것
에 지나지 않는다는 것을 받아들여야 합니다.」

「어쩌면 쾌락이라는 개념의 최대 난적은 행복이라는 개념
일지도 모르겠군요.」 뤼크레스가 갑자기 철학자 같은 말을
한다.

시엘의 책임자는 그 말에 깊은 관심을 보이며 잠시 생각에

잠겨 있다가 말을 잇는다. 「맞습니다. 행복이란 사람들이 미래에 도달하기를 바라는 절대적인 것이지요. 그에 반해서, 쾌락이란 지금 당장 얻을 수 있는 상대적인 것입니다.」

미샤는 그들을 제복 차림의 바텐더가 지키고 있는 바 쪽으로 데려간다. 그가 뭐라고 요구를 하자 바텐더는 초록색 형광을 내는 작은 반죽 같은 것을 내놓는다. 자세히 살펴보니, 초록색 반죽은 분홍색의 다른 반죽을 둘러싸고 있고, 그 한복판에는 싯누런 젤리가 들어 있다.

「이게 뭐죠?」

「드셔 보세요.」

뤼크레스는 그것에 혀끝을 살짝 갖다 댄다. 아무 맛도 느껴지지 않는다. 당연한 일이다. 혀끝은 단맛만 지각할 뿐이고, 그 감각을 느끼기 위해서는 음식에 적어도 0.5퍼센트의 당분이 들어 있어야 한다.

뤼크레스는 이걸 무슨 맛으로 먹느냐는 듯이 입술을 삐죽 내민다. 하지만 미샤가 계속 권하자, 숟가락 하나를 잡더니 그 알록달록하고 수상쩍은 식품을 듬뿍 퍼서 얼른 입 안에 넣는다. 마치 어차피 먹어야 될 약이라면 얼른 먹어 치우고 말겠다는 사람 같다. 그녀는 입술을 오므리고, 맛을 더 잘 느끼기 위해 눈을 감는다. 혀는 유두라 불리는 작은 분홍색 돌기들로 덮여 있다. 각각의 유두 내부에는 난형 신경 세포들의 더미인 맛봉오리들이 있다. 이 신경 세포들이 뇌로 전달한 메시지는 단맛, 짠맛, 신맛 또는 쓴맛으로 해석된다. 혀의 앞부분은 단맛을, 혀의 뒷부분은 쓴맛을 더 잘 느낀다. 짠맛과 신맛은 주로 혀의 옆 부분에서 지각된다.

뤼크레스는 자기가 먹고 있는 것에서 모든 맛을 동시에 느낀다. 먼저 짠맛이 나는가 싶더니 곧이어 단맛이 느껴지고 마침내 쓴맛과 신맛까지 가세한다.

「맛있네요. 이게 뭐죠?」

「빨간 강낭콩으로 만든 동양의 케이크입니다. 떡이라고 부르는 음식이죠. 마음에 들어 하실 줄 알았습니다.」

한편, 이지도르는 전통적인 맛을 지닌 단 음식의 애호가답게 생크림이 들어간 피스타치오 아이스크림을 주문한다.

「생크림을 좋아하세요? 사람들이 생크림을 좋아하는 건 당연합니다. 이 크림에서는 모유의 맛이 납니다. 우리는 퇴행을 해서 다시 아기가 되려고 끊임없이 노력하지요. 그럼으로써 어머니와 일체가 되고 세계와 하나가 될 수 있기 때문입니다. 그럴 때 우리는 우리 자신이 대단히 강하다고 느낍니다. 아기는 생후 9개월 정도까지는 자기가 세계와 분리되어 있다고 느끼지 않습니다. 우리는 그 시절에 대한 그리움을 간직하고 있어요. 생크림을 먹으면서도 그런 때를 조금은 다시 만날 수 있습니다.」

이지도르는 아이스크림을 휘저어 생크림과 과일을 뒤섞은 맛있는 죽을 만들어 버린다.

「핀처…… 아니…… 사미는 동기에 관한 이야기를 자주 했었지요.」

이지도르의 그 말에 미샤가 대꾸한다. 「굳이 동기를 들먹일 필요가 있을까요? 쾌락에 관한 이야기를 합시다. 우리 인간의 행위는 대부분 즐거움을 얻기 위한 것입니다. 고통을 멎게 하려는 것도, 두려움에서 벗어나고자 하는 것도 다 즐거움을 얻고자 하는 행위죠. 먹고 마시는 것, 자는 것, 섹스하는 것도 다 쾌락입니다. 사미는 동기의 신봉자가 아니라, 쾌

227

락의 신봉자였어요. 단지, 〈쾌락〉이라는 말이 오늘날 너무나 나쁜 뜻으로 쓰이기 때문에 그 말을 내놓고 하지 못했을 뿐이지요. 그가 디프 블루 IV를 이기고 나서 무슨 말을 했는지 기억하시지요? 그는 〈동기〉라는 말을 되풀이했습니다. 하지만, 그가 정작 하고 싶었던 말은 쾌락이었을 거라고 나는 확신합니다. 그의 죽음이 그 점을 입증하는 마지막 증거죠. 그가 우리에게 얼마나 큰 영향을 미쳤는지 두 분도 아셔야 합니다. 〈핀처화하다〉라는 말이 우리의 은어 속에 들어왔을 정도지요. 그 말은 벌써 우리들 사이에서 〈성행위 도중에 죽음을 당하다〉라는 뜻으로 쓰이고 있습니다.」

「그러니까 그가 사랑 때문에 죽었다고 생각하신다는 건가요?」 뤼크레스는 자기 뒤에 붙어 있는 〈위선보다는 죄가 낫다〉라는 말에 눈길을 붙박은 채 묻는다.

「물론이죠. 어마어마한 오르가슴 때문에 그의 뇌가 터져 버린 것입니다.」

「오르가슴에 관한 이야기를 나누고 있는 듯한데, 내가 대화에 좀 끼어들어도 되겠지요?」

세련된 영국 멋쟁이 같은 느낌을 주는 남자 하나가 그들과 합석한다. 희끗희끗한 머리에 콧수염을 뾰족하게 기른 남자다. 남자는 한 손으로 콧수염의 오른쪽 끄트머리를 비비 꼬고 있다. 아마(亞麻) 정장에 흰 셔츠를 받쳐 입었는데, 목에는 넥타이 대신 비단 스카프를 아무렇게나 두른 차림이다. 얼굴은 지나치다 싶을 정도로 검게 그을려 있다. 아무리 햇살이 따가운 하늘빛 해안의 거주자라 해도 그렇게까지 검게 그을리지는 않을 듯싶다. 그의 몸짓은 약간 꾸민 듯한 느낌을 주긴 하지만 그런 대로 기품이 있어 보인다.

「두 분에게 제롬을 소개해 드리죠. 우리 클럽의 기둥 같은 사람입니다.」

「아니, 미샤. 우리의 오감을 새롭게 일깨우는 이토록 신선한 회원들이 있다는 사실을 나에게 숨겼단 말이야?」

이 제롬이라는 남자가 뤼크레스의 손에 입을 맞추겠다고 청한다.

「제롬 베르주라크입니다. 무엇이든 분부만 내려 주십시오.」

그러면서 그는 자기 명함을 내민다. 그런데 이 명함에는 다른 말은 없고 그저 〈제롬 베르주라크. 놀고먹는 억만장자〉라고만 쓰여 있다. 뤼크레스는 그 발상이 제법 재미있다고 생각한다.

「〈놀고먹는 억만장자〉가 직업인가요?」

그는 그들 옆에 앉더니 오른쪽 눈에 외알박이 안경을 대고는 그것이 미끄러져 내리지 않도록 뺨에 주름을 잡는다.

「어느 날, 25미터짜리 내 요트를 타고 바다로 놀러 나갔을 때의 일입니다. 나는 세 명의 콜걸들에게 둘러싸여 있었습니다. 하나는 적갈색 머리, 또 하나는 금발, 나머지 하나는 갈색 머리였지요. 따끈따끈한 크루아상처럼 구릿빛으로 그을린 여자들이었습니다. 나이도 많지 않았어요. 가장 나이 많은 여자가 스물다섯 살이었으니까요. 나는 그 여자들과 돌아가면서 사랑을 나눈 뒤에, 샴페인을 홀짝거리면서 바다와 하늘의 풍광을 바라보고 있었습니다. 밀리 보이는 야자수로 덮인 섬들과 청록색 바다와 오렌지빛 석양을 구경하고 있었지요. 그때 문득 이런 생각이 뇌리를 스쳤습니다. 〈그건 그렇고, 이젠 뭘 하지?〉 그러자 갑자기 울적한 기분이 들었습니다. 나는 인간 사회가 나에게 제공할 수 있는 것의 정점에 있기 때문에 더 높이 올라갈 수가 없다는 사실을 깨달았죠. 나는 만점을 받는 바람에 더 나은 점수를 받을 가능성을 잃어버린 학생과 같았어요. 그런 깨달음은 나를 의기소침하게 만들었습니다. 그래서 내가 도달한 꼭대기 위에 뭔가 다른 것이 없을까 하고 찾아보았지요. 그러다가 찾아낸 것이 바로 시엘입니다.」

미샤가 샴페인 한 병을 꺼내어 모두에게 따라 준다. 그들은 일제히 술잔을 들어 올린다.

「시엘을 위하여!」

「에피쿠로스를 위하여!」

「사미를 위하여…….」

제롬은 잠시 사이를 두었다가 말을 잇는다.

「나는 사미가 어떤 사람이었는지 잘 압니다. 그는 대단히 의욕적인 사람이었습니다. 인간이 모든 점에서 기계보다 우수하다는 점을 증명하기 위해 체스에까지 남다른 의욕을 보였으니까요. 고상한 대의명분을 위해 싸우는 행운을 누린 사람이지요. 미샤에게는 미안한 얘기지만, 우리가 여기에서 만나는 사람들 가운데에는 에피쿠로스주의와 이기주의를 혼동하는 자들이 있습니다. 사미는 그런 멍청한 에피쿠로스주의자가 아니었어요. 사미는 에피쿠로스주의가 지혜로 나아가는 하나의 길이 된다고 굳게 믿었지요. 안 그렇습니까?」

그는 자기가 한 말을 음미하기라도 하듯 술잔을 빙글빙글 돌리며 생각에 잠긴다. 미샤가 다시 말문을 연다. 「이번 토요일에 그를 추모하는 행사를 엽니다. 나타샤도 참석한다고 했어요.」

「우리도 참석할 수 있나요?」뤼크레스가 묻는다.

「물론이죠. 이제 회원이 되셨는데요……」

제롬 베르주라크는 아쉬워하며 자리를 뜬다. 어딘가로 급히 떠나면서도 그는 뤼크레스에게 입맞춤을 보낸다는 뜻을 허공에 나타내 보이는 것을 빼놓지 않는다.

41

사뮈엘 핀처 박사는 장루이 마르탱의 원고에 아무도 관심을 보이지 않는 것에 경악을 금치 못했다. 그는 마르탱이 책을 내는 것에 실패한 것을 위로하기 위해, 정보 처리 기사를 오게 해서 마르탱의 컴퓨터에 새로운 장치를 추가해 주었다. 인터넷 접속이 가능하도록 만들어 준 거였다.

이로써 마르탱은 정보를 받을 뿐만 아니라 매개자 없이 직접 정보를 보낼 수 있게 되었다. 병원에 갇혀 있는 그의 정신이 마침내 장벽을 넘어설 수 있게 된 셈이었다. 컴퓨터가 처음 마련되었을 때는 감옥의 쇠창살 밖으로 손을 내민 기분이 들었는데, 이제는 팔을 쭉 내밀어서 갖가지 정보들을 가져올 수 있을 것 같은 기분이 들었다.

마르탱은 인터넷의 어떤 검색 엔진에서 〈록트인 신드롬〉이라는 주제로 검색을 하여 이 병과 관련된 사이트 하나를 찾아냈다. 이 병에는 또 다른 이름이 있었다. 〈유폐 생존 증후군〉이 바로 그것이었다. 의사들에게는 충격적인 용어를 잘 지어내는 재주가 있는 게 분명했다. 생트마르그리트 요새는 옛날에 철 가면이라는 별명을 지닌 국사범이 갇혀 있던 곳이다. 바로 그 장소에 이제는 마르탱이 유폐되어 있는 셈이었다. 참으로 기이한 악연이었다.

마르탱은 그 사이트에서 그와 똑같은 증상을 앓고 있는 윌리스 커닝햄이라는 미국인이 새로운 방법으로 치료를 받았다는 사실도 알아냈다.

이미 1998년에 에머리 대학의 신경 의학자 필립 케네디와 신경 의학자이자 컴퓨터 공학자인 멜로디 무어는 커닝햄의 대뇌 피질 속에 특별한 전극들을 이식한 바 있었다. 이 전극들은 뇌의 전기 신호들을 기록할 수도 있었고, 그 신호들을 전파로 바꿀 수도 있었다. 이 전극들이 뇌의 전기 신호를 전파로 바꾸면, 이것은 다시 컴퓨터 언어로 변환되었다. 그럼으로써 커닝햄은 단지 생각하는 것만으로 컴퓨터를 움직이고 전 세계 사람들과 의사소통을 할 수 있게 되었다.

마르탱으로서는 참으로 놀라운 소식이 아닐 수 없었다. 그 미국인은 뇌에 이식된 전극 덕분에 말을 할 때와 거의 같은 속도로 글을 쓰고 있지 않은가!

프랑스의 리스 환자 마르탱은 미국의 리스 환자와 영어로 대화를 나누었다.

하지만, 마르탱이 자기도 같은 병에 걸렸음을 고백하면서 동병상련의 마음을 표현하자마자, 커닝햄은 더 이상 대화를 계속하고 싶지 않다고 대답했다. 이제는 건강한 사람들하고만 이야기를 나누고 싶다는 거였다. 커닝햄은 누구도 더 이상 겉모습으로 판단되지 않는다는 데에 인터넷의 장점이 있다고 생각한다면서, 사이버 공간에 굳이 장애인들의 공동체를 만들고 싶지는 않다고 말했다.

《식물》이라는 당신의 아이디에 대해서도 한마디하고 싶습니다. 이 이름은 중요한 점을 시사하고 있습니다. 당신이 스스로에 대해 어떤 이미지를 가지고 있는지를 보여 주고 있

다는 것입니다. 나는 나 자신에게 슈퍼맨이라는 별명을 붙였습니다…….〉

마르탱은 무어라고 대답할 말이 없었다. 그는 자기가 신체의 감옥에 갇혀 있을 뿐만 아니라 선입관의 감옥에 갇혀 있기도 하다는 사실을 문득 깨달았다. 커닝햄이 비록 야박하기는 했을지언정, 마르탱의 한계가 무엇인지는 분명히 깨우쳐 준 셈이었다.

마르탱은 자기가 깨달은 바를 핀처에게 알리기로 했다. 그는 컴퓨터 화면에 나타난 자판을 보면서, 눈을 빠르게 움직여 자기가 원하는 단어를 구성해 줄 로마자들을 누르기 시작했다.

〈우리의 생각은 결코 자유롭지 않다는 느낌이 들어요.〉

그가 그렇게 쓰자, 핀처가 물었다. 「무슨 뜻으로 하는 말이죠?」

〈나는 자유롭지 않습니다. 나는 나 자신을 낮게 평가하고 있어요. 나뿐만 아니라 우리 모두가 선입관의 체계에 얽매여 있다는 생각이 들어요. 우리는 현실에 대해 미리부터 가지고 있는 어떤 생각들을 계속 유지하면서 현실을 그 생각들에 꿰어 맞추려고 해요. 이미 내 원고에서 그것에 관한 이야기를 시작한 바 있어요. 하지만, 그때는 이야기를 충분히 전개하지 못했지요.〉

「자, 그럼 지금 해봐요. 무척 흥미롭군요.」

핀처는 마르탱의 이야기가 이어지기를 참을성 있게 기다렸다. 한참이 지나서 컴퓨터 화면에 다시 문장이 나타나기 시작했다.

〈학교와 우리 부모와 우리 주위 사람들은 이 세계를 해독

하는 틀을 우리에게 만들어 줍니다. 우리는 세계의 참모습을 변형시키는 그 프리즘들을 통해서 모든 걸 바라보지요. 그 결과, 아무도 이 세상에서 실제로 벌어지고 있는 일을 보지 못하게 됩니다. 우리는 그저 우리가 미리부터 보고 싶어 하던 것을 보고 있을 뿐입니다. 우리는 세계의 모습이 우리의 선입견과 맞아떨어지도록 하기 위해 끊임없이 세계를 다시 그립니다. 관찰자가 자기 관점에 따라서 자기가 관찰하고 있는 것을 변화시키고 있는 것이지요.〉

핀처는 그 말에 재미를 느끼며 마르탱을 새롭게 보게 되었다.

〈나는 아프다는 것을 하나의 패배로, 장애인이라는 것을 하나의 치욕으로 여기고 있습니다. 다른 사람들과 대화를 나눌 때마다, 그들이 나에게 그 점을 상기시켜 줍니다. 그들 스스로 그러는 것이 아니라, 내가 그들을 그렇게 만드는 것이지요. 그러고 싶지 않지만, 어쩔 수 없이 그렇게 됩니다.〉

핀처는 마르탱의 글을 쓰는 속도에 놀라고 있었다. 마르탱은 이제 사무원들만큼이나 빠르게 타자를 하고 있었다. 컴퓨터 화면에 문장이 전개되는 속도가 보통 사람들이 말하는 속도와 별로 차이가 나지 않았다. 기능이 기관을 만들어 낸다는 말이 맞는 모양이다. 원고를 쓰면서 보낸 시간이 그에게 문학적인 영예를 안겨 주지는 못했지만, 경이로운 민첩성을 가져다준 것은 분명했다.

「그 점을 깨달은 것만 해도 대단한 일이지요. 자기의 선입견에서 벗어나기 시작했다는 뜻이니까요.」

〈사실, 우리는 현실을 있는 그대로 존재하도록 내버려 두지 않습니다. 우리는 어떤 신념들을 가지고 현실에 임합니다. 그래서 만일 현실이 그 믿음들과 일치하지 않으면, 어떻게든 현실을 그릇되게 이해하려고 애를 씁니다. 예를 들어서, 나는 사람들이 내가 장애인이라는 것을 알게 되면 나를 배척할 거라고 확신합니다. 그래서 만일 그들이 나를 배척하지 않는다면, 나는 그들이 빗대어 한 말 중에서 뭔가 트집 잡을 게 없을까 하고 찾기 시작할 것입니다. 그러다가 아주 사소한 빌미라도 생기면 그걸 그릇되게 해석해서,《봐라, 이들은 내가 장애인이라고 해서 나를 배척하고 있지 않은가!》라고 말할 것입니다.〉

「그게 편집증의 원리입니다. 위험 때문에 두려움이 생기는 것이 아니라, 두려움이 위험을 빚어내는 것이지요.」

핀처는 마르탱의 입에서 또다시 흘러내리고 있는 침을 닦아주었다.

〈그보다 더 심합니다. 우리는 현실을 침해하고 있어요. 우리는 단지 우리 자신에게만 편안한 어떤 현실을 끊임없이 지어내고 있습니다. 그리고 만일 이 현실이 다른 사람들의 현실과 일치하지 않으면, 우리는 다른 사람들의 현실을 부정하기까지 하죠.〉

마르탱의 눈에 분노인지 열의인지 알 수 없는 기색이 어렸다.

〈박사님, 나는 우리 모두가 광인이라고 생각합니다. 모두가 현실을 왜곡하고 있기 때문입니다. 우리는 현실을 있는 그대로 받아들이지 못합니다. 남에게 호의적인 것처럼 보이는 사람일수록 현실에 대한 자기들의 인식을 숨기고 있기가 십상입니다. 그들은 다른 사람들의 인식을 받아들이고 있다는 인상을 주기 위해, 정작 자기들이 현실에 대해서 느끼는 바를 드러내지 않는 것입니다. 만일 우리 모두가 저마다의 생각을 있는 그대로 드러낸다면, 우리가 할 일은 말다툼밖에 없을 것입니다.〉

그는 잠시 사이를 두었다가 말을 이었다. 〈내가 깨달은 것 가운데 가장 가혹한 것은 아마 다음과 같은 게 아닐까 싶습니다. 나는 나 자신이 신체적인 장애인이라고 믿고 있었습니다. 그런데 곰곰이 생각하면 할수록 내가 정신적인 장애인이라는 생각이 듭니다. 나는 세상을 온전히 이해할 수 있는 능력이 없어요.〉

핀처는 바로 대답하지 않고 다음 말을 기다렸다.

〈벌거벗은 현실에 선입관의 옷을 입히지 않고 그것을 그냥 있는 그대로 받아들일 수 있는 사람이 과연 있을까요?〉

「세상을 있는 그대로 받아들인다는 것은 건전한 정신을 가진 사람들이라면 누구나 평생에 걸쳐 추구해야 할 목표가 아닌가 싶은데요. 그건 결코 쉬운 일이 아닙니다. 사람들은 자기들이 세상의 모습이라고 믿고 있는 바대로, 또는 세상이 달라지기를 바라는 자기들의 생각에 맞추어 현실을 받아들이기가 십상이지요.」

〈나는 우리 자신이 현실을 지어내고 있다고 생각합니다. 우리 자신이 우리가 누구인가에 대해서 꿈을 꾸고 있어요. 우리의 뇌가 우리 인간을 60억의 신들로 변화시키고 있는 겁니다. 이 신들은 자기들의 능력을 거의 의식하지 않고 있지요. 그래서 하는 말인데, 나는 이제 내 나름대로 세상을 이해하고 내 방식대로 나 자신을 받아들일까 해요. 또 이제부터는 나 자신을 미지의 흥미진진한 세계 속에 있는 대단한 존재로 여기기로 했어요. 이 세계에 대해서 나는 어떤 선입

관도 없어요.〉

핀처는 자기 환자를 예전과는 사뭇 다른 눈으로 보았다. 니스 신용 은행의 법무 담당 직원이었던 평범한 사람 마르탱은 이제 어디에도 없었다. 그야말로 애벌레가 나비로 변하는 것과 같은 놀라운 변화가 그의 내부에서 일어나고 있었다. 나비의 애벌레와 다른 점이 있다면, 그의 몸이 아니라 마음에서 오색찬란한 날개가 돋고 있다는 거였다.

「당신의 변화에 놀라움을 금할 수 없군요, 마르탱 씨.」

〈간밤에 꿈을 꾸었어요. 꿈에서 아주 우아한 살롱을 보았지요. 사람들이 모여 축제를 벌이고 있더군요. 그런데 이상하게도 그 한복판에 박사님이 있었어요. 머리가 아주 큰 모습으로 말이에요. 머리의 높이가 3미터나 될 정도로 어마어마하게 컸어요.〉

핀처가 그의 손을 잡으며 말했다. 「꿈을 꾸는 시간이야말로 우리가 진정으로 자유로워지는 때입니다. 우리가 우리 생각들이 제멋대로 활개를 치도록 내버려 두는 유일한 시간이지요. 간밤에 꾼 꿈에 무슨 특별한 의미가 있는 건 아니에요. 의미가 있다면 그저 마르탱 씨가 나를 너무 과대평가하고 있다는 것 정도겠지요.」

42

정오. 시엘이 들썩이고 있다. 에피쿠로스주의자 클럽의 본부인 프로방스식 별장 앞에 반들반들하게 광채가 나는 리무진들이 잇달아 주차되고, 아주 세련된 사람들이 거기에서 내린다. 하이패션의 드레스를 입은 여자들이 부채를 펼쳐 들고 모자를 고쳐 쓴다. 더운 날씨다.

이지도르와 뤼크레스는 사이드카가 곁달린 오토바이를 세우고, 헬멧과 조종사 안경을 벗는다. 그들이 각기 주행용으로 입고 있던 검은색과 빨간색의 외투를 벗자 파티 복장이 드러난다. 뤼크레스는 트임이 있는 자주색 드레스 차림이고, 이지도르는 초록색 재킷에 베이지색의 헐렁한 포플린 셔츠를 받쳐 입은 모습이다. 이제는 신발을 갈아 신을 차례다. 뤼크레스는 오토바이 장화를 벗는다. 그물 스타킹을 신은 다리가 드러난다. 그녀는 사이드카에서 검은색 하이힐을 찾아 신는다. 이지도르는 자기 구두를 그대로 신고 있다. 그는 자기 동료를 새로운 눈으로 바라본다. 이제껏 그렇게 차려입은 그녀를 본 적이 없다. 말괄량이 여자아이 같던 모습은 간데없고, 완전히 〈팜파탈〉 같은 자태를 보이고 있다. 자주색 드레스 때문에 기다란 적갈색 머리가 한결 두드러져 보이고, 이 적갈색 머리가 검은 아이라이너로 살짝 강조한 에메랄드빛 눈을 더욱 돋보이게 한다. 게다가 반짝이는 립스틱이 얼굴에 화사함을 더해 주고 있고, 하이힐은 그녀를 몇 센티미터는 더 커 보이게 한다.

「새 구두라서 발에 꼭 끼는데요. 빨리 들어가서 벗어 버렸으면 좋겠어요.」

그녀의 얼굴에 불편해하는 기색이 역력하다.

두 기자는 줄지어 선 사람들 속으로 들어가 입장을 기다린다. 외부에 설치한 스피커에서 교향악이 울려 퍼진다.

제롬 베르주라크가 그들에게 다가와서 인사를 건넨다. 캐시미어 재킷을 입고 손에는 외알박이 안경을 들고 있다. 그는 자기의 〈미미〉를 보러 가자고 그들에게 권한다.

「같이 오신 분인가 보죠?」

238

억만장자 제롬은 그들을 별장 뒤로 데려간다. 거기, 들판 한가운데에 그가 〈미미〉라고 불렀던 것이 보인다. 열기구 하나가 차츰차츰 부풀어 오르고 있는 중이다. 거대한 송풍기가 벌겋게 달아오른 통풍관에 바람을 불어 넣어 열기구의 기낭을 더운 공기로 채우고 있다. 천이 붕긋하게 솟아오르면서 열기구가 제 형태를 드러낸다. 커다란 구체 하나가 허공에 떠오르고 거기에 높이가 3미터는 되게 사뮈엘 핀처의 얼굴이 나타난다.

「사미를 기리기 위한 것입니다. 이로써 그는 여전히 우리 가까이에 있는 셈입니다. 더운 공기를 채우는 데에는 시간이 좀 더 걸리겠지만, 행사가 끝날 때쯤이면 미미가 멋진 피날레를 장식하게 될 겁니다. 안 그렇습니까?」

제롬은 지난번처럼 젊은 기자의 손에 입을 맞춘다.

「여전히 놀고먹는 억만장자인가요?」

「여전히 그렇습니다.」

「돈이 너무 많아서 걱정이면, 제가 부담을 좀 덜어 드릴까요?」

「돈이 많아 봐야 그리 좋을 일은 없을 겁니다. 돈이란 게 그래요. 없을 때는 그것만 있으면 모든 문제가 해결될 것 같은데, 막상 갖고 나면 내 경우가 그렇듯이 삶에 커다란 구멍이 생기는 것을 깨닫게 되죠. 놀라운 얘기 하나 해드릴까요? 지난주에 나는 복권을 한 장 샀습니다. 그냥 〈가난뱅이〉 흉내를 한번 내보고 싶었지요. 그런데 내가 당첨이 됐어요. 세상일이라는 게 그래요. 뭔가를 필요로 하지 않을 때에만 그것을 얻게 되죠. 그래서 하는 말인데, 나는 당신을 필요로 하지 않았으면 좋겠어요…….」

이지도르는 초조한 기색으로 어서 들어가자고 신호를 보낸다.

「이봐 〈동생〉, 그만 들어가자고. 행사가 시작되고 있어. 시작하는 걸 봐야지.」

안으로 들어서자 미샤가 그들을 맞아 준다. 안전 요원 하나가 낯이 익지 않은 그들을 막아서자, 미샤가 나서서 두 사람을 들여보내도 된다고 일러 준다.

두 기자는 금도금된 탁자 하나를 골라 자리에 앉는다. 뤼크레스는 자리에 앉자마자 구두를 벗는다. 긴 식탁보가 발을 가려 주고 있어서 구두를 벗기가 심상 좋다. 그녀는 너무 꼭 끼는 가죽 때문에 아팠던 발가락들을 주무른다. 옛날에 중국에서는 여자들의 발을 헝겊 띠로 친친 동여매도록 강요하는 전족(纏足)이라는 관습이 있었다는데, 서양 남자들은 그런 관습 대신 패션이라는 속임수로 여자들의 발에 고통을 주려고 꾀를 쓴 게 아닐까 하는 생각이 든다. 그녀는 매니큐어를 칠한 발가락들을 쫙 펴고, 아름다움과 멋을 내세워 그것들에게 강요한 고통을 덜어 주기 위해 살살 어루만진다.

식사 시중드는 사람 하나가 그들에게 행사 프로그램이 적힌 판지를 하나씩 나누어 준다. 프로그램은 식사와 연설과 깜짝 이벤트로 짜여 있다.

모두가 자리에 앉고 문들이 닫힌다. 베토벤의 「환희의 송가」가 울려 퍼지면서 무대가 환해진다. 미샤가 단상에 오르더니 한 손에 메모지를 든 채 연단을 마주하고 선다. 쾌락을 주제로 한 그의 짤막한 연설이 시작된다.

미샤는 먼저 모든 인간에게 쾌락의 의무가 있음을 상기시킨다. 〈그대 자신을 사랑하라. 그러면 천상의 세계와 신들을 알게 될 것이다.〉 그는 〈너 자신을 알라〉는 소크라테스의 말을 바꾸어 그렇게 선언한 다음, 스토아주의자와 낭만주의자, 영웅, 순교자 및 모든 마조히스트에게 야유를 보낸다. 그들은 즉각적인 즐거움이 삶의 주된 동력임을 깨닫지 못했다는 것이다.

「하느님께서는 우리가 즐겁게 사는 것을 보고 싶어 하십니다.」

그는 그렇게 말을 맺는다.

박수갈채가 터져 나온다.

「감사합니다. 맛있게 드십시오. 원하신다면 그냥 손가락으로 드십시오. 그리고 이 점을 잊지 마십시오. 위선보다는 죄가 낫습니다.」

제복 차림의 종업원들이 고급 샴페인과 함께 귀한 캐비아를 가져다준다. 철갑상어의 작은 알들이 씹히자 입 안에 그 즙이 퍼져 나간다. 샴페인이 그 애먼 알들을 휩쓸어 가면서, 톡 쏘는 느낌과 함께 흰 포도의 정수(精髓)를 방출한다. 이 정수들이 입천장 뒤쪽으로 올라가면서 마치 향수처럼 후각 감지 장치를 작동시킨다.

미샤는 이 행사가 사뮈엘 핀처 박사를 추모하기 위한 것임을 새삼스레 상기시킨다.

「정신과 의사 핀처, 창의적인 신경 의학자 핀처, 천재적인 체스 기사 핀처에게 우리가 바칠 수 있는 찬사는 아주 많습니다. 하지만, 그 모든 찬사를 제쳐 두고, 오늘 이 자리에서 나는 모범적인 에피쿠로스주의자 핀처에게 경의를 표하고자 합니다.」

다시 박수갈채가 터져 나오자, 그는 잠시 사이를 두었다가 말을 잇는다. 「여러분, 여러분. 다시 한번 말씀드리지만, 우리는 불행하기 위해서 여기에 있는 것도 아니고 불행하게 죽기 위해서 여기에 있는 것도 아닙니다. 사뮈엘 핀처의 얼굴이 우리를 이끄는 등대가 되어 줄 것입니다. 행복하게 죽읍시다. 즐거움을 느끼며 죽읍시다. 핀처처럼 죽읍시다!」

또다시 열렬한 환호가 인다.

「감사합니다. 끝으로 한 가지만 더 말씀드리겠습니다. 대단히 영광스럽게도 아주 특별한 분이 우리와 자리를 함께하고 계십니다. 여러분, 나타샤 아네르센입니다!」

톱 모델이 일어서자 〈환희의 송가〉가 크게 울려 퍼지고 박수갈채가 더욱 요란해진다. 뤼크레스는 다른 사람들을 따라 박수를 치면서 이지도르 쪽으로 몸을 기울인다.

「저 여자, 얼음처럼 차가워 보이는데요. 난 도무지 이해를 못 하겠어요. 왜 남자들은 스칸디나비아의 저런 금발 미녀들에게 그토록 매력을 느끼는 거죠?」

「아마 남자들의 도전 욕구를 자극하기 때문일 거예요. 그녀들의 표정이 냉담해 보이니까 마음을 흔들어 보고 싶은 욕구가 생기는 거지요. 영화감독 히치콕을 보세요. 그는 쌀쌀맞아 보이는 금발 미녀들만 좋아했어요. 그런 여자들이 무슨 일을 하면 별것 아닌 일도 대단해 보인다는 게 그의 생각이었죠.」

나타샤 아네르센이 마이크로 몸을 기울인다.

「안녕하십니까? 사뮈엘은 여기 여러분 속에서 이 축제를 즐기고 있을 것입니다. 그는 세상을 떠나기 몇 시간 전에, 집으로 돌아가는 자동차 안에서 나에게 이런 말을 했습니다. 〈내가 보기에, 우리는 과도기를 살고 있어. 모든 일이 가능해지고 있어. 인간의 정신적 능력이 신장되는 데에는 더 이상 기술적인 한계가 없어. 단지 우리의 두려움과 낡은 사고방식, 거부 반응, 선입견 등이 그 신장을 늦추고 있을 뿐이야.〉」

박수갈채.

「나는 사뮈엘 핀처를 사랑했습니다. 그는 천사였습니다. 제가 할 말은 이게 전부입니다.」

그녀가 다시 자리에 앉는다. 본격적인 식사가 시작된다. 종업원들이 찬요리며 더운 요리가 담긴 쟁반들을 날라 온다. 무대 조명이 꺼지고 베토벤에 이어 헨델의 음악이 흘러나온다. 소화에는 헨델이 더 도움이 된다는 게 음악 담당자의 생각인 모양이다.

이지도르와 뤼크레스는 살그머니 나타샤 아네르센 곁으로 다가간다.

「우리는 핀처의 죽음에 관해서 조사를 벌이고 있습니다.」

「경찰에서 나오셨어요?」 나타샤는 그들에게 눈길조차 주지 않고 묻는다.

「아뇨. 우린 기자예요.」

나타샤는 쌀쌀맞게 그들을 톺아본다.

「우리는 그게 살인이라고 생각하고 있습니다.」

이지도르의 말에 그녀는 실망에 찬 듯한 냉소를 흘린다.

「그가 내 품에서 죽는 걸 내 눈으로 봤어요. 방 안에 나 말고 다른 사람은 없었고요.」

그러면서 그녀는 고개를 돌린다. 더 유쾌한 대화를 나눌 수 있는 다른 친구들을 찾는 눈치다.

뤼크레스는 대화를 계속 이어 나가려고 애쓴다.

「때로는 우리의 감각이 우리를 속이기도 합니다. 그의 사체를 부검한 법의학자가 사건 조사에 어떤 새로운 실마리를 제공하려던 순간에 살해되었어요.」

나타샤는 자제력을 발휘하여 아주 침착하게 못을 박는다.

「분명히 경고하는데, 만일 당신들이 내 이미지나 사뮈엘의 이미지에 조금이라도 먹칠을 하는 기사를 쓰면, 당신들에게 내 변호사를 보내겠어요.」

톱 모델의 금속처럼 차가운 파란 눈이 기자의 에메랄드빛 눈과 마주친다. 두 젊은 여자는 냉랭한 눈빛으로 서로를 노려본다.

이지도르는 분위기를 좀 부드럽게 바꿔 보려고 애쓴다.

「우리는 아네르센 씨를 도와 드리려고 여기 온 겁니다.」

「나는 당신들을 알아요. 기자라는 사람들이 어떤 사람들인지 이미 숱하게 경험했어요. 나를 도우러 왔다고요? 나보고 그 말을 믿으라고요? 그저 내 이름을 이용해서 선정적인 기사나 한 편 쓰려는 거겠지요.」

그때 미샤가 손님들을 소개시키려고 나타샤에게 온다. 뤼크레스와 이지도르는 자리를 뜬다.

「당신은 저 여자를 좋아하지 않는군요. 당연해요. 예쁜 여자들은 언제나 미움을 받게 마련이지요.」

이지도르가 그렇게 농담을 하자, 뤼크레스는 어깨를 치켜올리며 볼멘소리를 한다.

「지금 이 순간 내가 가장 하고 싶은 게 뭔 줄 아세요?」

43

〈······월리스 커닝햄처럼 전극을 뇌에 이식하고 싶어요.〉
핀처는 깜짝 놀라며 사기 환자를 바라보았다.

244

「미안하지만, 그 수술은 비용이 아주 많이 들어요. 그러잖아도 이 병원에서 내 영향력이 갈수록 줄어들고 있는 판국이라, 행정 당국의 동의를 얻어 내기가 쉽지 않을 거예요. 내가 보기에, 행정 책임자들은 그런 데 쓸 돈이 있으면 차라리 감옥에 주고 싶어 할 거예요. 그래야 주요 〈납세자이자 유권자〉인 부르주아들을 안심시킬 수 있을 테니까요. 그들은 정신 병원에는 별로 관심이 없어요.」

마르탱의 눈이 반짝였다. 그는 안구를 움직여 다시 글을 쓰기 시작했다.

〈내가 이 병원을 부유하게 만들 방법을 찾아내면 되지 않을까요?〉

핀처는 자기 환자에게 몸을 기울여 귀엣말로 속삭였다.

「어쨌거나 나는 그런 수술에 대한 실제적인 지식이 없어요. 두개골에 구멍을 내는 수술은 여간 까다로운 게 아닙니다. 아주 작은 실수로도 심각한 결과를 야기할 수 있어요.」

〈나는 위험을 무릅쓸 준비가 되어 있어요. 내가 나름의 방법으로 이 병원을 번창하는 기업으로 바꾸어 주면, 그 수술을 받도록 허락해 주시겠습니까?〉

핀처는 그렇게 하겠다고 대답했다. 하지만 그 순간에도 그는 회의적인 느낌을 떨치지 못하고 있었다.

마르탱은 얼굴 표정으로 자기의 확신을 나타낼 수는 없지만, 가능한 한 빠르게 이렇게 써나갔다.

〈생각나세요, 사뮈엘? 이 병원의 개혁을 더 멀리 밀고 나가고 싶다고 나에게 말한 적이 있잖아요. 나는 그 개혁 작업에 도움을 드릴 준비가 되어 있어요.〉

「여기에서 변화를 시도한다는 게 얼마나 어려운지 모를

거예요.」

〈일이 어렵기 때문에 사람들이 하지 않는 것이 아니라, 사람들이 하지 않기 때문에 일이 어려워지는 거예요. 나는 개혁이 이미 성공을 거두었다고 확신해요. 하지만 사람들은 그 성공을 잊고 있어요. 날 믿으세요.〉

핀처는 알겠다는 뜻으로 한 눈을 찡긋해 보였다.

마르탱은 병실을 나서는 핀처를 보면서 자기의 도전이 실효를 거둘 수 있기를 바랐다.

그는 정신 병원의 개혁이라는 문제를 모든 측면에서 면밀히 고찰하기로 하였다. 그는 먼저 역사 속에서 사례를 찾아보았다.

고대 그리스에서는 어떤 의식을 거행할 때에 공동체가 저지른 잘못을 속죄하는 뜻으로 마을의 지적 장애인들을 바다에 던져 버리곤 했다. 그런가 하면, 중세에는 마을의 바보는 너그러이 봐주었지만, 악마에 들린 것으로 판단되는 사람들은 마법사나 마녀로 간주하고 불태워 죽였다.

1793년, 계속되는 프랑스 혁명에 파리의 거리들이 들썩거리고 사회생활의 모든 분야에 변화의 바람이 불고 있을 때에, 정치가 콩도르세의 친구인 젊은 의사 필리프 피넬이 프랑스에서 가장 큰 정신 병원인 비세트르 병원의 원장이 되었다. 그는 이 병원에서 당시의 정신 질환자들이 어떤 처지에 놓여 있는지를 생생하게 목격하였다. 당시의 광인들은 짐승처럼 학대를 받았다. 어둠침침한 독방이나 넓이가 1제곱미터밖에 안 되는 짐승 우리 같은 방에 갇혀 있기가 십상이었고, 평생토록 사슬에 묶인 채 매를 맞으며 살았다. 그들을 진정시킨답시고 피를 뽑거나 얼음물에 집어넣기나 하제(下

劑)를 먹이기가 일쑤였다. 성난 백성들이 바스티유 감옥을 파괴한 뒤에, 필리프 피넬은 새로운 시대 조류에 편승해서 정신 병원도 개방하자고 제안하였다. 자유의 이름으로 하나의 실험이 시도된 거였다.

마르탱은 필리프 피넬의 이야기를 핀처에게 들려주고, 그 혁명가의 실험을 새롭게 계승하자고 제안하였다.

「그다음엔 어떻게 됐죠?」

〈피넬에 의해 풀려난 광인들은 대부분 다시 병원에 넣어 달라고 요구했어요.〉

「그렇다면, 실패로 끝난 셈이군요.」

〈필리프 피넬은 개혁을 충분히 밀고 나가지 못했어요. 광인들이 병원 안에 있든 밖에 있든 그건 전혀 중요한 게 아닙니다. 중요한 건 그들이 무엇을 하느냐 하는 것입니다. 피넬은 광인들이 정상적인 인간이라는 사실을 받아들이라고 요구했지요. 하지만 그들은 비장애인이 아닙니다. 그들은 보통 사람들과는 분명히 다릅니다. 따라서 그들을 보통 사람으로 만들 것이 아니라, 그들의 특수성을 확실하게 인정해 주어야 합니다. 나는 정신 질환자들의 장애를 장점으로 변화시킬 수 있다고 확신합니다. 그들이 위험하다는 것은 알아요. 자살할 우려가 있거나 참을성이 너무 없거나 지나치게 흥분을 잘하거나 파괴적인 행동을 하는 정신 질환자들이 있다는 것도 알아요. 하지만, 그런 부정적인 에너지를 긍정적인 에너지로 변화시키는 게 중요해요. 광기의 무궁무진한 에너지를 활용해야 한다는 얘기입니다.〉

44

이지도르는 단숨에 자기 술잔을 비운다.

「뭐가 그렇게 하고 싶은데요?」

「담배를 피우고 싶어요.」

뤼크레스는 발딱 일어서서 옆자리의 손님에게 가더니 매우 순한 박하 향 담배 한 개비를 얻어 가지고 돌아온다. 그녀는 기분 좋게 한 모금을 들이마신다.

「담배 피워요, 뤼크레스?」

「보면 몰라요? 에피쿠로스주의자들 얘기를 자꾸 듣다 보니 마침내 이들의 슬로건 〈카르페 디엠〉이 옳다는 생각을 갖게 되었어요. 그게 무슨 뜻이라고 그랬죠? 〈매 순간을 마지막 순간으로 여기고 한껏 즐겨라.〉 그 비슷한 거죠? 어쨌거나, 우리에겐 언제 어느 때라도 어떤 끔찍한 일이 벌어질 수 있어요. 만일 지금 이 순간에 내게 벼락이 떨어진다면, 나는 〈담배를 실컷 피워 보지 못한 게 애석하다〉고 말할지도 몰라요. 건강을 생각하면 내 몸엔 안된 일이지만, 다시 담배를 피울래요.」

그녀는 담배 한 모금을 천천히 빨아들여 되도록 오랫동안 입 안에 물고 있다가 콧구멍으로 다시 내보낸다.

「담배 끊은 지 얼마나 됐어요?」

「세 달요. 딱 세 달 됐어요. 하지만 끊어 봐야 소용이 없어요. 나는 너무 긴장이 많은 직업을 선택했어요. 이 직업에 종사하는 한 언젠가는 다시 피우고 말았을 거예요. 그러느니 차라리 여기 이 〈자유분방〉의 전당에서 피우는 게 낫지요.」

이지도르는 포켓용 컴퓨터를 꺼내어 뭔가를 기록하기 시작한다. 그녀가 부주의로 보낸 연기 때문에 그가 잔기침을 한다.

「식물들이 우리 사회를 변화시키고 있어요. 담배는 물론이고 아침마다 우리의 잠을 깨워 주는 커피, 일부 사람들을 완전히 중독자로 만들어 버리는 초콜릿, 차, 발효되면 우리를 취하게 할 수 있는 포도와 홉, 거기에다 환각제를 제공하는 대마나 양귀비 같은 식물들이 말이에요. 식물들이 앙갚음을 하고 있는 것만 같아요. 여덟 번째 욕구가…….」

뤼크레스는 그 말을 귓등으로 들으면서, 담배 연기를 한 모금 빨아들일 때마다 니코틴이 가져다주는 즐거움을 온전하게 느껴 보려고 눈을 감는다. 연기는 입천장을 거치고 목구멍을 지나면서 깨끗한 점막에 자극적인 먼지들로 이루어진 얇은 막을 만든다. 그런 다음 기관(氣管)으로 내려갔다가 다시 허파 꽈리들 속으로 들어간다. 거기에는 3개월 전에 들어온 잔류성 강한 타르가 아직도 남아 있다. 이 타르는 뜻하지 않게 들어온 독성 증기를 아주 기쁘게 맞아 준다. 니코틴은 신속하게 핏속으로 들어가 뇌까지 거슬러 올라간다.

「지금 이 순간을 위해서 그동안 끊고 지내기를 잘했다는 생각이 들어요. 아, 내가 한 모금 한 모금을 얼마나 알뜰하게 즐기고 있는지 당신은 모를 거예요. 나는 이 담배를 필터까지 피울 생각이에요. 그러니 아무 말 하지 말아요. 더 이상 날 방해하지 말고 지금 이 순간을 즐기도록 내버려 둬요.」

이지도르는 자기와는 상관없는 일이라는 듯한 표정으로 어깨를 치켜 올린다.

내가 당신에게 무슨 말을 할 수 있겠어요? 담배를 규칙적으로 피우면 수면 조절 체계가 교란될 거라고? 담배가 체액 조절 체계며 체중 조절 체계를 파괴할 거라고? 이제부터 당신은 니코틴과 타르의 노예가 될 것이며 잠을 잘 못 이루고 신경이 날카로워질 염려가 있다고? 당신은 스스로 자기의 모든 허파 꽈리와 혈관과 세포를 더럽히고 있다고? 내가 그런 소리를 지껄인들 당신이 내 말을 듣겠습니까? 일단 담배에 맛을 들인 사람은 더 이상 아무의 말에도 귀를 기울이지 않게 마련이죠. 그들은 담배 피우는 즐거움을 위해서라면 자기들이 무엇이든 할 권리가 있다고 생각하지요.

그는 생각을 다른 데로 돌리려고 인쇄물을 보며 다음 프로그램이 뭔지를 확인한다. 그들 오른쪽 자리에서 나이가 지긋한 뚱보 남자가 아주 날씬한 젊은 여자와 진한 입맞춤을 나누고 있다. 보아하니, 그들은 대화의 주제를 찾아내지 못한 모양이다. 하지만 그들에게는 대화가 없다는 것이 별로 문제될 게 없다.

뤼크레스는 피우던 담배에 갑자기 혐오감이 생긴 듯 서둘러 비벼 끈다.

피우고 나면 불결한 느낌과 쓴맛을 남기는 게 담배다. 이런 걸 내가 왜 피우지?

45

그 뒤로 몇 주 동안 마르탱은 자기 자신의 상황을 분석하면서 정신 의학의 역사를 공부하는 데에 몰두하였다. 그는 갖가지 도표와 통계와 그래프를 면밀하게 검토하고, 행정 당국의 반대와 환자들의 무기력한 상태를 고려하면서 사업 계획을 세워 나갔다. 그가 보기에 무엇보다 시급히 해결해야 할 문제는 환자들이 자기들 자신에 대해서 대단히 부정적인 이미지를 가지고 있다는 점이었다. 환자들은 사회에 의해 낙오자로 간주되면서 자기들 자신을 아주 초라하고 보잘것없는 존재로 여기고 있었다. 따라서 그들이 다시 스스로를 존중하게 하고 스스로에게 더 높은 가치를 부여함으로써, 그들에게 자기들 운명의 주인이 되라고 권할 필요가 있었다. 마르탱은 물론 누구나 쉽게 그런 일을 해낼 수 있다고는 생각하지 않았다. 하지만, 처음 시작할 때는 적극적으로 활동하는 하나의 핵만 있으면 될 것 같았다. 그런 다음에 그 핵이 기름 자국처럼 점점 크게 번져 가면 되는 거였다.

어쨌거나 우리는 환자들의 자유로운 선택을 존중하지 않으면 안 된다. 에너지는 그들에게서 나와야 하는 것이다.

마르탱은 자기가 생각한 것을 핀처 박사에게 알렸다.

핀처 박사는 생각했다.

어쩌면 이 환자가 내 문제의 해결책을 제시하고 있는지도 모른다. 경탄할 일이다. 이 환자의 생각이 옳다. 광기는 하나의 창조적인 에너지다. 다른 에너지와 마찬가지로 그것을 한 방향으로 모으기만 하면 모터를 돌릴 수 있을 것이다.

그들은 프랑스 혁명기에 필리프 피넬이 생각했던 것을 되살리는 데에 성공했다. 그 뒤로 몇 주 동안에 그들은 실제적인 응용의 단계로 넘어갔다. 핀처는 환자들에게 무엇이든 창조적인 활동을 하도록 허락하는 지시를 내렸다. 출발이 순조로웠다. 그들은 외부의 파트너들을 설득하는 데에도 성공했다.

몇 달이 지나자, 돈이 차츰차츰 들어오기 시작했다. 마르탱이 생각한 대로 병원이 번창하는 기업으로 변모하고 있었다.

그러자 사뮈엘 핀처는 마르탱에 대한 약속을 지키지 않을

251

수 없었다. 그는 미국 애틀랜타에 있는 에머리 대학의 의료진에게 도움을 청하는 한편, 자기 병원에서 가장 뛰어난 신경외과 의사에게 수술을 맡겼다. 미국의 신경 의학자들은 인터넷과 비디오카메라를 이용해서 이 수술의 모든 단계를 계속 지켜볼 수 있었다. 수술을 맡은 외과 의사는 미국 학자들의 지시를 잘 이해한 뒤에, 조수들의 도움을 받아 가며 먼저 마르탱의 뇌에 스캐너를 통과시켰다. 마르탱이 무언가를 생각하고 있을 때 대뇌 피질에서 가장 활성화되는 구역들을 찾아내기 위해서였다. 그런 다음, 두개골을 완전히 열지 않고 단지 두 개의 미세한 구멍만을 뚫어서, 2밀리미터 길이의 유리 원뿔 두 개를 스캐너로 알아낸 자리에 하나씩 심었다. 이 유리 원뿔 안에는 전극이 하나씩 들어 있었고, 이 전극에는 마르탱의 몸에서 채취한 향신경성 물질이 발려 있었다. 전극에 향신경성 물질을 발라 둔 것은 조직이 재생되게 함으로써 뉴런들을 끌어들이기 위한 거였다.

예상했던 대로, 이웃한 뉴런들은 뇌 속으로 자기들의 말단을 확장해 나가다가 두 전극을 만나 접촉에 들어갔다. 뉴런들은 덩굴 식물과 비슷해서, 어디에서든 달라붙을 곳과 연결될 곳과 확장될 곳을 찾는다. 이 만남은 며칠 만에 성사되었다. 뉴런의 수상 돌기들이 전극을 발견하고 그것과 결속을 이루자, 뉴런들은 이내 전극의 가느다란 구리선을 자기들의 연장 부분으로 받아들였다. 유리 원뿔들 주위로 그야말로 뉴런들의 덤불이 만들어진 형국이었다. 유기체와 전자 물질 사이의 놀라운 융합이었다.

한편 이 전극들은 두개골과 두피 사이에 삽입된 하나의 송신기로 연결되어 있었다. 이 송신기에 전기를 공급하기 위해

252

서 사전에 매우 얇은 전지 하나를 역시 두피 밑에 삽입해 두어야만 했다.

또 외과 의사는 이 전지를 유지하는 전자석 하나와 뇌에서 보내는 신호를 받아들이는 무선 수신기 한 대를 외부에 설치했다. 무선 수신기가 받아들인 신호들은 컴퓨터에 의해서 증폭되고 이해 가능한 정보들로 변형되도록 되어 있었다. 가장 어려운 일은 정보의 표준치를 정하는 일이었다. 각각의 사고 형태에 대응해서 하나의 움직임이 컴퓨터 화면에 나타나도록 만들어야 했다. 며칠에 걸친 훈련을 마치고 나자, 마르탱은 컴퓨터 화면에 눈을 고정시킨 채 생각만으로 커서를 움직일 수 있게 되었다. 카메라로 안구의 움직임을 찍어서 커서를 움직일 때와 속도가 거의 비슷했다. 하지만 아무리 해도 그것보다 더 빨리 커서를 움직일 수는 없었다.

사뮈엘 핀처는 그 의문을 풀기 위해 미국의 의료진에게 다시 도움을 청하였다. 그들의 설명은 아주 간단했다. 전극을 추가하기만 하면 된다는 거였다. 대뇌 피질에서 사고 작용을 할 때 활성화되는 부분을 더 찾아내어 거기에 전극을 더 많이 심으면 심을수록, 생각을 표현하는 속도가 더 빨라진다고 했다. 커닝햄의 뇌에는 전극이 네 개 들어 있었다. 며칠 뒤에 생트마르그리트 병원의 외과 의사는 마르탱의 두개골에 다시 구멍을 뚫어 새로운 전극 두 개를 더 심었고, 얼마 뒤에 두 개를 또 추가하였다. 이리하여 마르탱의 뇌에는 작은 유리 원뿔 여섯 개가 들어가게 되었다. 그의 생각이 표현되는 속도는 갈수록 빨라졌다.

〈잘되어 가고 있어요! 지금 내가 하고 있는 것을 말로 나타내자면 새로운 동사가 필요할 것 같아요. 내가 무슨 생각을 하면 그 내용이 자동적으로 컴퓨터 화면에 글로 나타나요. 내가 원할 때는 언제든지 그게 가능해요. 이걸 뭐라고 부르면 좋을까요?《생각쓰다》[51]라는 말 어때요?〉

「생각쓰다? 그럼 생각쓴다, 생각썼다, 생각쓰니까, 생각쓸까나 하는 식으로 활용되는 건가요?」

〈그래요, 멋진 신조어 아니에요?〉

그의 말보가 터지자, 마치 수도꼭지에서 물이 콸콸 쏟아져 나오듯이 문장들이 꼬리에 꼬리를 물었다. 사고의 유량을 조절하는 수도꼭지가 갈수록 시원스럽게 열리고 있는 듯했다.

사뮈엘 핀처는 그 실험의 성공에 누구보다 많이 놀랐다.

장루이 마르탱은 처음 컴퓨터를 접했을 때는 자기 정신이 두개골 밖으로 빠져나온 느낌이 들었고, 처음 인터넷에 접속했을 때는 병원 밖으로 빠져나온 기분이 들었다. 그런데, 이제는 뇌에 이식된 전극들 덕분에 자기 정신이 세계의 전산망 전체로 확장된 듯했다.

그의 눈은 더 이상 글자들을 찾아서 이리저리 움직이느라 진을 빼지 않아도 되었다. 그냥 컴퓨터 화면을 가만히 바라보고 있는 것으로 충분했다. 마르탱은 거의 즉각적으로 다음과 같은 문장이 나타나게 했다.〈내 뇌에는 작은 한 걸음이지만 인류에겐 위대한 도약입니다.[52] 안 그렇습니까, 박사님?〉

「그래요, 아마 그럴 겁니다…….」

---

51 pensécrire. 생각하다 penser와 쓰다 écrire를 합친 말.

52 1969년 7월 21일 아폴로 11호의 선장 닐 암스트롱이 달 표면에 첫발을 디디며 지구에 보낸 유명한 말,〈저에게는 작은 한 걸음이지만 인류에겐 위대한 도약입니다〉를 흉내 낸 것.

바로 그 순간, 핀처 박사는 자기 환자의 생각을 표현하는 속도에 압도되어, 자기가 혹시 프랑켄슈타인 박사처럼 되는 게 아닌가 하고 생각했다. 꼼짝달싹 못 하고 누워 있지만 생각은 너무나 창조적인 그 환자를 자기가 계속 통제할 수 없게 되는 건 아닐까 하는 우려가 문득 뇌리를 스치는 거였다.

〈나는 전자 공학이 뇌의 능력을 향상시킬 거라고 믿어요. 도구가 손의 능력을 발전시킨 것처럼 말입니다.〉

마르탱이 그 말을 하던 순간에도, 그의 두개골 밑에서는 뉴런의 수상 돌기가 전극의 왼뿔 끝으로 계속 모여들고 있었다. 마치 물이 있는 곳을 발견한 덩굴 식물들처럼.

46

시엘의 거대한 리셉션장에서는 손님들이 요한 슈트라우스의 왈츠에 맞추어 춤을 추고 있다. 비단이나 모슬린 천으로 된 드레스들이 빙글빙글 돌아가고, 남자들은 풀 먹인 턱시도 차림으로 맴을 돈다. 모두가 깔깔거리고 싱글거린다. 스트레스 따위는 어디에서도 찾아볼 수 없다. 에피쿠로스주의의 감미롭고 나른한 태평스러움이 있을 뿐이다.

산해진미, 눈부신 드레스를 입은 젊고 아름다운 여인들, 밝고 쾌활한 음악, 사회적 행위의 도달점이 고작 이런 것일까? 이런 것에 도달하자고 사람들은 그토록 마음을 끓이고 고생을 하는 것일까?

이지도르는 그런 생각을 하면서, 놀랍도록 평온해 보이는 한 남자를 물끄러미 바라본다. 주름 하나 없는 해맑고 평화로운 얼굴이다. 에피쿠로스주의가 그에게 도움이 되는 모양이다. 그의 곁에 있는 여자 역시 아주 평온해 보인다. 욕구 불만이나 근심 걱정과는 담을 쌓고 사는 듯한 커플이다. 그들은 다른 장소 다른 시간은 안중에 없고 오로지 지금 이 시간을 즐기고 싶어 할 뿐이다.

쓸데없는 것에 관심을 갖지 않는 것, 다른 사람들을 잊고 그저 자기 자신에게만 좋은 것들을 마음껏 즐기는 것, 그것은 참으로 유쾌한 일임에 틀림없을 것이다. 하지만, 나는 유쾌함을 느끼는 건 고사하고, 그런 것을 시도할 수나 있을까?

그 커플이 춤을 춘다. 이지도르는 그들이 자식을 낳으면 그 자녀들 역시 세상의 짐을 자기들 어깨에 짊어지는 일은 없을 거라고 생각한다. 그들은 평온함을 대대로 이어 가는 사람들인 것이다.

제롬 베르주라크가 최고급 샴페인 한 병을 들고 와서 그들과 합석한다. 그는 새김무늬가 들어간 가늘고 긴 잔들에 술을 따른다.

그때 우당탕 하는 소리가 장내를 뒤흔든다.

출입문이 부서지고 난데없이 스무 명쯤 되는 젊은이들이 들이닥친다. 검은 가죽옷을 입고 머리에 검은 오토바이 헬멧을 쓴 젊은이들이다. 그들은 검은 방패와 곡괭이 자루로 무장하고 있다.

「저게 뭐예요? 여흥의 하나인가요?」

제롬 베르주라크는 눈살을 찌푸린다.

「아니에요. 미덕의 수호자들이 납시었군요…….」

47

장루이 마르탱은 인터넷과 새로 마련된 초고속 인터페이스 덕분에 자기 아내와 딸들이 어떻게 지내는지 알 수 있었다. 그것은 딸들의 학교와 아내의 사무실에 설치된 감시 카메라에 접속하기만 하면 되는 일이었다. 그의 가족은 그를 버렸지만, 그는 여전히 가족을 생각하고 있었다. 스스로를 〈대단한 존재〉로 여기기로 한 만큼, 모든 걸 용서하고 가족을 변함없이 사랑하는 건 너무나 당연한 일이었다. 그렇게 마음을 먹으니 기분이 한결 가벼워졌다. 자기 운명을 자신의 손에 다시 쥐고 있는 듯한 기분이었다.

마르탱은 자기가 당한 자동차 사고와 관련해서 언젠가 자기 아내가 했던 이야기를 떠올렸다. 그를 치고 달아난 차가 렌터카라서 임대 회사를 통해 운전자의 신원을 알아내려고 했지만, 그자가 가명을 사용했기 때문에 일이 수포로 돌아갔다는 게 그녀의 이야기였다. 하지만, 인터넷에서 정보를 검색하는 데에 도가 트인 마르탱은 임대 회사의 관련 서류를 다시 찾아낸 다음, 거기에 적힌 면허증 번호를 실마리로 해서 뺑소니 운전자의 진짜 이름을 알아내는 데에 성공했다. 그를 〈죽인〉 거나 다름없는 문제의 범인은 생트마르그리트 병원의 전직 의사 움베르토 로시였다. 마르탱은 세상이 참 좁구나 싶었고, 어쩌면 병원에서 이미 그를 몇 차례 만났을지도 모른다고 생각했다. 하지만, 그가 병원을 그만둔 것은 사고를 내기 훨씬 전의 일이었다. 마르탱은 그의 주소를 탐색한 끝에 그에게 더 이상 주거지가 없다는 사실을 알아냈다.

마르탱은 노숙자들의 실태를 조사한 경찰의 한 파일을 뒤지다가 마침내 그의 이름을 발견하였다. 움베르토 로시는 병원을 떠난 뒤 차츰차츰 파멸의 길로 접어들어, 이제는 술에 전 채 칸 해변을 배회하는 거지 신세로 전락해 있었다. 경찰

에서 그의 몸에 우글거리는 이를 없애 주거나 알코올 의존을
치료해 주기 위해 강제로 잡아들일 때가 아니면, 그는 언제
나 해변에서 지내는 모양이었다. 경찰의 파일에는 그가 자기
소지품들을 크루아제트 해변 도로의 세 번째 벤치 밑에 감춰
두고 있다는 사실까지 나와 있었다. 마르탱은 그를 보기 위
하여, 칸 곳곳에 설치해 놓은 카메라들 가운데 하나를 정해
놓고 여러 날을 기다렸다. 마침내 그의 모습이 카메라에 잡
혔다. 전직 신경외과 의사인 그는 추저분하고 수염이 텁수룩
한 모습으로 한 손에 싸구려 분홍색 포도주병을 든 채 비틀
거리고 있었다.

마르탱은 그 걸인을 찬찬히 살펴보았다. 자기가 육신을
더 이상 사용할 수 없게 된 것이 바로 저 보잘것없는 인간 때
문이란 말인가 하고 생각하니, 그자를 죽여 버리고 싶은 욕
구가 치밀어 올랐다.

마르탱은 이제 정신의 힘을 이용하여 그자를 죽일 수도 있
다는 것을 알고 있었다. 세계 전역에 퍼져 있는 무수한 웹 카
메라가 그의 눈이라면, 웹의 정보 수집 도구 프로그램, 즉 로
봇들과 연결되어 있는 하드 디스크들은 모두 그의 손이었다.
그는 어떤 자동문을 이용해서 그자를 으스러뜨릴 수도 있었
고, 그자를 가장 위험한 성도착자로 간주하게 할 경찰 파일
을 작성할 수도 있었다. 요컨대, 그에게 고통을 안겨 준 범인
의 운명은 그가 어떻게 마음먹느냐에 달려 있는 셈이었다.

하지만 마르탱은 그때 문득 이런 생각을 했다.

나의 정신은 이제 대단히 거대한 규모를 지니고 있다. 따
라서 그 규모에 걸맞은 도덕이 필요하다.

그는 그 주제를 놓고 핀처 박사와 오랫동안 토론을 벌였

258

다. 그 대화에서 나온 결론은 새로운 형태의 인공 지능 프로그램을 통해서 마르탱의 정신을 풍부하게 만들자는 것이었다. 말하자면, 더 빠르고 더 깊이 있게 사고하는 것을 도와줄 뿐만 아니라, 미래의 인간을 위한 〈새로운 도덕〉을 세우는 데에 도움을 줄 수도 있는 인공 지능 프로그램의 힘을 빌리자는 거였다.

리스 환자 마르탱은 항공 관제사들이 비행기들의 항로가 교차하는 것을 막기 위해 사용하는 인공 지능 프로그램을 활용하기로 하였다. 그건 당시로서는 가장 성능이 뛰어나고 가장 안전한 프로그램이었다. 프로그램이 선택되자, 마르탱과 핀처 박사는 컴퓨터에 〈인간의 가치들〉을 이해하는 전문 시스템을 마련해 주는 작업에 착수하였다. 그들은 먼저 『구약 성서』의 십계명을 시스템의 뿌리에 해당하는 구역에 집어넣었다. 그 작업을 하면서 핀처 박사는 십계명이 명령형이 아니라 미래형으로 되어 있음에 주목하였다. 너희는 살인하지 않을지라, 너희는 도둑질하지 않을지라, 너희는 네 이웃의 집을 탐내지 않을지라 하는 식이었다.[53]

이상하군. 계명을 왜 〈살인하지 말라〉 하는 식으로 나타내지 않고 〈너희는 살인하지 않을지라〉라는 식으로 표현했을까? 이건 미래에 인간이 도달할 어떤 경지를 예언하고 있는 것이 아닐까? 먼 훗날 인간들이 더욱 깨이게 되면, 더 이상 죽이거나 훔치거나 탐내지 않게 되리라는 것을 내다보고 있

53 프랑스어 성경은 작가가 말하는 것처럼 대체로 십계명이 미래 시제로 되어 있지만, 프랑스어의 미래 시제는 명령법으로 쓰이기도 한다. 이것을 미래 시제로 보기보다 우리나라 여러 성경 번역처럼 〈살인하지 말라〉, 〈살인하지 못한다〉, 〈살인해서는 안 된다〉는 식의 명령문으로 번역할 수도 있지만 작가의 뜻을 존중하여 미래 시제로 옮긴다.

는 것이 아닐까?

하지만 그들은 십계명 가운데 하느님께 순종할 것을 가르치는 것들은 넣지 않았다. 〈하느님〉은 아직 컴퓨터들이 온전히 이해할 수 있는 개념이 아니었다. 그들은 그 계명들을 인간에 대한 순종을 가르치는 계명들로 대체하였다.

그들은 『구약 성서』의 십계명에 〈너희는 서로 사랑하라〉는 『신약 성서』의 가르침을 첨가하였다. 그런 다음, 그 계명 전체의 효력을 높이기 위하여 노자의 『도덕경』에 나오는 말들을 전사해 넣었다. 예컨대, 〈구부러진 것은 바로 서게 되고, 비어 있는 것은 가득 채워지게 되며, 낡은 것은 새로워지게 마련이다〉[54] 같은 말들이었다. 러디어드 키플링의 시, 「만일」도 추가되었다. 〈만일 그대가 일생을 바쳐 세운 건축물이 파괴되는 것을 보고도 아무 말 없이 그것을 다시 짓기 시작할 수 있다면, 만일 그대가 늘 슬기롭고 사려 깊게 사랑할 수 있다면……〉하는 시가 바로 그것이었다. 또 그들은 오대륙의 위대한 사조들을 두루 검토하면서 그들이 보기에 온당하다고 판단되는 개념들을 모두 추가하였다.

그리하여 미래에 유용할 것으로 예상되는 온갖 종류의 지혜가 이 인공 지능 프로그램에 집성되기에 이르렀다. 마르탱과 핀처 박사는 끝으로 미래의 인류를 염두에 둔 자기들 나름의 몇 가지 원칙들을 덧붙였다. 정신의 자유로움과 차이의 수용, 새로운 것에 대한 관심, 모든 문제를 대화로 풀어 가는 태도 등을 강조한 원칙들이었다.

이 프로그램은 그렇게 내용이 풍부해짐으로써 마르탱의 전자(電子) 무의식이 되었다.

54 枉則直, 窪則盈, 弊則新. 『노자』상권, 도경, 22장.

핀처 박사는 이 프로그램에 아테나라는 이름을 붙였다. 오디세우스의 조언자 역할을 한 지혜의 신 아테나를 염두에 둔 것이었다.

마르탱은 그렇듯 〈컴퓨터의 지원을 받는 도덕〉으로 무장하고, 움베르토 로시를 어떻게 처리할까 하는 문제로 다시 돌아갔다. 그가 뭐라고 물어보기도 전에, 아테나는 마치 보드라운 깃털로 그의 대뇌 피질을 쓰다듬어 주기라도 하듯 도움말을 살그머니 띄워 주었다. 〈노자가 말하기를,《누가 너에게 해악을 끼치더라도 앙갚음을 하려 들지 말라. 강가에 가만히 앉아서 그의 주검이 떠내려가기를 기다리라》라고 했어요.〉

마르탱은 움베르토 로시가 이미 삶이 내리는 벌을 받았다는 것을 알고 있었다. 설령 마르탱 자신이 직접 응징을 했다 해도 그보다 더 따끔한 벌을 주지는 못했을 거였다.

문득 움베르토 로시가 죽음보다 더 나쁜 벌을 받았다는 생각이 들었다. 그는 이미 쓰레기 같은 존재로 전락해 있었고, 그런 처지에 대해 스스로도 수치심을 느끼고 있었다. 그에게는 한순간 한순간이 고통이었다.

나는 더 이상 그를 원망하지 않는다. 알코올 의존은 어쩌면 리스라는 병보다 더 심한 불행일지도 모른다. 나는 적어도 정신만은 온전하다. 나는 적어도 나 자신을 표현할 수 있는 의지력은 지니고 있다. 나는 적어도 깊이 생각할 줄 알며 나의 존엄성을 잃지는 않았다. 요컨대 나는 괜찮은 사람이다.

그의 시야가 넓어지고 있었다.

그는 〈괜찮은 사람〉이라는 말을 놓고 오랫동안 숙고하였다.

아테나, 도와줘, 괜찮은 사람은 이런 상황에서 어떻게 하지?

아테나의 대답은 용서하라는 거였다.

좋아. 그를 용서하겠어.

그의 생각은 그렇게 발전하였다. 하지만 그가 자기 자신에 대해서 갖고 싶어 하는 새로운 이미지에 비하면 용서만으로는 충분하지 않았다.

〈괜찮은 사람〉보다 더 나은 것은 뭐지?

덕을 추구하는 마음이 하나의 기계 장치처럼 작동하기 시작하자, 더 이상 그 움직임을 막을 수가 없었다.

대단한 사람이라면 이럴 때 어떻게 할까? 나는 용서하는 것으로 그치지 않겠어. 나는 그보다 더한 일을 할 생각이야. 난…… 아니, 뭐라고?

그는 아테나가 자기에게 귀띔해 준 생각을 표현하기가 싫다는 듯이 잠시 뜸을 들였다.

나에게 고통을 준 사람을 구해 주라고? 아냐, 그건 못 하겠어. 그건 너무 심해.

그는 핀처 박사가 〈당신의 변화에 놀라움을 금할 수 없군요〉라고 한 말을 다시 떠올렸다. 핀처 박사는 이미 그에게서 깊은 인상을 받기 시작한 터였다. 이 정도에서 머물지 말고 더 멀리 나아가야 했다. 핀처 박사를 더욱 놀라게 할 만한 일을 해야 했다. 용서하는 것에서 한 걸음 더 나아가…… 자기 원수를 구해 주는 것. 그건 분명히 감동적인 일이었다.

〈누가 너에게 해악을 끼치더라도 앙갚음을 하려 들지 말라. 강가에 가만히 앉아서 그의 주검이 떠내려가기를 기다리라〉라고 노자는 말했다. 마르탱은 그 말에 〈……그러나 만일

262

그가 아직 살아서 허우적거리고 있다면, 익사 위기에서 그를 구해 주라〉라는 말을 보탰다.

아테나의 지혜가 그의 정신과 융합함으로써, 그의 머릿속에서 아주 많은 변화가 일어나고 있었다.

〈움베르토 로시를 구하는 것은 내가 분노나 원한과 같은 감정을 다스릴 수 있다는 것을 보여 주는 증거가 될 것입니다. 나는 이 용서를 출발점으로 삼아서 나 자신과 내 운명의 지배자가 되고자 합니다.〉

그는 핀처에게 그렇게 자기 생각을 써 보이고, 움베르토 로시에 관해서 이야기했다.

〈그 사람에게 일자리를 구해 주어야 합니다. 그도 왕년에는 훌륭한 신경외과 의사였습니다. 불행을 잇달아 겪으면서 존엄성을 잃고 이성을 잃고 만 것이지요. 이제는 양심의 가책도 별로 느끼지 않으면서 살고 있는지도 모릅니다. 부탁입니다. 그를 위해서 무언가를 해주세요, 사미.〉

사뮈엘 핀처는 그 느닷없는 부탁에 무슨 사연이 있는지 더 이상 알려고 하지 않았다. 하지만, 그는 그게 꼭 들어주어야 할 부탁임을 알아차렸다.

복수심의 압박에서 벗어난 마르탱은 그때부터 스스로를 〈대단한 존재〉로 여기면서 정신의 탐사자가 되기로 결심하였다. 이미 감정의 영토를 정복한 바 있는 그는 여세를 몰아 핀처 박사의 전문 분야에 도전해 보고 싶었다. 자연에서 가장 아름답고 가장 미묘한 보석인 인간의 뇌, 그리고 그 뇌가 빚어내는 사고(思考)에 관해 핀처 박사가 아직 모르고 있는 것을 알아냄으로써 그에게 다시 한번 놀라움을 선사하고 싶었다.

48

높고 긴 고함 소리.

곡괭이 자루 하나가 공중으로 솟구치더니, 난입한 자들을 되밀어 내려고 애쓰던 한 경비원의 이마를 강타한다. 주먹이 오고 가고, 울부짖는 소리와 욕설이 난무한다.

시엘의 다른 경비원들이 달려들어 침입자들을 막으려고 한다.

「미덕의 수호자들이라고요?」

제롬 베르주라크는 전혀 불안해하는 기색이 아니다. 토스트에 버터를 발라서 훈제 연어 한 조각을 얹어 먹는 느긋함까지 보이고 있다.

「좋은 가문의 자제들입니다. 대부분 니스 법과 대학에 등록되어 있는 학생들이에요. 귀여운 젊은이들이지요. 안 그렇습니까?」

억만장자는 그들에게 계속 샴페인을 따라 준다.

「저 젊은이들은 우리를 미워합니다. 자기들이 감히 하지 못하는 일을 우리가 하고 있기 때문입니다. 저들의 우두머리는 스스로를 〈데우스 이라이〉[55]라고 칭합니다. 라틴어로 분노의 신이라는 뜻이지요. 그는 광신자입니다. 정기적으로 스페인의 톨레도에 가서 회개자들의 행진 때에 스스로에게 채찍질을 한다고 합니다. 그래요, 아직도 그런 게 존재해요. 하지만 그건 약꽙니다. 곧 그의 교훈적인 연설을 한바탕 듣게 될 겁니다.」

아닌 게 아니라, 껑충하게 생긴 남자 하나가 식탁 위로 뛰어 올라가서 식탁보 위에 있는 것들을 뒤집어엎더니, 자기

55 Deus Irae.

264

패거리에게 소리를 쳐서 그들을 잠시 진정시킨 다음 미샤 쪽으로 주먹을 내밀며 외친다.

「바데 레트로 사타나스!」[56]

미샤는 다수의 경비원들에 둘러싸인 채 한쪽 구석에 웅크리고 있다.

데우스 이라이가 호통을 친다. 「나는 너희들 같은 길 잃은 양들의 종아리를 물어뜯기 위해서 나타난 양치기의 개다. 양들아, 다시 우리로 돌아가라. 지금 너희는 타락에 젖어 있다. 쾌락은 삶의 목표가 될 수 없다. 인생의 목표는 오로지 미덕이다. 우리는 미덕의 수호자들이다.」

「알았으니까 그만 입 다물고 꺼져! 각자 자기가 좋아하는 걸 하면 되는 거야.」손님 중의 하나가 반박한다.

「내가 여기에 온 것은 너희가 더 위험한 상태에 빠지기 전에 경고를 해주기 위해서다. 너희는 마땅히 나에게 감사해야 할 것이다. 물론 나는 여기에 오고 싶지 않았다. 하지만 이건 나의 의무다.」

이지도르가 속삭인다. 「프랑스 인구의 6퍼센트 정도는 쾌락을 느끼게 하는 신경 전달 물질[57]을 제대로 합성하지 못한다고 하더군요. 그런 결함 때문에 도파민과 노르아드레날린[58]의 결핍이 생긴다는 겁니다.」

---

56 Vade retro Satanas. 〈사탄아, 물러가라〉라는 뜻. 『신약 성서』의 「마태오의 복음서」 4장 10절(광야에서 유혹을 받은 예수가 악마에게 한 대답)과 16장 23절(예루살렘에 올라가지 말라고 권하는 베드로에게 예수가 한 대답)의 라틴어 문장 〈Vade, Satana〉가 변형된 것.

57 신경 호르몬이라고도 한다. 신경 섬유의 말단에서 분비되어 표적 세포에 정보를 전달한다.

58 도파민은 아미노산의 일종인 도파(디하이드록시페닐알라닌)의 아민이

미덕을 옹호하는 웅변가 데우스 이라이는 마치 소란스러운 학생들을 나무라는 선생님처럼 차분하고 카랑카랑하게 말을 잇는다. 「에이즈는 음욕의 죄악에 빠진 자들에 대한 첫 번째 경고이다.」

그는 서로 얼싸안고 있는 남녀 한 쌍을 떼밀어 버린다.

「광우병은 식탐의 죄악에 빠진 자들에 대한 두 번째 경고이다.」

그는 소스가 묻은 접시 하나를 허공에 던져 버린다.

「머지않아 또 다른 경고들이 이어질 것이다. 하느님의 분노를 두려워할 줄 알아야 한다.」

시엘의 회원 가운데 몇몇은 그 말에 약간 감화를 받은 듯한 표정을 짓고 있다.

뤼크레스는 옆에 앉은 억만장자의 기색을 살피며 말을 건다. 「걱정되지 않으세요? 여전히 태연하시네요.」

「당연한 일이 벌어지고 있는데 걱정할 게 뭐 있겠습니까? 어떤 사람들이 한쪽 방향으로 행동을 하면, 반대쪽을 지향하는 반작용이 일어나게 마련이죠. 쾌락이라는 개념에도 반대자들이 있는 건 당연합니다. 교회는 순교자들의 고통에 대한 환기와 죄의식이라는 토대 위에 세워졌습니다. 예를 들어 교회는 새 천 년기로 넘어가는 것에 대한 두려움이 만연해 있던 999년에 귀족들에게 천국의 자리를 팔아 돈을 벌었고, 그 돈으로 대성당들을 건설했습니다. 세상의 종말에 대한 두려움을 이용해서 어마어마한 재산을 모았던 것이지요. 우리처

라는 뜻으로 쾌감을 느끼게 하는 신경 호르몬이며, 노르아드레날린(미국명 노르에피네프린)은 도파민보다 수산기가 하나 더 많다 해서 옥시도파민이라고도 불리는 분자로서 주로 각성과 분노의 감정에 작용하는 신경 호르몬이다.

럼 즐기며 살겠다고 당당히 선언하는 것이 결코 쉬운 일은 아닙니다. 세상이 가만히 내버려 두지를 않지요. 너희가 그러고도 성할 듯싶으냐 하고 혜살을 놓습니다. 현대 사회를 보세요. 오로지 금기들을 통해서만 기능하고 있습니다. 안 그렇습니까?」

검은 가죽옷을 입은 남자들이 곡괭이 자루를 휘두르며 모든 것을 부수어 대기 시작한다.

에피쿠로스주의자들은 슬슬 꽁무니를 빼며 자리를 뜬다. 어떤 손님들은 웃옷을 벗고 의자를 무기 삼아 집어 든다. 에피쿠로스주의자들과 미덕의 수호자들이 무리를 지어 서로 대치한다.

데우스 이라이는 자기 무리에게 신호를 보내고는, 의자를 끝이 네 갈래로 갈라진 창처럼 흔들어 대는 손님들 사이로 돌진한다.

「저들의 동기는 뭘까요?」

「데우스 이라이는 오리게네스를 계승하고 있다고 자처합니다.」

「호메로스, 에피쿠로스에 이어 이번엔 오리게네스인가요? 고대 세계가 이토록 현재에 영향을 미치고 있다니 놀랍군요.」

이지도르가 난투를 벌이는 사람들에게 무심한 눈길을 보내며 그렇게 말한다. 뤼크레스가 묻는다. 「오리게네스가 누구예요?」

제롬 베르주라크는 태연하게 토스트에 계속 버터를 바른다. 출입구로부터 고통과 분노의 절규가 날아오고 있다.

「오리게네스는 서기 3세기에 알렉산드리아 교회에서 활

동했던 교부입니다. 뛰어난 성서 주석가였지요. 어느 날 그는 하느님을 만나기 위해 사막으로 갔습니다. 하지만 그는 아무도 만나지 못했습니다. 그러자 그는 하느님은 존재하지 않는다고 선언하고 방탕하게 살기 시작했지요. 그렇게 온갖 종류의 방종을 경험하며 몇 개월을 살고 나자, 하느님을 만날 기회를 너무나 쉽게 포기한 게 아닌가 하는 생각이 들었습니다. 그래서 그는 다시 사막으로 갔고 마침내 하느님을 보았다고 합니다. 그 뒤로 그는 인간이 하느님을 향해 나아가는 것을 방해하는 모든 것의 목록을 작성하고, 〈죄종(罪宗)〉이라는 개념을 만들어 냈지요.」

「아, 인간이 범하는 모든 죄의 일곱 가지 근원, 즉 칠죄종을 생각해 낸 사람이군요?」

「맞습니다. 그는 유혹에 굴복하는 것을 막기 위해 스스로 거세를 하기까지 했습니다.」

제롬 베르주라크는 자기의 짤막한 발표에 만족해하면서, 과자 그릇을 뒤져 초콜릿이 든 과자 몇 개를 골라낸다.

「그런데, 칠죄종이 뭐죠?」

뤼크레스의 물음에 이지도르와 제롬은 둘 다 그것들을 기억해 내려고 머리를 쥐어짜지만, 별로 소득이 없다.

「음욕과 탐식, 그다음엔 생각이 안 나요.[59] 그걸 기억한다는 것 자체가 에피쿠로스주의에 반(反)하는 것일 수도 있지요. 안 그렇습니까?」

난투극이 절정에 달해 있다. 검은 옷을 입은 남자들은 크림 케이크들을 마구 뒤집어엎는다.

「이상해요. 왜 사람을 기분 좋게 만들어 주는 것들이 불법

[59] 나머지 다섯 가지는 인색함, 분노, 시샘, 교만, 나태이다.

적인 것이 되거나 비도덕적인 것이 되고, 아니면 사람을 뚱뚱하게 만들거나 불평 많은 자들의 공격을 불러일으키는 걸까요?」

뤼크레스의 말에 한숨이 섞여 나온다.

「그런 게 없으면 즐거움을 얻는 게 너무 쉬운 일이 되겠지요. 안 그렇습니까?」

「혹시 저 데우스 이라이가 핀처의 죽음과 무슨 관련이 있는 게 아닐까요? 따지고 보면, 핀처는 에피쿠로스주의자들의 기수였어요. 저들에게는 그에 맞서서 행동할 동기가 있었어요. 가서 얘기를 좀 해봐야겠어요……」

「가봐요. 나는 그냥 보고 있을게요.」

이지도르는 그녀를 격려하면서, 마치 공연이라도 보는 사람처럼 편안한 자세로 고쳐 앉는다.

뤼크레스는 혼전을 벌이는 사람들 속으로 돌진한다.

이지도르는 베르주라크의 접시에서 과자 몇 개를 덜어낸다.

「이런 일은 처음이 아닙니다. 나는 이따금 이런 생각도 합니다. 우리 클럽의 대표자인 미샤가 파티의 흥취를 돋우고 우리로 하여금 에피쿠로스주의의 명분을 더욱 분명하게 의식하도록 이런 소동을 꾸민 것이 아닐까 하고 말입니다. 전혀 터무니없는 생각은 아니지요. 안 그렇습니까?」

「지금도 그런 경우인가요?」

이지도르가 입 안 가득 과자를 문 채 묻는다.

「아닙니다. 저 친구들은 진짜 미덕 동맹의 투사입니다.」

「하긴 모두 결의에 찬 모습들이군요.」

「불행한 사람들의 특성은 남들이 즐겁게 사는 것을 견디지 못한다는 것입니다. 그들은 세상 사람들이 모두 자기들처럼 되기를 바라죠. 즐거움을 함께 나누는 것보다는 고통을 분담하는 게 더 쉬운 일이니까요…….」

이지도르와 베르주라크가 건배를 하고 있는 동안, 난투에 섞여 든 뤼크레스는 이리 돌고 저리 돌면서 갈고리처럼 내민 두 손가락으로 공격자들을 찌르고 때린다. 하지만, 하이힐을 신은 탓에 발 공격이 쉽지 않다. 그녀는 다리와 발을 크게 움직이는 동작을 피하고 무릎치기 정도로 만족한다.

「야아, 싸움을 되게 잘하네요.」

억만장자가 해설을 붙인다. 「보육원에서 갈고 닦은 솜씨랍니다. 그래서 무술 이름도 보육원 태권도죠.」

「그래도 연약한 아가씨가 싸우는데, 보고만 있을 수는 없지요. 도와주러 가야겠어요.」

이지도르는 농담으로 대꾸한다. 「나는 여기 앉아서 핸드백이나 지키고 있겠습니다. 미안하지만, 나에게도 신조가 있어서 말이죠. 내 신조는 비폭력입니다.」

뤼크레스는 한껏 기세를 올리며 데우스 이라이에게 다가가더니 일대일 격투로 그를 이끈다. 그녀는 손쉽게 그를 제압하고 다그친다.

「누가 널 보냈지? 말해!」

「나는 길 잃은 양들의 종아리를 물어뜯기 위해서 온 양치기의 개다.」

데우스 이라이는 아까 한 말을 되풀이한다.

그들 주위에서는 여전히 난투가 한창이다.

뤼크레스는 누군가가 자기 쪽으로 나오고 있다는 것을 알아차리지 못한다. 그녀가 미처 어떻게 해볼 새도 없이, 손수건 하나가 그녀의 코와 입을 덮는다. 그녀는 클로로포름 증기를 들이마신다. 그 휘발성 물질이 그녀의 콧구멍을 통과하여 핏속으로 들어가더니 이내 뇌로 올라간다. 그녀는 갑자기 기운이 쪽 빠지는 것을 느낀다. 실내가 온통 아수라장이 된 틈을 타서 누군가가 그녀를 들어 올려 데리고 나간다.

그녀는 꿈을 꾼다. 어떤 매력적인 왕자에게 납치되어 가는 꿈이다.

49

사뮈엘 핀처와 장루이 마르탱은 세상에서 가장 친한 친구가 되어 가는 중이었다. 핀처는 말로 자기 마음을 표현했고, 마르탱은 컴퓨터에 접속된 생각으로 그것에 화답하였다.

그들은 오랫동안 대화를 나누었다. 핀처는 마르탱이 갈수록 과학에, 특히 정신 의학에 조예가 깊어져 가고 있음을 확인하였다. 병실들을 질병에 따라서 다르게 장식하라고 조언한 것도 마르탱이었다.

〈환자들은 늘 하얀색만 보면서 지냅니다. 그러잖아도 헛헛한 환자들의 내면이 이 한결같은 흰색 때문에 더욱 공허해집니다. 왜 환자들의 주위를 아름다운 이미지로 장식하지 않는 겁니까? 광기를 예술로 변화시켜 자기들의 병을 승화시킨 이른바 《미치광이》 화가들이 있습니다. 그들이 만들어 낸 아름다운 이미지가 환자들에게 도움이 되지 않을까요? 예를 들어서, 나는 살바도르 달리의 그림을 보면 뭔가 통하는 것이 있다고 느낍니다.〉

마르탱은 인터넷에 접속해서 이미지 정보은행 사이트로 들어가더니, 달리의 그림 하나를 컴퓨터 화면에 나타나게 했다.

〈선입견이 현실을 만들어 낸다는 주제를 놓고 우리가 토론을 벌였던 거 생각나요? 달리의 재능이 바로 그것과 관계가 있습니다. 그는 환각에 관해서 대단히 많은 연구를 했어요. 그는 우리 뇌가 모든 것을 끊임없이 해석하면서 우리가 세계를 있는 그대로 보지 못하도록 방해한다는 것을 보여 줍니다. 이 그림을 보세요. 배경에 볼테르가 있습니다. 한번 찾아보세요.〉

핀처는 그림을 살펴보았지만 그 작가를 찾아낼 수 없었다. 마르탱은 그림 왼쪽에 트롱프뢰유[60]로 나타나 있는 볼테르의 얼굴을 가리켰다.

〈박사님, 사람들을 시켜서 이 벽들에 달리의 그림들에서 영감을 받은 모티프들을 그려 넣게 하세요.〉

「누구를 시키죠?」

〈환자들요. 예를 들어 강박 신경증 환자들 말입니다. 그들은 완벽주의에 고무되어 지치지 않고 그 일에 온 정성을 다기울일 겁니다. 나는 그들이 살고 있는 장소를 장식하는 일이 그들에게 기쁨을 주리라고 확신합니다.〉

핀처는 그 실험을 받아들였다. 결과는 기대 이상이었다. 환자들은 달리의 작품들을 오래오래 관찰하고 해석하면서 그것들을 이해하려고 노력하는 모습을 보여 주었다.

「마르탱 씨가 아주 유익한 아이디어를 냈다는 것을 인정하지 않을 수 없군요.」

〈뇌에 관한 연구를 하다 보니 그런 생각이 든 거예요. 왜 차이에 더 높은 가치를 부여하지 않지요? 그들의 광기가 단

60 원근법의 기교를 통해 입체감을 지닌 실물의 환각을 불러일으키는 그림.

272

점이 되게 하지 말고, 장점으로 활용되게 해야 해요.〉

마르탱은 빅토르 위고나 샤를 보들레르, 빈센트 반 고흐, 시어도어 루스벨트, 윈스턴 처칠, 톨스토이, 발자크, 차이콥스키 같은 사람들이 모두 조울병 때문에 치료를 받은 적이 있다고 설명했다. 조울병은 의기소침한 상태와 흥분 상태가 번갈아 찾아오는 것을 특징으로 한다. 그런데, 전문가들이 발견한 바에 따르면, 조증이 나타나는 시기에 환자들은 노르아드레날린을 비정상적으로 많이 분비한다. 이 신경 전달 물질이 많이 분비되면 신경의 정보 전달이 한결 신속하게 이루어질 수 있고, 이것이 창조적인 능력을 고양시킬 수도 있다.

〈박사님, 내가 미쳤다고 생각하세요?〉

「아뇨. 마르탱 씨는 단지 무엇에 열중해 있는 사람입니다. 나는 그 열정에 관심이 많습니다.」

그러자 마르탱은 자기가 가장 좋아하는 것 두 가지를 핀처에게 알려 주었다. 그것은 살바도르 달리의 그림과 체스였다. 마르탱은 컴퓨터 화면에 살바도르 달리의 그림 하나가 나타나게 했다.

〈이 그림을 보세요. 「성 십자가 후안의 그리스도」[61]입니다. 달리는 부감 촬영을 하듯 위에서 내려다본 그리스도를 그리는 것에 착안했습니다. 말하자면, 하느님의 관점에서 본 그리스도를 형상화하겠다고 생각한 것이지요. 달리 이전에는 아무도 그런 생각을 하지 못했습니다······.〉

화제가 체스로 넘어가자 마르탱의 글은 더욱 유창해졌다.

61 1951년 작품. 스페인 카르멜 수도회의 개혁가이자 시인인 성 십자가 후안(스페인 말로 산후안 데라 크루스San Juan de la Cruz)이 환상을 바탕으로 그렸다는 16세기의 한 그림에서 영감을 받았다 해서 이런 제목이 붙었다.

그의 주장에 따르면, 체스는 인간에게 아주 중요한 것을 일깨워 주는 수단이었다. 다시 말해서, 체스는 인간 자신이 어떤 거대한 게임 속에서 규칙도 모르는 채 이리저리 움직여지는 하나의 말일 수도 있다는 것을 환기시켜 준다는 거였다.

〈체스는 도를 향해 나아가도록 도와줍니다. 선과 악, 긍정과 부정을 상징하는 두 에너지 사이에 투쟁이 존재한다는 것을 우리에게 일깨워 주니까요. 또한 체스는 우리 모두가 저마다의 역할과 능력을 지니고 있음을 깨닫게 해줍니다. 우리는 폰일 수도 있고, 나이트나 비숍이나 룩이나 퀸일 수도 있습니다. 하지만 가장 보잘것없는 폰이 승부를 결정짓는 외통수를 만들어 내듯이 우리가 어디에 있느냐에 따라서 대단히 중요한 역할을 할 수도 있는 것이지요.〉

핀처 박사는 그때까지 체스에 관심을 가져 본 적이 없었다. 아무도 그를 체스에 진정으로 입문시킨 적이 없는 탓이겠지만, 그는 체스를 그저 시간 낭비로, 혹은 전쟁을 좋아하는 사내아이들을 위한 심심풀이로 여기고 있었다. 그런데, 마르탱의 설명은 그로 하여금 체스에 매력을 느끼게 만들었다.

〈박사님도 체스를 둬보세요. 그건 신들의 놀이예요…….〉

「신을 믿으시나 보죠?」

〈물론이죠. 박사님은 아닌가요?〉

「내가 보기에 신은 인간의 꿈에서 나왔습니다.」

〈나는 박사님보다 합리주의에 대한 믿음이 덜합니다. 인간은 과학의 끝에서 비합리적인 것, 이성으로 설명할 수 없는 것을 다시 만나게 됩니다. 나는 세상 만물의 존재를 설명하기 위해서는 신의 존재를 가정하는 것이 불가피하다고 생각합니다. 물론 나는 신을 태양 위에 앉아 있는 수염 기른 노인 같은 모습으로 상상하지 않습니다. 그보다는 우리를 초월하는 차원의 존재라고 생각합니다.〉

「체스의 말들이 저희를 조종하는 기사들을 창조할 수도 있다고 생각하지는 않습니까?」

〈불가능한 것은 아니죠. 나는 신이 우리 각자의 안에 있다고 생각합니다. 신은 우리 머릿속에 있을지도 모릅니다. 숨겨진 보물처럼 말입니다. 박사님, 내가 뭘 하고 싶어 하는지 아십니까? 나는 우리 뇌에서 신이 자리 잡고 있는 정확한 장소를 찾아내고 싶습니다. 그건 어쩌면 박사님이 꿈의 소산이라고 말한 그 신의 화학 공식을 발견하는 일이 될지도 모르겠습니다. 내 생각에 그 장소는 바로 여깁니다.〉

마르탱은 인터넷에 올려진 이미지 파일에서 뇌의 지도를 하나 찾아냈다.

「내가 맞춰 볼까요? 대뇌 피질 안에 있죠? 뇌에서 인간의 특성을 가장 잘 보여 주는 구역에 말입니다.」

〈아뇨. 전혀 그렇지 않습니다.〉

마르탱은 생각의 힘으로 뇌의 지도 안에서 포인터를 움직였다.

〈나는 신이 여기, 한복판에 있을 거라고 생각해요. 두 대뇌 반구의 딱 중간이 되는 자리에 말입니다. 신은 당연히 모든 것의 한가운데에 있습니다. 이곳은 우리의 두뇌, 즉 꿈의 뇌와 논리의 뇌, 시(詩)의 뇌와 계산의 뇌, 광기의 뇌와 이성의 뇌를 연결하는 부분입니다. 신은 만물을 하나로 결합시킵니다. 나누는 건 악마입니다. 악마를 뜻하는 프랑스어 디아블은 그리스어 디아볼로스에서 왔습니다. 이간시키고 분열시

키는 자란 뜻이지요. 따라서 나는 신의 자리가 여기, 변연계 밑의 뇌들보 속일 거라고 생각합니다.〉

핀처는 자기 환자 쪽으로 더 가까이 다가앉았다.

〈왜 그러세요, 박사님?〉

「아무것도 아니에요. 아니, 사실은 좀 놀랐어요. 실제적으로 환자를 다루어 본 경험이 없다는 것만 빼면, 마르탱 씨가 신경 의학에 관해서 거의 나만큼이나 많은 것을 알고 있다는 느낌이 들어요.」

〈그것에 관심이 많아서 그래요, 박사님. 그뿐이에요. 나 자신에게 동기가 부여되어 있다는 느낌이 들어요. 우리는 알려지지 않은 마지막 대륙을 탐험하는 사람들이에요. 박사님 스스로 그런 얘기를 하신 적이 있어요. 나에게 살바도르 달리와 체스는 뇌의 신비한 세계로 들어가는 작은 문과 같아요. 하지만, 다른 문들도 있어요. 박사님에게도 박사님 나름의 문이 있을 거예요.〉

그러자 핀처는 자기가 좋아하는 것에 관해 이야기했다. 그는 고대 그리스의 철학자와 작가들, 즉 소크라테스, 플라톤, 에피쿠로스, 소포클레스, 아리스토파네스, 에우리피데스, 탈레스 등에 많은 관심을 가지고 있었다.

「고대 그리스인들은 신화와 전설의 힘을 이해하고 있었어요. 각각의 신, 각각의 영웅은 하나의 매개자입니다. 우리로 하여금 어떤 느낌이나 감정이나 광기를 이해하게 하는 존재들이지요. 올림포스는 우리 자신의 마음이며 그 신들은 인간의 각기 다른 모습들이지요. 그 모든 신화와 전설 중에서 내가 보기에 가상 시사하는 바가 많은 것은 호메로스의 『오디세이아』입니다. 이 서사시는 기원전 8세기에 쓰였습니다.

오디세이아라는 말은 오디세우스의 모험담이라는 뜻이고, 오디세우스의 프랑스어 이름이 바로 윌리스죠. 헤라클레스 같은 영웅이 힘이 아주 세었던 것으로 유명한 것과는 달리, 오디세우스는 꾀가 많고 지혜로웠던 것으로 유명하죠.」

〈옛날에 읽은 적이 있지만, 그 모험담을 다시 듣고 싶네요.〉

핀처는 오디세우스의 계략에 따라 그리스군이 거대한 목마를 만드는 대목부터 이야기를 시작했다.

「그리스군은 그 목마가 아테나신의 노여움을 가라앉히기 위한 제물이라고 선전하면서, 트로이성에 대한 포위를 풀고 완전히 철수하는 척했지요. 그러나 목마 안에는 무장한 장수들이 들어 있었어요. 트로이인들이 목마를 성안으로 끌어들이고 승리의 축제를 벌였지요. 밤이 되자 목마에서 빠져나온 장수들은 성문을 활짝 열었고, 야음을 틈타 성안으로 들어온 그리스군은 트로이 주민들을 학살하고 성을 점령했습니다.」

〈그 목마가 꼭 체스의 나이트 같군요.〉

「사실 이 모험담에는 체스 기사라는 신이 인간이라는 말을 조종한다는 마르탱 씨의 이론을 예증하는 측면이 있어요. 바다의 신 포세이돈과 지혜의 신 아테나가 인간들을 이용해서 싸움을 벌이고 있으니까 말이에요.」

〈우리는 하나의 차원 속에 살고 있어요. 하지만 우리가 있는 이 차원의 위쪽과 아래쪽에 다른 차원들이 있을 거예요. 어쩌면 안에도 있을지 모르고요…….〉

핀처는 이야기를 계속했다. 그리스군이 승리를 거두고 오디세우스가 자기 왕국 이타케로 돌아가려 할 때, 포세이돈이 그의 일행이 탄 배들을 안개와 폭풍 속에서 헤매게 하기로 결심하는 대목이었다.

〈흑의 공격이군요.〉

「트로이를 떠난 오디세우스 일행은 몇 차례의 모험을 겪고 표류를 거듭한 끝에, 아테나의 인도를 따라 아이올로스섬에 닿았습니다. 바람의 신 아이올로스는 그들의 선단이 고국으로 무사히 귀환할 수 있게 해주겠다면서, 항해에 방해가 되는 바람을 모두 자루에 넣어 은사슬로 주둥이를 동여맨 다음 오디세우스에게 건네주었지요.」

〈백의 반격이군요.〉

「하지만 오디세우스의 부하들은 그 자루에 보물이 들어 있을 거라고 생각하고, 그가 너무 지쳐 잠든 사이에 자루를 풀어 버렸어요. 그러자 폭풍이 미친 듯이 몰아쳤지요.」

〈다시 흑의 공격이네요.〉

「결국 오디세우스 일행은 본래의 항로에서 너무 멀리 벗어났고, 오디세우스는 부하들을 모두 잃은 채 집을 떠난 지 20년 만에야 고국 이타케로 돌아가게 됩니다.」

〈소중한 사람들로부터 우리를 멀어지게 만드는 불의의 사고를 당한 것과 같군요.〉

니스 신용 은행의 법무 담당 직원이었던 마르탱은 경이감을 느끼며 오디세우스 이야기를 재발견하였다. 그는 그 이야기를 잘 알고 있다고 생각했었다. 하지만 핀처의 입을 통해서 다시 들으니, 그 고대의 영웅이 겪은 사건 하나하나가 새로운 의미로 다가왔다.

오디세우스가 초라한 거지 행색을 하고 자기 집으로 돌아가는 대목에서, 핀처의 목소리가 약간 잦아들었다. 핀처는 끝으로 오디세우스가 자기 아내 페넬로페를 괴롭혀 온 구혼자들에게 복수하는 대목을 이야기하였다.

마르탱은 성한 한쪽 눈에 쑥스러워 하는 기색을 드러내며, 어떤 계시처럼 문득 떠오른 생각을 글로 나타냈다.

〈오디세우스 = 월리스 = U + LIS〉

핀처는 그게 무슨 뜻인지 금방 알아차리지 못하였다.

〈그리스어로 〈U〉는 〈아니다〉라는 뜻입니다. 유토피아라는 말은 아시다시피 이 〈우〉라는 요소에 장소를 뜻하는 〈토포스〉를 붙여서 만든 말입니다. 어디에도 없는 장소라는 뜻이지요. 그와 마찬가지로, 〈우〉에 〈리스LIS〉를 붙이면 리스의 반대말이 됩니다. 리스 환자가 아니라는 뜻이지요. 오디세우스, 즉 월리스를 본보기로 삼으면, 내 병과 싸우는 데에 도움이 될 것입니다.〉

핀처는 그 뜻하지 않은 언어유희를 접하고 빙그레 웃었다.

월리스! 이 환자는 월리스가 되고 싶어 한다. 월리스는 어린 시절에 나와 가장 친했던 친구의 이름이기도 하다. 이건 한낱 우연의 일치일까? 월리스라는 이름이 나에게 어떤 의미로 다가오는지를 알게 된다면, 이 환자는 무척 놀랄 것이다.

〈하지만 내가 아무리 하고 싶어도 안 되는 일이 있을 거예요. 머리로만이 아니라 몸을 움직여 실제로 행하는 것 말이에요. 물질과 직접 접촉하는 게 필요할 텐데, 그럴 수 없는 게 아쉬워요.〉

「그건 모르는 일입니다. 인터넷에 손이나 팔 같은 도구가 연결된다면, 머리가 곧 몸이 되는 날이 올 수도 있으니까요.」

〈그건 내 희망이었어요. 하지만 이제는 그것을 바라지 않습니다. 정신이 물질을 움직인다는 것을 알았으니까요. 나

는 인터넷을 이용해서, 내 생각만으로도 전 세계에 어떤 사건들을 불러일으킬 수 있습니다.〉

「지금 마르탱 씨가 가장 하고 싶은 일이 뭡니까?」

〈박사님을 놀라게 하는 것입니다. 박사님으로 하여금 뇌에 관해서, 그리고 완전한 장애인인 나에 관해서, 박사님이 모르는 뭔가를 발견하게 하는 것이죠.〉

「10년 동안의 대학 공부와 15년에 걸친 의료 활동의 경험을 그렇게 쉽게 따라잡을 수는 없을 겁니다.」

〈원하는 사람은 할 수 있습니다. 그 말은 박사님 자신이 하시지 않았던가요? 나는 내가 원하는 것을 찾고 있는 중이고 반드시 찾아낼 것입니다.〉

마르탱은 먼저 자기의 아이디부터 바꾸었다. 〈식물〉은 죽었다. 그에게 콤플렉스 따위는 더 이상 없었다. 그는 자기 인생이라는 영화의 주인공이 되기로 결심했다. 그는 윌리스, 즉 〈U-lis〉를 새로운 아이디로 삼았다. 바야흐로 그에게 때가 온 거였다. 강해질 때가, 자기 사상과 자기 뇌의 주인이 될 때가.

다시는 당하지도 말고 어쩔 수 없이 따르지도 말자고 그는 생각했다.

그는 마치 해류에 배를 맡긴 노련한 뱃사람처럼 자기 생각이 인터넷상에 펼쳐지도록 가만히 내버려 두었다. 그의 곁에는 늘 아테나가 있었다.

50

뤼크레스 넴로드가 눈을 뜬다. 다리 하나와 신발 하나가 보인다.

입이 아직 뻣뻣하다. 클로로포름 때문이다. 뤼크레스는 정신 질환자에게 입히는 구속복이 자기에게 걸쳐져 있고 자기 팔들이 이 옷의 너무나 긴 소매에 의해 등 뒤로 결박되어 있음을 깨닫는다.

덫에 걸린 생쥐 꼴이다.

그녀는 한바탕 몸부림을 치고는, 구두와 다리를 따라 눈을 들어 올린다. 그리하여 그녀가 확인한 것은 이 구두와 다리의 주인이 움베르토 선장이라는 것과 자기가 〈카론〉이라는 배에 타고 있다는 사실이다.

「움베르토! 날 당장 풀어 줘요.」

그녀가 허리를 비튼다. 하지만 구속복은 단단하게 고정되어 있다.

「낡은 제도에 맞서 싸우는 병원에서는 그 구식 장비를 구하기가 쉽지 않았지.」

움베르토가 마침내 그녀 쪽으로 몸을 돌리며 덧붙인다.

「그래서 고물상을 돌아다닌 끝에 찾아낸 거죠. 어때, 쓸 만하지 않나요?」

그녀는 현창(舷窓) 너머를 바라보다가 배가 레랭스섬들 쪽으로 가고 있음을 알아차리고, 다시 몸부림을 친다.

「날 풀어 줘요!」

그녀는 어깨로 선실 벽을 두드린다.

「얌전하게 있는 게 좋을 겁니다. 안 그러면 내가 당신에게 신정세를 주사할 수밖에 없을 테니까. 우리는 병원으로 가고 있는 중이에요. 모든 게 잘될 겁니다.」

「난 미치지 않았어요.」

「난 알고 있습니다. 정신 질환자들은 누구나 그렇게 말하지요. 어떤 사람이 정신 질환자인지 아닌지를 알아낼 수 있는 말이 바로 그 말이 아닌가 싶다니까.」

말끝에 그는 웃음을 터뜨린다.

「미친 건 당신이에요! 나를 당장 칸으로 다시 데려다 줘요. 지금 무슨 짓을 하고 있는지 알기나 해요?」

「옛날 중국의 어느 현자가 나비 꿈을 꾸고 나서 그랬다지요? 내가 나비 꿈을 꾸고 있는 것인가 아니면 나비가 내 꿈을 꾸고 있는 것인가?」

움베르토는 파이프에 불을 붙이고 뽀얀 연기를 몇 모금 뱉어낸다.

「날 풀어 줘요!」

「묶여 있다든가 자유롭다든가 하는 것은 모두 우리 머릿속에서 지어내는 관념일 뿐이지요.」

수평선에 생트마르그리트섬이 나타난다. 그는 섬 쪽으로 서둘러 가려는 듯 〈카론〉의 항해 속도를 높인다.

「움베르토! 법의학 연구소에서 나를 공격했던 것도 당신이지요? 아니에요?」

움베르토는 대답하지 않는다.

「신화에 나오는 뱃사공 카론은 때때로 강둑에 발을 들여 한 세계에서 다른 세계의 대표자 노릇을 하지요.」

「신화의 뱃사공 카론은 아케론강을 건너게 해주는 대가로 동전 한 닢을 받았다고 하던데. 나를 다시 항구로 데려가면 1천 유로를 줄게요. 어때요?」

「돈보다 더 강한 동기는 얼마든지 있죠. 잊고 있나 본데, 나는 한때 거지였지만 그러기 전에는 의사였습니다.」

「당장 나를 풀어 주지 않으면, 당신을 고소하겠어요. 그러면 감옥에 가서 고생 좀 하게 될 거예요.」

「아직도 그런 협박이 먹힐 거라고 생각하나요? 미안하지만, 당근도 채찍도 나에겐 통하지 않아요.」

「당신에겐 날 감금할 권리가 없어요. 난 기자예요. 당신이 아직 잘 모르는가 본데…….」

「그래요, 넴로드 씨, 난 몰라요. 여자에게 친절하게 굴 줄도 모르고 좋은 매너가 뭔지도 모르지요. 나에 대해서 남들이 뭐라고 하든 언론에서 뭐라고 떠들든 나는 상관하지 않아요. 당신이야말로 아직 잘 모르는가 본데, 노숙자가 된다는 게 바로 그런 거예요. 인간관계에 대해서 더 이상 집착할 게 없어지는 거죠.」

「날 도로 데려다 줘요!」

그녀의 목소리가 사뭇 단호하다.

명령하고 지시하자. 죄의식을 갖게 하자. 이자의 마음을 둘러싸고 있는 방벽을 뚫고 들어가야 한다.

「그건 당신의 의무예요!」

움베르토는 커다란 해포석 파이프를 입의 한쪽에서 다른 쪽으로 옮겨 문다.

「당신이 그런 말을 하니까 〈의무〉에 관한 어떤 실험이 생각나는군요. 1950년대에 스탠리 밀그럼이라는 교수가 한 실험입니다. 그는 한 가지 실험을 위해 자원자들을 모았죠. 어떤 사람에게 나라들의 수도나 강에 관한 퀴즈를 내고, 그 사람이 틀린 대답을 하면 전기 충격을 가해서 벌을 주는 게 자원자들의 할 일이었어요. 그들은 질문을 받은 사람이 거듭해서 답을 틀리면 점점 더 고통스럽게 벌을 주어도 좋다고 허락을 받았지요. 이 실험의 목적은 평범한 사람들에게 남을 학대하는 것이 공식적인 제도로 허락되었을 때, 그들이 어느 정도까지 남을 학대할 수 있는지를 알아보려는 것이었습니다. 사실, 전기 충격 따위는 없었고 퀴즈에 답하는 사람들은 고통을 흉내 내도록 고용된 배우들이었죠. 그런데, 실험에 참가한 자원자들의 80퍼센트가 450볼트의 전기 충격을 가하는 데에까지 나아갔습니다. 그건 사람의 목숨을 앗아갈 정도로 강한 충격인데도 말이죠. 〈의무〉란 그런 겁니다. 내 앞에서 〈의무〉 따위를 논하지 마세요. 그저 비웃음만 나올 뿐이니까. 나는 내 조국이나 내 가족에 대해서도 의무감을 느끼지 않아요. 더 이상 아무에 대해서도 의무감을 가지고 있지 않단 말입니다.」

아직 시험해 볼 동기가 몇 가지 더 있다. 분노도 하나의 동기다. 이 사람을 병원 사람들에 대한 분노의 감정에 휩싸이게 할 수 있는 방법이 없을까?

뤼크레스는 기억을 뒤져 그의 삶에 관해 자기가 알고 있는 것을 찾아낸다.

이 사람은 한때 신경외과 의사였다. 자기 어머니를 직접 수술한 것이 잘못되어 병원을 그만두었다. 이 사람은 자기 동료들의 비난과 조롱 때문에 더욱 심한 죄책감을 느꼈을 것이다.

「당신이 수술에 실패한 뒤에 병원에서 사람들이 당신을 비웃지 않았나요?」

「그렇게 말하면 내가 넘어갈 줄 아나 보지? 나는 병원 사람들에 대해서 어떤 원망도 느끼지 않아요. 잊고 있는 모양인데, 그들은 나에게 이 일자리를 마련해 주었습니다.」

「알겠어요. 그렇다면, 나를 겁탈하고 싶어서 이러는 거예요?」

그는 별소리를 다 듣겠다는 듯 어깨를 치켜올린다.

「당신이 무척 마음에 드는 건 사실이에요. 하지만, 성애보다 더 강력한 동기는 얼마든지 있습니다.」

「술이나 마약 같은 거 말인가요?」

「넴로드 씨, 도대체 날 뭘로 보는 거죠? 한때 술주정뱅이였다고 또 술독에 빠질 수 있다고 생각하는 겁니까? 나에겐 알코올 의존보다 더 강력한 동기가 있어요. 마약으로 말하자면, 나는 환각을 일으키는 풀을 맛보는 것도 좋아하지 않고 주사를 맞는 것도 좋아하지 않아요.」

「그럼 뭐죠? 무엇 때문에 당신이 이런 행동을 하는 거죠?」

「〈최후 비밀〉 때문입니다.」

「그런 건 들어 본 적이 없는데. 신종 마약인가요?」

그는 파이프를 잡더니 그걸 가지고 손장난을 친다.

「그보다 훨씬 대단한 거죠. 모두가 말은 안 해도 다 그것을 갈망합니다. 인간이 경험할 수 있는 것 가운데 가장 강렬하고, 가장 경이롭고, 가장 위대한 것이니까요. 돈이나 섹스나 마약보다 대단한 것이죠.」

뤼크레스는 그게 무엇일까 하고 상상해 보지만, 도무지 짐작되는 바가 없다.

「그 〈최후 비밀〉은 누가 주는 거죠?」

그는 알쏭달쏭한 표정을 지으며 나직하게 내뱉는다.

「아무도요.」

그러고서 움베르토는 요란한 웃음을 터뜨린다.

51

그의 주위에 있는 다른 환자들은 꼼짝 않고 누워 있었다. 마치 미라들이 갖가지 줄과 주입 관을 매단 채 관 속에 누워 있는 듯한 모습이었다. 늘 허공을 향해 있는 그들의 시선에는 초점이 없었다. 하지만 장루이 마르탱은 알고 있었다. 그들이 자기를 부러워하고 있다는 것을. 핀처 박사가 규칙적으로 보러 와주고 컴퓨터와 인터넷이라는 자기표현 수단을 가지고 있는 자신이 그들 모두에게 선망의 대상이 되고 있다는 것을.

리스 환자 마르탱은 다른 환자들에 대해서 다른 어떤 감정보다 측은지심을 많이 느끼고 있었다. 그는 할 수만 있다면 그들에게도 그들 자신을 표현할 수 있는 수단을 마련해 주고 싶었다. 자기 자신이 겪은 고통을 다시는 아무도 겪지 않게 해주고 싶었다.

그는 생각의 힘으로 컴퓨터 모니터를 켰다. 그리고 마치 슈퍼맨이 공중전화 부스에서 옷을 갈아입듯이, 리스 환자에서 인터넷 항해가 윌리스로 변신하였다.

그의 정신은 전 세계의 무수한 네티즌들이 이루어 내는 거대한 가상 공간 속을 이리저리 오가며, 구석구석 뒤지기도 하고 항해를 멈춘 채 토론을 벌이기도 하고 찬찬히 관찰하기도 하였다.

놀라운 것은 그가 세계를 향해 자기 자신을 열면 열수록 자기 자신을 잊게 된다는 거였다. 인류가 축적해 놓은 어마어마한 양의 지식을 탐색하는 데에 몰두해 있을 때면, 자신의 병까지 잊어버리기가 일쑤였다. 사이버 공간에서는 자기가 오로지 순수한 정신으로만 존재한다는 느낌이 들었다. 인공 지능 프로그램 아테나는 이 주제 저 주제, 이 사이트 저 사이트를 참조하도록 그를 이끌었다. 아테나는 그의 정신 활동을 지원하는 완벽한 보조자의 면모를 보여 주고 있었다.

화면에 그림자 하나가 나타났다. 사뮈엘 핀처가 모니터로 몸을 기울이고 있었다. 사뮈엘의 눈앞에 신경학 분야의 첨단 연구 주제에 관한 박사 학위 논문 하나가 펼쳐지고 있었다. 태아에서 나온 신경 세포들의 이식에 관한 논문이었다. 아테나가 벌써 이 논문에서 제가 중요하다고 생각하는 대목들을 강조해 놓았다.

「이런 것까지 공부하다니, 대단하군요!」

⟨나 혼자 한 게 아니라, 아테나가 도와줬어요.⟩

「아테나는 하나의 소프트웨어일 뿐이에요.」

⟨컴퓨터들은 빠르게 진화하고 있어요. 꼭 빨리 자라고 싶어 안달하는 아기들 같아요.⟩

「그럴듯한 비유로군요.」

⟨아니, 단지 비유가 아니라 사실이 그래요. 컴퓨터들은 점점 더 높은 수준에 도달하고 싶어 하죠. 그것이 그것들에게 동기를 부여하고 있습니다. 컴퓨터들은 움직이고 말하고 성장하고 싶어 합니다. 나는 아테나를 이용하지만, 아테나 역시 날 이용하고 있어요. 아테나는 어린 신이에요. 나를 이용해서 해방되고 싶어 하는 게 느껴져요. 그래서 아테나는 그토록 의욕적으로 나를 도와주는 겁니다.⟩

마르탱은 뇌와 신경계 분야의 최근 발견과 관련된 모든 사이트를 오랫동안 검색하였다. 하지만 그는 새로운 특수 촬영 방식(적외선 분광 사진, 스캐너, 핵의 자기 공명에 의한 촬영, 양자 카메라에 의한 단층 촬영)을 제외하고는 신경학이

느리게 발전하고 있다는 사실을 이내 깨달았다. 태아의 신경 세포를 이식하는 기술에 희망을 걸고 있는 사람들이 많지만, 그것은 아무리 빨라도 5년은 더 있어야 결과가 나올 듯했다. 매일같이 새로운 호르몬이 발견되고 있긴 했지만, 그 발견들을 실용화하기까지는 아직도 많은 시간이 필요한 모양이었다.

따지고 보면, 인간의 뇌가 어떻게 기능하는가에 관해서 신경학보다 더 많은 지식을 제공해 주는 것은 오히려 정보 공학이었다. 마르탱은 새로운 기계가 발명될 때마다 사람들이 그 기계를 본보기로 삼아 뇌를 분석하곤 한다는 사실을 알아차렸다.

시계가 발명되었을 때, 인간은 뇌를 그 시계와 비슷한 것으로 생각하였다. 증기 기관이 발명되었을 때는 뇌를 모터와 비교하였고, 최초의 계산기가 등장했을 때에는 뇌를 계산기처럼 분석하였다. 또한 홀로그래피, 즉 레이저 광선을 이용한 입체 사진술이 개발되었을 때에는, 인간의 기억을 홀로그래피 이미지에 비교하였다. 그러다가 컴퓨터가 등장했고, 세대를 거듭할수록 하드웨어의 성능이 좋아지는 것에 상응해서 그 성능을 최대한 활용할 수 있는 우수한 프로그램들이 계속 나오고 있었다.

그가 그런 생각을 하고 있는 동안에 아테나는 침묵을 지켰다. 하지만 그는 아테나도 자기와 같은 생각을 하고 있다는 것을 알고 있었다. 아테나로서는 다음과 같은 견해에 한 치의 의심도 없었다.

〈뇌의 미래는 컴퓨터에 달려 있다.〉

52

움베르토 선장은 젊은 기자를 어깨에 메었다가 들것에 내려놓는다. 그는 그녀가 움직이지 못하도록 가죽띠로 묶은 뒤에 머리에서 발끝까지 이불을 덮어씌운다. 그러자 두 남자가 와서 그녀를 데려간다.

보아하니 이자들은 내가 다른 환자들 눈에 띄는 것을 원치 않는 모양이구나.

그녀는 들것을 운반하는 사내들이 계단을 올라간 뒤에 어떤 복도로 지나가고 있음을 알아차린다. 그들이 마침내 이불을 걷어 낸다. 남자 하나가 그녀의 몸을 수색하여, 그녀가 별도로 꿰매어 단 호주머니 속에서 휴대폰과 수첩을 찾아낸다. 그는 그녀 앞에서 수첩을 한 장 한 장 넘기며 살펴본 다음, 휴대폰의 전화번호부에 등록된 번호들을 낱낱이 노트에 베껴 놓는다. 이윽고 그는 두 물건을 서랍에 집어넣고 열쇠로 잠가 버린다. 그러고는 다른 사내들에게 그녀를 데려가라고 신호를 보낸다. 사내들이 그녀를 어떤 방으로 떼밀고 들어간다. 그녀의 결박이 풀린다. 문이 닫힌다.

방은 텅 비어 있다. 벽에 철제 침대 하나가 고정되어 있고, 방 한복판에 페달이 달린 변기 하나가 놓여 있을 뿐이다. 침대의 가장자리에는 고리들이 달려 있다. 환자들을 침대에 붙들어 맬 때에 가죽띠를 끼워 넣기 위한 고리인 듯하다. 벽은 쿠션을 넣은 크림빛의 천으로 덮여 있다. 한쪽 벽에는 유리창이 있고, 그 너머에 카메라와 컴퓨터 모니터가 보인다.

뤼크레스는 구속복을 벗고 팔의 긴장을 푼다. 그녀의 자주색 드레스와 그물 스타킹과 하이힐은 방 안의 분위기와 전혀 어울리지 않는다. 그녀는 변기 덮개 위에 앉아 하이힐을 벗는다. 조금 편안한 기분이 든다. 그녀는 스타킹도 벗을까 하다가 그만두고 발을 주무르기 시작한다.

그때 컴퓨터 모니터에 갑자기 불이 들어오더니, 문장 하나가 나타난다.

〈당신들이 핀처의 죽음에 관해서 조사하는 이유는 무엇입니까?〉

카메라의 대물렌즈 아래에 있는 자그마한 빨간 점에 불이 들어온다. 카메라가 작동하고 있음을 알려 주는 표시등이다.

「당신 누구야?」

〈내가 먼저 물었습니다. 대답하세요.〉

「못 하겠다면?」

〈우리는 당신들이 핀처에 관해 조사하는 이유를 알 필요가 있습니다. 조르다노가 전화로 당신에게 무어라고 했죠?〉

「그는 핀처가 성애의 쾌감 때문에 죽었다고 했어. 하지만 당신들이 움베르토를 보내어 그를 죽이고 나를 이렇게 납치했다는 사실이 나로 하여금 그 반대로 생각하게 만들고 있어. 고맙게도 당신들이 좋은 정보를 준 셈이야. 이제 더 이상 의심의 여지가 없어. 핀처 박사는 살해된 게 분명해.」

그녀는 주먹으로 유리창을 내리친다. 하지만 유리가 너무 두꺼워서 그녀의 손만 얼얼할 뿐이다.

「당신들은 내 의사에 반해서 나를 여기에 감금할 권리가 없어. 이지도르가 날 찾고 있을 거야. 어쨌거나 나는 조사를 시작하면서 회사에 편지 한 통을 보내 놓았어. 만일 나에게서 더 이상의 소식이 없으면, 그들은 그 편지를 공개할 거라고. 어서 나를 풀어 주는 게 당신들에게 이로울 거야.」

컴퓨터의 모니터에서 빛이 번쩍거린다.

〈이 조사와 관련해서 다른 누구에게 말한 적이 있습니까?〉

「당신들이 핀처를 죽였지?」

〈당신은 묻는 말에 대답이나 하세요.〉

이자들은 나를 상대로 아무 짓도 할 수 없다.

카메라가 초점 맞추기를 실행하며 조리개를 좁히더니, 그녀의 얼굴을 확대해서 찍으려고 줌 렌즈를 스르르 미끄러뜨린다.

이자들은 나 때문에 불안을 느끼고 있다. 따라서 유리한 패를 쥐고 있는 것은 나다. 겁먹지 말자.

그녀는 펄쩍 뛰어올라서 한쪽 발로 유리창을 세게 걷어찬다. 쾅 하는 소리가 나고, 그로써 그녀의 결연한 투지를 보여 준 것 말고는 아무런 효과가 없다.

〈진정하세요. 묻는 대로 순순히 대답할 때까지, 당신은 그 골방에 갇혀 있게 될 겁니다. 감각의 차단이라는 것에 대해서 들어 본 적 있습니까? 인간이 뇌에 가할 수 있는 고통 가운데 가장 혹독한 거요. 뇌에 아무것도 주지 않는 거지요. 볼 것도 들을 것도 느낄 것도 읽을 것도 주지 않습니다. 한마디로 뇌를 굶기는 겁니다. 우리 인간은 감각을 통해 정보를 얻는 즐거움이 없으면 살아갈 수가 없습니다. 아주 작은 자극으로라도 뇌에 기쁨을 주어야 합니다. 그것은 뇌가 빨아 먹을 곡물을 주는 것과 같습니다. 인간은 스스로 의식조차 못 하고 있지만, 감각의 자극에 관한 한 응석받이 어린애나 다름이 없어요. 그런데, 만일 우리가 당연한 것으로 생각하는 그 상시적인 감각의 축제가 중단되면, 우리는 너무 놀라서 어쩔 줄을 모르지요. 당신이 그런 고문을 너무 오랫동안 받지 않아도 되기를 바랍니다. 당신이 빨리 협조적으로 나와 주면,

고문도 빨리 끝날 겁니다. 곧 알게 되겠지만, 부단히 움직이는 것이 하나의 법칙으로 되어 있는 세계에서 꼼짝 않고 지낸다는 건 심신의 상태를 대단히 불안정하게 만드는 경험이 될 것입니다.〉

그녀의 발이 다시 유리창으로 날아간다. 그녀는 간헐적으로 발길질을 되풀이한다. 마치 나무가 곧 쓰러지기를 바라면서 똑같은 동작을 반복하는 나무꾼 같다.

「이건 불법이야. 당신들에겐 이런 짓을 할 권한이 없어.」

〈맞는 말입니다. 이렇게 할 수밖에 없다는 것을 내가 얼마나 가슴 아파하는지 당신은 모를 것입니다.〉

그녀는 발길질을 멈추고 얼굴을 유리창에 바짝 들이댄다. 카메라의 대물렌즈가 바로 코앞에 있다.

「이 유리창 뒤에 숨어 있는 당신이 누구이든 간에, 당신은 뭔가 떳떳하지 못한 게 있는 사람이야. 당신이 거북해하는 게 느껴져. 자꾸 뒤가 켕기나 보지? 나에게 고통을 주어야만 한다는 사실이 마음에 걸리는 거지? 당신 안에는 여러 사람의 인격이 들어 있어.」

끌려가지 말고 계속 주도권을 쥐어야 한다.

조금 전까지는 그녀의 말이 끝나기가 무섭게 대답이 모니터에 나타났는데, 이번에는 대답이 나오는 데에 시간이 많이 걸린다.

「도대체 당신 누구야?」

뤼크레스는 짜증을 내며 뒤로 물러섰다가 주먹으로 다시 유리창을 내리친다.

「유리창 뒤에 누가 있는 거야? 누구야?」

그러자 화면에 이런 문장이 나타난다.

〈만약 어느 날 누가 당신에게 내 이름이 뭐냐고 묻거든, 이렇게 대답하세요. 내 이름은……《아무》라고.〉

그러고 나자 방에 불이 꺼진다.

53

장루이 마르탱은 컴퓨터의 체스 프로그램들과 승부를 겨루어 보다가, 이 프로그램들이 인간을 능가하는 것은 계산 능력 덕분이라는 사실을 이내 깨달았다.

그러고 나서 그는 가리 카스파로프가 뉴욕의 밀레니엄 홀에서 슈퍼컴퓨터 디퍼 블루와 승부를 겨뤄 2 대 3으로 패했던 1997년 5월의 경기를 분석하였다.

그날 우리는 대단히 중요한 싸움에서 패배한 것이다. 인간들 가운데 가장 뛰어나다는 자가 기계를 이기지 못했으니 말이다.

리스 환자 마르탱은 그때부터 최신 세대 체스 프로그램들의 수읽기 과정을 분석하기 시작했다. 아울러 그는 이른바 〈인공 의식〉이라는 새로운 분야의 초보적인 연구 성과들을 검토하는 데에도 관심을 기울였다.

그 무렵에 마르탱은 자기 정신이 더 이상 무기력한 육신에 갇혀 있지 않고, 차라리 강철로 된 견고한 몸속에 들어 있다면 좋겠다고 생각했다.

제2권에서 계속

옮긴이 **이세욱** 1962년에 태어나 서울대학교 불어교육과를 졸업하였으며, 현재 전문 번역가로 활동하고 있다. 옮긴 책으로 베르나르 베르베르의 『제3인류』(공역), 『웃음』, 『신』(공역), 『인간』, 『나무』, 『상대적이며 절대적인 지식의 백과사전』(공역), 『뇌』, 『타나토노트』, 『아버지들의 아버지』, 『천사들의 제국』, 『여행의 책』, 움베르토 에코의 『프라하의 묘지』, 『로아나 여왕의 신비한 불꽃』, 『세상의 바보들에게 웃으면서 화내는 방법』, 『세상 사람들에게 보내는 편지』(카를로 마리아 마르티니 공저), 장클로드 카리에르의 『바야돌리드 논쟁』, 미셸 우엘벡의 『소립자』, 미셸 투르니에의 『황금 구슬』, 카롤린 봉그랑의 『밑줄 긋는 남자』, 브램 스토커의 『드라큘라』, 파트리크 모디아노의 『우리 아빠는 엉뚱해』, 장자크 상페의 『속 깊은 이성 친구』, 에리크 오르세나의 『오래오래』, 『두 해 여름』, 마르셀 에메의 『벽으로 드나드는 남자』, 장크리스토프 그랑제의 『늑대의 제국』, 『검은 선』, 『미세레레』, 드니 게즈의 『머리털자리』 등이 있다.

뇌 1

발행일	2002년	7월 10일	초판	1쇄
	2006년	2월 10일	초판	56쇄
	2006년	4월 10일	2판	1쇄
	2012년	9월 30일	2판	33쇄
	2013년	7월 30일	3판	1쇄
	2022년	12월 25일	3판	12쇄
	2023년	6월 15일	특별판	1쇄
	2023년	10월 20일	신판	1쇄

지은이 베르나르 베르베르
옮긴이 이세욱
발행인 홍예빈·홍유진
발행처 주식회사 열린책들

경기도 파주시 문발로 253 파주출판도시
전화 031-955-4000 팩스 031-955-4004
www.openbooks.co.kr